Blutspur:
Von Hinterhimmelsbach zum Herrngarten

Förderkreis Literatur e.V.

Printausgabe, erschienen 2026
2. überarbeitete Auflage
1. Auflage unter dem Titel: Buttmei

ISBN: 978-3-96937-198-5

im Förderkreis Literatur e.V.
Sitz des Vereins: Chattenweg 1b, 65929 Frankfurt/Main
www.legionarion.de
Bei Fragen zur Produktsicherheit wenden Sie sich bitte an:
order@main-verlag.de

Druck: Huter Verwaltungs-GmbH, Bahnhofstr 12, 15806 Zossen

Bibliografische Information der Deutschen Nationalbibliothek:
Die Deutsche Nationalbibliothek verzeichnet diese Publikation in der Deutschen Nationalbibliografie;
detaillierte bibliografische Daten sind im Internet über
http://dnb.d-nb.de abrufbar.

Der Förderkreis Literatur e.V. ist Mitglied im Netzwerk »Schöne Bücher«, einer Vereinigung unabhängiger Verlage.

FRITZ DEPPERT

Blutspur:
Von Hinterhimmelsbach zum Herrngarten

Philipp Buttmeis erster Fall

Das Buch

Beschauliches Südhessen?
Mitnichten! Philipp Buttmei, seines Zeichens pensionierter Kriminalkommissar, Junggeselle und frischgebackener Hundebesitzer will eigentlich nichts mehr mit Mord und Totschlag zu tun haben. Er genießt seine Freiheit – bis der Unfalltod eines Freundes im Odenwald ihn zum inoffiziellen Ermittler macht. Denn eines verträgt er nicht: vorschnell geschlossene Akten.

In Darmstadt geschieht ein weiterer scheinbarer Unfall. Auch hier zögern die Beamten, doch Buttmei weiß: Hier ist nichts zufällig. Blitzschnell sieht sich der Pensionär einem Netz aus handfester krimineller Energie gegenüber. Wird Buttmei ohne Dienstmarke, aber mit jahrelanger Erfahrung und scharfem Verstand die Wahrheit ans Licht bringen?

Vorwort

Als ich meinen ersten Buttmei-Krimi schrieb, hatte ich noch keine Erfahrung mit in der eigenen Stadt spielenden Krimis, aber viel Erfahrung mit literarischen Texten und der Freiheit beim Schreiben. Ich nahm mir zwar Darmstadt vor als Ort, an dem er spielen sollte, aber ich glaubte, naiv wie ich damals in diesem Genre noch war, dass ich meine Stadt, in der ich von Geburt an lebe und die ich sehr liebe, mit dem ausstatten könnte, was ich mir wünschte, dass es dort existiere, zum Beispiel einem Fluss, auf dessen Brücken man stehen und die Stadt betrachten kann. In einem literarischen Text ist dies kein Problem und nur eine Frage der Fantasie des Verfassers. Ich dachte auch zunächst nicht an eine Veröffentlichung, denn der Text war in einer Schreibblockade während eines Romans entstanden, die sich nicht auflösen wollte. Das Schreiben machte jedoch so viel Vergnügen, dass ich den Text nicht nur zuende schrieb, sondern dass ihm noch weitere Buttmeis folgen sollten. Es war fast so, als schriebe er sich von selbst. Wenn ich am Computer saß und nachdachte, fielen mir immer neue Möglichkeiten ein, was und wie es geschehen könnte. Entscheidend war, dass ich einen Kommissar hatte, nämlich Buttmei. Er sollte ein Einzelgänger sein und pensioniert, um die Freiheiten zu haben (und damit auch ich), die er im Dienst nicht hätte haben können. Aber für die Dialoge brauchte ich einen Partner, also kam der Hund Theo dazu; nebenbei bemerkt, eine Promenademischung aus Dackel und Spitz, die es wirklich gab.

Die ersten Lesungen in Darmstadt belehrten mich dann durch energische Reaktionen des Publikums, dass der Krimi gefiel, aber dass viele meine Fantasien und Verfremdungen der Stadt zum

Beispiel durch die Hinzufügungen eines Flusses nicht akzeptieren wollten. Ich habe die Proteste verstanden und die dann folgenden Buttmeis geben jeweils ein getreues Bild der Stadt wieder. Ich bin dafür sogar alle vorkommenden Wege noch einmal entlang gewandert und habe mir Notizen gemacht, die die Grundlage für ein zuverlässiges Abbild schufen. Der Kommissar und sein Hund ließen mir genug Freiheiten und genug Raum für Einfälle. Ich glaube also, dass wir fortan beide zufrieden waren, das Publikum und der Autor.

Teil 1

Hinterhimmelsbach und der Tod

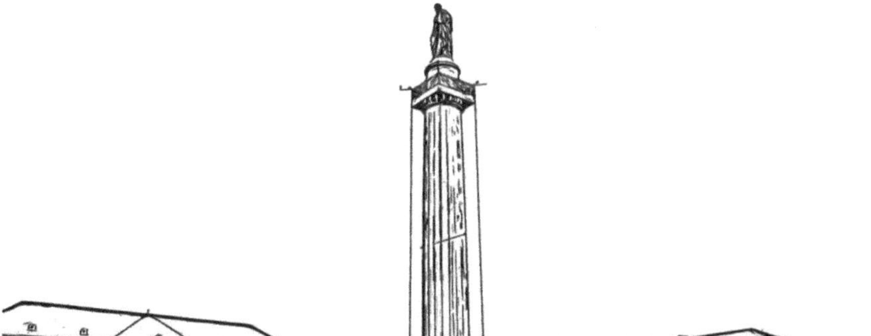

Aus dem Mundwinkel, der nicht von der Pfeife versperrt war, kaute er den schon oft gebrauchten Satz vor sich hin: »Das Wetter richtet sich nun mal nicht nach dir«, und stellte den Kragen hoch, damit es ihm nicht in den Nacken hineinregnete. In den Regenpfützen auf dem Asphalt der Dorfstraße spiegelten sich der graue Himmel und die Häuserfassaden und wurden von den aufprallenden Tropfen in Wellen zerlegt, die sich ausbreiteten, bis sie von neuen Wellen durchbrochen wurden. Dicke Tropfen waren es, die es regnete.

Als er das letzte Mal diese Dorfstraße langging, war sie nicht asphaltiert und mit einer Mischung aus Schotter und Kies belegt gewesen, die er von einem Fahrradsturz schmerzlich in Erinnerung hatte. In der leichten Kurve, die sich dorfauswärts und bergab zog, hatte er gemerkt, dass er zwar das Gleichgewicht halten, aber nicht lenken konnte. Als sich der Straßengraben bedrohlich näherte, sprang er ab und bremste seinen Fall mit den Ellenbogen. Die Kiesnarben konnten es heute noch bestätigen. Den Kopf zu den Häusern zu heben, wagte er nicht, weil der Regen ihm dann die Augen zugeschwemmt hätte. Die Pfeife war längst ausgegangen. Der kalte Rauchgeschmack kroch zwischen seine Zähne.

Was brachte ihn nur dazu, bei diesem Sauwetter die Straße dieses Nestes entlangzugehen. Tatort war das Stichwort, das ihm trotz seiner schlechten Laune einfiel. Und Tatort war eines der Stichwörter seines Lebens, das ihn in Bewegung setzte. Er war also unterwegs zu einem Tatort. Wenn er in seiner aktiven Vergangenheit einen neuen Fall übernommen hatte, war das immer sein erster Weg gewesen. Neugier, die mehr als Berufsneugier war, auf das, was ihn dort erwartete, erzeugte in ihm eine Spannung, die er durchaus mit dem Genuss eines guten Glases Champagner verglich.

Dies war nun der erste Fall seit seiner Pensionierung. Er hatte erst unwirsch abgelehnt. Nie mehr wollte er Fälle übernehmen und Spuren nachgehen. Aber Anne Weber, die Tochter eines Freundes, bat so sehr darum und schien so in Nöten zu sein, dass er sich hatte breitschlagen lassen.

Den Tatort, der ihn am Dorfende erwartete, das wusste er aus dem Brief, mit dem Anne ihn hierher verführt hatte, markierten die Ampel und der Fußgängerüberweg, die es den Dorfbewohnern ermöglichten, die Umgehungsstraße zu überqueren, um zu ihren Feldern oder zu den wenigen Häusern jenseits dieser Straße zu gelangen. Hier kam ihr Vater Fritz Weber zu Tode, oder sollte er jetzt schon sagen: Er wurde ermordet?

»Mord«, hatte er ihr am Telefon gesagt, »Mord, wenn einer bei Rot über eine befahrene Straße geht und totgefahren wird? Das passiert jedem, der das versucht.«

»Du vergisst, dass Vater blind war und nur auf das Signal reagierte. Diese Straße überquerte er täglich, hin und zurück, und er ist nie losgelaufen, ohne das Signal für Grün zu haben.«

»Wieso habt ihr an dieser Dorfstraße überhaupt eine Signaltonanlage?«, hatte er zurückgefragt.

»Weil ich sie beim Landrat erstritten habe.«

»Streitbar wart ihr schon immer«, war seine Antwort.

Und nun ging er den Weg zum Tatort, bevor er jenseits dieser Ampel Anne aufsuchen würde, um ihr zu sagen, dass er da war und bereits im Dorfgasthaus ein Zimmer gemietet hatte. Ihr Angebot, bei ihr zu wohnen, würde er nicht annehmen, weil er erst einmal ermitteln wollte, ohne dass im Dorf herumgeredet wurde, wer er war. Das würde schnell genug geschehen. Die Buschtrommel würde wie immer funktionieren.

Er hörte das Rauschen der nassen Fahrbahn. Es näherte sich von beiden Seiten und entfernte sich im selben Rhythmus. Als er daraufhin den Kopf hob, sah er auch die Ampel. Eine stinknormale Ampel mit Rot-Gelb-Grün-Geblinke, langweilig wiederholt, schlimmer als Sekundenzeiger. Und darunter immer dieselben Männlein mit ihren stupiden Umrissen. Auch die Emanzipation hatte das nicht aufzulockern vermocht.

Erst nachdem er einige Male den Wechsel beäugt hatte, als könnte er ihm irgendetwas Bedeutsames entnehmen, registrierte er den Pfeifton, grell und laut genug, um selbst schwerhörige Ohren aufmerken zu lassen. Auch dem Verstummen und Neuaufklingen des Tones hörte er mehrmals zu. Hatte da wer versucht, einen perfekten Mord zu inszenieren? Oder war es wirklich der zweifelsfreie Unfall, als der er in den Polizeiakten geführt wurde, Unfall mit tödlichen Folgen?

»Ex-Kommissar Buttmei, es ist deine Aufgabe, das herauszufinden«, sagte er zu sich.

Solche Sätze, an sich selbst gerichtet, gehörten zu seinem Wesen, und er war nicht bereit darüber nachzudenken, warum. Er war Junggeselle. »Na und?« Das tägliche Gespräch mit dem Hund, auf den er gekommen war, seitdem er pensioniert war, genügte ihm vollauf. Ob Theo sich in dem Gaststubenzimmer schon zurechtgefunden hatte? Das nächste Mal würde er ihn zum Tatort mitnehmen.

Er ging an den Straßenrand heran, so nahe, wie es die wasserspritzenden Fahrzeuge zuließen. Er sah nach links. Ein dicht befahrenes, normalgraues Straßenband. Die Autos hatten die Lichter eingeschaltet, um im Regen besser gesehen zu werden. Über dem grauen Band Grauwolken, konturenlos und tief hängend. Zu beiden Seiten der Straße die grünen und braunen Quadrate der Felder, hügelig zum Mischwald hinaufgezogen und mit Nässe vollgesogen wie Schwämme. Nach rechts nahezu das gleiche Bild. Nur die Hügel flachten ab. Dort, wo sie ganz verschwanden, hockte ein schmutzig weißer Dunst auf der Erde und schluckt alles, Autos, Straßen, die Lichter zuletzt.

Der Überweg war breit und eindeutig durch weiße Streifen gekennzeichnet. Er sah nichts, was außergewöhnlich gewesen wäre.

Er drückte den Schalter, der die Fußgängerampel auslöste und zugleich, wie an der Blaufärbung des Schalters und dem abgebildeten weißen Stock zu erkennen war, auch den Pfeifton, der dem Blinden signalisierte, dass die Ampel auf Grün geschaltet hatte.

Er überquerte die Ampel, sorgfältig nach rechts und links blickend, als könnte er doch noch etwas Besonderes entdecken. Dazwischen schielte er auf den gehorsamen Stillstand der Autos. Sein Misstrauen gegen Technik brachte ihn dazu, zu überprüfen, ob alles so funktionierte, wie es sollte. Aber die Autos standen und ihre Fahrer warteten mit angewinkelten Köpfen auf ihr Zeichen zur Weiterfahrt.

Dass einer von den Ungeduldigen, die stets meinten, die Wege wären für sie da, leicht gegen den Fußgängerüberweg anrollte, gehörte zum Spiel menschlicher Tugenden. Nun war er drüben. Der Signalton verstummte. Es dauerte noch eine Weile, bis die Ampel das rote Männchen zeigte, lange genug, um rechtzeitig von der Straße herunterzukommen. Er hätte sich nicht umdrehen müssen, um das festzustellen. Trotzdem drückte er den blauen Schalter ein zweites Mal und wartete die Reaktion ab. Die Blicke der ungeduldigen Autofahrer, als er nicht die Straße überquerte, amüsierten ihn.

Wenn er in den Hohlweg hineinging und auf dem ansteigenden Weg über die Ränder hinaufkam, würde er das Haus, in dem Anne ihn erwartete, sehen können. So dicht waberte der Regendunst nicht, dass er es hätte ganz verschlucken können. Er ging schneller.

Bevor er zum Haus kam, drehte er sich noch einmal nach der Ampel um. Er sah sie nicht mehr, hörte auch den Ton nicht mehr. »Eine Gedenkminute für den alten Kauz hätte ich eigentlich einlegen müssen, so was wie ein stummes Erinnerungsgebet.« Aber Abläufe unter den Stichwörtern Mordfall und Tatort hatten es ihn vergessen lassen.

Anne musste ihn erwartet haben, sie kam nach dem ersten Läuten an die Tür und fiel ihm ohne Worte und Anlauf um den Hals. Eigentlich waren ihm solche körperlichen Annäherungen zuwider. Auch das war einer der Gründe für sein Junggesellendasein.

Aber wenn so eine liebe Person wie Anne seine Schrullen missachtete und ihm einfach mit ihrem warmen Frauenkörper nahekam, fühlte er sich auf durchaus wohltuende Weise überredet, stehen zu bleiben und es auszuhalten. Ein wenig genoss er es sogar, trotz ihrer Bemerkung, er sei ja immer noch schlecht rasiert. Anne schien seit ihrer Scheidung noch hübscher geworden zu sein. Als er es ihr sagte, meinte sie lachend: »Für deinen Geschmack«, und er fragte lieber nicht nach, was sie von seinem Geschmack hielt.

Ihr Gesicht wirkte, als lächelte sie. Sie war ungeschminkt. Seit ihrer Scheidung trug sie kaum noch Schmuck oder auffällige Kleidung. Ihre Bewegungen hatten aber immer noch etwas von dem Ungestüm des Mädchens. Sie gefiel ihm. Das war im engen Rahmen seines eingefleischten und unauflösbaren Junggesellentums bemerkenswert.

Als er ihr zum ersten Mal begegnete, hatte sie ihn mit ihrem typischen Lachen gemustert. »Philipp Buttmei? Unter dem Namen habe ich mir eigentlich einen kleinen Dicken vorgestellt, einen pausbäckigen, behäbigen. Aber Sie sehen gar nicht so aus.«

Ihr Lachen zurückgebend, hatte er erwidert: »Das gehört alles zur Tarnung«, und ernsthafter angefügt: »Mein Urgroßvater war wohl so ein Runder. Ein Kolonialwarenhändler, der Kutsche fuhr, statt zu laufen. Und nun heiße ich wie er. Aber mit den Namen, den uns die Eltern anhängen, müssen wir leben.«

»Heutzutage nicht mehr«, belehrte sie ihn.

»Zu spät für mich.« – Mit diesem Satz endete das Gespräch über Annes Vorstellungen.

Eine Kanne mit Tee stand schon bereit und nach ein paar gegenseitigen Fragefloskeln kam Anne schnell und ohne Umwege zur Sache. Sie beschrieb den Todestag ihres Vaters, den sie den Mordtag nannte. Er machte Notizen in den kleinen Block, den er aus Gewohnheit auch nach seiner Pensionierung noch in der Brusttasche trug, inzwischen jedoch nur benutzte, wenn er unterwegs war und eine Einkaufsliste aufschrieb.

»Vater war, wie du weißt, eigensinnig, er wollte so wenig wie möglich geholfen haben. So war es auch an diesem Tag. Er ging alleine los. Immerhin hatte er sich an die Benutzung eines Blindenstockes gewöhnen lassen. Er wollte im Postamt am Dorfplatz Post abgeben, Briefmarken holen und rasch zurückkommen. Seit dem Konflikt mit den Alteingesessenen und ihren Nachkommen hielt er sich selten lange im Dorf auf. Er hasste die nutzlosen Diskussionen und die Bemerkungen, die man hinter seinem Rücken über ihn machte. Die abfälligen und drohenden Gesten sah er zwar nicht, aber er spürte sie. Auch erkannte er, da er seit seiner Kindheit in diesem Dorf gelebt hatte, die meisten Stimmen und ihre Stimmungen am Tonfall.«

Sie saß einen Moment schweigend und mit geschlossenen Augen. In Gedanken ging sie ihrem Vater hinterher. »Er muss schnell gegangen sein. Es kann auch nichts Außergewöhnliches geschehen sein, sodass es keinen Grund für Verzögerung gab. Ich bin den Weg ein Dutzend Mal nachgegangen, auch mit der Uhr in der Hand. Ich habe der Poststellenfrau immer wieder die Fragen gestellt, was geschehen sein könnte. Nichts, sagte sie, Briefmarken habe er gekauft. Danach sei er zurückgegangen. Das Krachen der zusammenstoßenden Autos habe man im Dorf gehört. Was an der Ampel passiert ist, kennst du aus dem Polizeibericht. Die Warntonanlage ist überprüft worden. Sie arbeitete fehlerfrei. Warum also sollte Vater bei Rot über die Straße laufen? Warum? Weil er blind war? Das war er seit fünf Jahren und über diese Ampel ging er seit drei Jahren. Es gibt keinen Grund, außer dass man ihn dazu gezwungen hat.« Sie legte wieder eine Pause ein. »Und du musst herausfinden, wer das getan hat. Den Mörder, du musst ihn finden.«

Sie saßen eine Weile schweigend, er kaute an seiner Pfeife, sie sah vor sich hin. Das Zimmer wurde dämmerig. Sie hatte, sah er, nichts verändert. Der Raum war so aufgeräumt, wie ihr Vater als Blindgewordener ihn haben wollte, um sich schnell und ohne Hindernisse zurechtfinden zu können.

Er nahm die Pfeife aus dem Mund und sprach sie an: »Wieso bist du überzeugt, dass dein Vater ermordet wurde? Die Ampel ist und war in Ordnung, der Signaltonschalter ebenfalls. Die Polizei hat das sehr gründlich und sorgfältig untersucht, das Protokoll belegt, wie genau die Beamten es genommen haben.«

»Ich will nicht bestreiten, dass sie sich Mühe gegeben haben. Aber Mühe geben reicht in diesem Fall nicht.«

»Warum nicht?«

»Es hat Morddrohungen gegeben.«

»Auch dem wurde, wie dem Protokoll zu entnehmen ist, nachgegangen.«

»Ich wusste damals noch nicht, was ich heute weiß. Vater hatte mich in seine Untersuchungen nicht eingeweiht. Vielleicht, um mich zu schützen.«

»Du hast die Fotos?«

»Ja, in seinem Archiv. Ich musste sie mit Streifen und in Blindenschrift übertragenen Ziffern auf der Rückseite markieren, damit er sie einordnen konnte. Aber ich habe mich erst nach seinem Tod umgesehen und genauer über das informiert, was ihn beschäftigte. Denn eines hatte ich wohl bemerkt, dass er im Dorf, seitdem er sich mit solchen Dokumenten nicht nur beschäftigte, sondern auch darüber sprach, mehr und mehr angefeindet wurde. Gemocht haben sie dort den ihrer Meinung nach sonderbaren und immer spöttischen Alten sowieso nie. Aus den Morddrohbriefen ging hervor, dass er irgendwelchen Leuten im Dorf im Weg war.«

»Hast du die Drohbriefe?«

»Auch sie liegen im Archiv.«

»Ich werde sie mir morgen ansehen.«

»Inzwischen bezweifele ich sogar, dass der Unfall, der zu seiner Blindheit führte, nur ein gewöhnlicher Autounfall gewesen ist. Er hat mir immer wieder erzählt, er begreife nicht, wieso das Auto plötzlich seitlich weg und gegen die Lärmschutzmauer geprallt sei, es sei ihm nicht schlecht geworden, er sei auch nicht abgelenkt gewesen. An den Aufprall der Stirn gegen die obere Windschutzscheibenkante konnte er sich nicht erinnern. Die Scheibenreste haben seine Augen zerschnitten.«

»Ist das Auto auf Manipulationen hin untersucht worden?«

»Nein. Niemand kam auf die Idee, es könnte ein Anschlag gewesen sein, auch er und ich nicht.«

»Was hat man als Unfallursache angegeben?«

»Einen geplatzten Vorderreifen. Dem zerknautschten Auto konnte man nicht mehr ansehen, was die Unfallursache gewesen sein könnte.«

»Und wieso vermutest du einen Anschlag auf deinen Vater?«

»Durch die Ereignisse, die danach stattgefunden haben.«

»Eine nachträgliche Untersuchung des Unfalls ist nicht mehr möglich. Das Wrack ist längst verschrottet?«

Sie nickte. Der kalt gewordene Tee schmeckte nicht mehr. Sie räumte ihn weg. Dann fragte sie ihn: »Warum bist nicht zu mir gezogen? Ich habe ein Zimmer für dich vorbereitet.«

»Wenn es ein Mord war, dann ist es besser, ich wohne im Dorf und werde nicht allzu schnell mit dem Fall in Verbindung gebracht. Es wird zwar nicht ewig dauern, bis einer von den Alten mich erkennen wird. Irgendwie freue ich mich sogar darauf und auf die Vermutungen, die sie anstellen werden, aber ich hätte gern eine Zeit lang den Vorsprung, dass sie nicht wissen, wer ich bin. Ich werde jetzt auch zurückgehen in den Gasthof. – Eine Frage noch: Warum hatte Fritz keinen Blindenhund?«

»Wegen der Katzen.«

»Katzen? Wo sind sie? Ich frage wegen Theo.«

»Sie liefen frei herum und irgendwann sind sie nicht zurückgekommen. Die Dorfjäger schießen auf alles, was sich im Freien bewegt. Vielleicht sind sie auch einem Hund oder einem Fuchs zum Opfer gefallen. Eine wurde vergiftet. Da lebte Vater noch. Die haben uns angetan, was sie uns antun konnten.«

Sie überredete ihn zu einem einfachen Abendessen. Dann suchte er in der Dunkelheit, die bis auf wenige Meter die Landschaft verschluckt hatte, den Weg zur Ampel und ins Dorf zurück. Einmal meinte er weghuschende Schritte zu hören. Aber von den vielen Waldgängen, mit denen er als Jugendlicher die Dorfzeit überbrückt und ausgestanden hatte, wusste er, auch im Laub wegtrippelnde Amseln machten solche Geräusche und die Nacht verstärkte sie, sodass sie wie Schritte klangen. Waldläufer hatten sie ihn im Dorf genannt.

An der Ampel testete er noch einmal den Ablauf, zwang die Autoschlangen, die rasch das Dorf umfahren wollten, mehrmals zum Anhalten. Im Gasthaus ging er zuerst in sein Zimmer, um nach Theo zu sehen. Die schmale und steile Holztreppe nach oben stieß gegen seine Kniegelenke. Er spürte seine arthritischen Schwachstellen und zog sich, um sie zu entlasten, an der Geländerstange hoch. Die Stufen knarrten und Theo bellte.

Der Empfang im Zimmer bestand aus vorwurfsvollen Blicken und so heftigem Schwanzwackeln, dass der ganze Hundekörper ebenfalls ins Wackeln geriet. Theo war die seltsame Mischung aus weißem Spitz und schwarzem Dackel, ein Bastard, weiß und schwarz gefleckt und wie ein zu groß geratener Dackel aussehend, sodass besonders die krummen Beine auffielen. Aufgelesen hatte er ihn, fast verhungert, verängstigt, irgendwo weggejagt.

Nun schnaufte er überfüttert, wenn es ihm zu schnell ging, und Angst hatte er auch keine mehr. Jeder fremde Hund wurde angegiftet, streichelnde Kinder angeknurrt und er wäre, wenn einer es gewagt hätte, seinem Herrn und Ernährer zu nahe zu kommen, ihm an die Beine gefahren. Buttmei hatte sowieso manchmal das Gefühl, als schiele Theo sehr begehrlich nach Hosenbeinen. Aber schon der Satz »Theo, mach mir keinen Ärger« besänftigte den Hund, jedenfalls nach außen hin.

Warum er das Tier mitgenommen und behalten hatte? Weil er, frisch pensioniert, Gesellschaft suchte, weil er mit ihm reden konnte, ohne dass er Konversation mit ihm machen musste, oder einfach, weil er ihm leidtat. Und zum alten Eisen geworfen fühlte er sich manchmal schon. Deshalb hatte er Annes Bitte nachgegeben.

Und nun fühlte er zu seiner Überraschung plötzlich so etwas wie Lust, auf den Spuren seiner Jugend zu gehen, die er immerhin mehr als zwei Jahre in diesem Dorf hatte ziehen müssen. Vor allem die Waldwege, die seine Fluchtwege wurden, wollte er wenigstens einmal gehen. »Morgen oder übermorgen«, nahm er sich vor.

Jetzt bekam Theo zuerst einmal seine Streicheleinheiten, ein paar Klapse, ein paar freundliche Worte. Die von zu Hause mitgebrachte Schlafdecke hatte er ihm bereits hingelegt, bevor er wegging. Wenn Theo sie roch und sich in sie hineinrollen konnte, war er auch in fremden Zimmern leidlich zufrieden.

»Morgen darfst du mit«, sagte er noch zu ihm, »dafür darf ich jetzt in die Gaststube gehen und einen Rotwein trinken. Hoffentlich haben die etwas Trinkbares.«

Bevor er die Stubentüre öffnete, erblickte er sich in einem mannshohen Spiegel, der beim Türaufschlagen von dieser verdeckt wurde. Hinter seinem Spiegelbild wurde das Zimmer wiedergegeben.

Das Fachwerk war bis nach innen gezogen, die Balken schwarz, die Zwischenräume weiß gestrichen. Die kleinen Fenster, die trotzdem Fensterkreuze hatten, was sie noch kleiner wirken ließ, waren mit Stores verhängt. Die Decke hing weiß gekalkt in die Stube herunter. Auf der Bauernkommode standen noch wie früher Waschkrug und Waschschüssel auf Häkeldeckchen, obwohl inzwischen eine Duschzelle mit Toilette eingebaut worden war.

Vor diesem Inventar, das ergänzt wurde durch Holzbett, Holzschrank und einen kleinen Tisch mit Stuhl, stand er im Spiegel und betrachtete sich. Er war nicht gerade groß gewachsen. Die Schultern hingen nach unten. Über den einfarbig blauen Pullover ragten die Hemdzipfel. Die eingelatschten braunen Schuhe kippten leicht nach außen. Keine Schönheit.

»Aber«, fand er, »noch habe ich keinen Bauch, kein Doppelkinn, keine Brille und habe Haare auf dem Kopf, die nur an den Schläfen grau sind. Zum Friseur könnte ich mal wieder gehen.« Meist schnippelte er die Haare wenigstens an den Schläfen und über den Ohren selbst ab, um nicht zu oft den ungeliebten Weg zum Haareschneiden gehen zu müssen.

Respekt hatte er keinen vor seiner Erscheinung. Das hatte er stets denen überlassen, hinter denen er her war und die er in der Regel erwischt hatte. Er strich die Haare zurecht, so weit das ging, besah dabei noch einmal sein Gesicht. Er fand es freundlich mit seinen braunen Augen und den kräftigen Brauen. Diese Freundlichkeit hatte manchen seiner Gegenspieler getäuscht. Sie nahmen ihn nicht ernst, umso erstaunter sahen sie ihn an, wenn er sie endgültig am Wickel hatte.

Nachgelassen hatte das Gehör, vor allem das linke Ohr. Doch er machte daraus eine Tugend und legte sich zum Einschlafen auf das rechte, dämpfte so alle Geräusche und schlief gut ein. Rasiert hatte er sich nicht, hatte keine Lust es nachzuholen, auch wenn die Stoppeln im Gegensatz zu den Haaren silbrig glänzten. Philipp Buttmei. Er schnitt sich eine Fratze, streckte sich die Zunge heraus. Danach war er bereit, das Zimmer zu verlassen.

Die Treppenstufen knarrten wieder, als hätten sie auf ihn gewartet. Das Stechen in den Knien schmerzte treppab noch stärker. Tourismus und Renovierungen gab es in Hinterhimmelsbach nicht, wozu auch. Seitdem die Umgehungsstraße existierte, verirrte sich nicht einmal ein fremdes Auto auf der Suche nach dem richtigen Weg hierher.

Die Gaststube war bis auf einen Ecktisch leer, die Bauern kamen erst nach dem Viehfüttern hierher. In ihren Ställen standen vor allem Kühe vor der Futterrinne aufgereiht. In den wegen des Gestankes entfernteren Ställen suhlten sich die Schweine, bis sie schlachtreif waren.

Die Stube hatten die Wirtsleute zurechtgeputzt zum Rittersaal wegen der Reste einer Burg auf einer der Waldkuppen. Der Halbkreis des Turmstumpfes, ein halber Torbogen und ein paar Mauerstücke, Gras und Buschwerk überwuchsen sie. In der Evakuierungszeit gehörte der Ausflug hierher zu den möglichen Abwechslungen. Er saß dann auf einem der Steine, ungestört, das Dorf schien weit weg zu sein, und ließ seiner Fantasie freien Lauf. In Gedanken bekämpfte er Raubritter und Unterdrücker. Solange er spannende Geschichten erfand, spürte er den Hunger nicht.

Auch in der Ritterstube schmückten Bilder mit Jagdszenen oder Umrissen von Ritterfiguren die weißen Zwischenräume im schwarz gestrichenen Fachwerk. Ansonsten wurde der Raum zur Ritterstube durch eine mächtige Rüstung. Sie stand in einer Nische, umgittert, um neugierige Hände fernzuhalten, und hielt ein Schwert in den Eisenhandschuhen.

Das Mobiliar war einfach. Blanke, glänzende Holztische, Holzstühle, wie man sie früher auf dem Land hatte, vier schräge Rundbeine, eine gerade und harte Sitzfläche, eine nach hinten geschrägte Lehne mit ausgesägtem Herz. Ein Kronleuchter hing vor Glas glitzernd von der Decke.

Der Wirt kam aus der nächsten Generation der Adams, der Alte lebt nicht mehr, seine Frau saß, so sagte ihm der Sohn, nur noch in ihrer Stube, weil es ihr mit ihrem verbogenen Rücken schwerfiel zu gehen. Als Wirt wies er sich aus durch Trachtenlook, eine weiße Halbschürze und rasche Bewegungen, die diensteifrig wirken sollten.

Ein runder Stammtisch in der Ecke, markiert von einem Schild und an die Wand gehängte Sprüche wie »Wenn der Hahn kräht auf dem Mist, ändert sich das Wetter oder es bleibt, wie es ist«. Dort saßen fünf Männer, Biergläser vor sich. Den grünen Joppen nach Jäger oder welche, die es sein wollten.

Ihre Väter, erinnerte er sich, hatten meist ein Gewehr in der Scheune versteckt und gingen auf die Jagd, wenn Pächter und Förster weit genug weg waren. Von den Jagdabenteuern erfuhr man allenfalls am Kirmestag, wenn die übliche Rede über zu belachende Jahresereignisse gehalten wurde.

Zum Beispiel die Geschichte des Wilderers, der eine Sau angeschossen hatte und vor dem wütenden Tier auf einen Baum fliehen musste. Da der Baum sich bog, zerfetzte ihm der Keiler die Schuhe und er hatte zum Schaden den Spott. So stiegen alte

Geschichte in seinem Gedächtnis empor, die er für vergraben und vergessen und ihn nicht mehr betreffend gehalten hatte.

Der Wirt brachte einen Trollinger. Er stand hellrot und süffig im Glas und schmeckte ihm, sodass er die Pfeife vor sich auf den Tisch legte. Das laute Gelächter und Geprahle am Stammtisch störte ihn nicht, er hörte nur die Lautstärke, die Sätze ließ er an sich vorüberdröhnen. Der Wein brachte die nötige Bettschwere. Er schlief traumlos, bis am Morgen Hähne krähten und Kühe brüllten.

Nach dem Frühstück band er Theo an die Leine und brach zu einem Waldspaziergang auf. Der Weg hügelauf hatte sich wenig verändert, das Gestrüpp am Wegrand und der Wald aus Eichen und Buchen sahen aus wie vor Jahrzehnten. Fast täglich war er hier hinaufgegangen, um der Enge des Dorfes zu entkommen und lodernde Flammen und Ohren zerschlagende Explosionen zu vergessen, die seine Jugend zusammen mit Wohnung, Haus und Spielplätzen und Schulfreunden verzehrt oder zerfetzt hatten.

Hier lernte er zwar das Lachen, das er in der Bombennacht verloren hatte, nicht wieder, aber er kam zur Ruhe und lief dort, als lebte er für die Stunden seiner Waldläufe in einer heilen Welt. Das Stummsein der Baumstämme wirkte auch bei Regenwetter freundlich, in der Sonne flirrte das Laub, im Regen rauschte es leise.

Die Bussardschreie rissen die blauen Himmel nicht entzwei und verebbten in den Kronen. Tiere, die er erblickte, flohen vor ihm. Doch die Rehe gewöhnten sich so an seine Gänge, dass sie, den Blick auf ihn gerichtet und die Ohren gespitzt, stehen blieben, solange er selbst in Bewegung blieb. Auch jetzt empfing ihn der Wald schon nach wenigen Schritten mit besänftigender Ruhe. Nur Theo zappelte öfter an der Leine, weil er irgendetwas witterte, das Buttmei weder hörte noch sah.

An einer Lichtung, die den Blick zum Dorf freigab, hielt er inne und sah hinunter. An den Grashängen weideten die schwarz und weiß gefleckten Kühe unter Apfelbäumen. Stacheldraht zäunte den Weideplatz ein und schien Hinterhimmelsbach unzugänglich zu umringen. Der Kern des Dorfes wirkte unverändert, die roten, teilweise schwarz verblassten und moosgefleckten Biberschwanzziegel, das Gespann aus Wohnhaus und Scheune, das Fachwerk – dort, wo es frisch getüncht war, leuchtete es weiß herauf.

Verändert hatte sich das Dorf an den Rändern, es wuchs an Asphaltbändern entlang mit neuen, gesichtslosen Häusern, die man in jedes andere Dorf hätte verpflanzen können, und verzweigte sich in die Felder hinein. Dort wohnte die junge Generation.

Großfamilie unter einem Dach gab es kaum noch. Die neue Generation strebte nach einem eigenen Haus und vergrößerte die Dörfer wie mit Spinnenbeinen nach allen Seiten in Felder und Talnischen. Die alten Höfe wurden nach und nach aufgegeben. Die, die groß genug waren, um überleben zu können, ersetzten Knechte und die in andere Berufe abwandernden Kinder durch Maschinenparks. Die neuesten Häuser der jüngst aus Höfen ausgezogenen Nachfahren stachen mit knallroten Ziegeln in das sanfte Landschaftsbild.

Er fand auch den Hof, in dem er über ein Jahr lang als ungebetener und unerwünschter Gast mit seinen Eltern hatte leben – oder zutreffender gesagt – hatte vegetieren müssen. Denn sie hungerten, da sie als Ausgebombte keine Tauschwaren hatten. Ohne Gegengabe rückten die Bauern nichts heraus, nicht einmal einen Apfel, selbst wenn er ungeerntet von den Zweigen fiel.

Einer der Bölsteins hatte ihn mit der Peitsche aus der Wiese gejagt, als er einen heruntergefallenen Apfel auflesen wollte. Das wurmte ihn heute noch, sobald es ihm einfiel, und jetzt fiel es ihm ein und dazu sah es so aus, als wären die Bölsteins in seinen Fall eingebunden.

Er verdrängte diese Gedanken, so wie er seinen ersten Hass auf die Bauern damals verdrängt hatte, nachdem er in die Stadt zurückkehren durfte. Sein zu untersuchender Fall, eigentlich war es noch Annes Fall, kam wieder in den Vordergrund seiner Gedanken.

Es gab nicht einen einzigen handfesten Hinweis auf Mord. Es gab zwar ein Motiv, die Feindschaft zwischen Fritz Weber und dem

Dorf, die er noch genauer untersuchen musste. Es sollte ihm nicht schwerfallen, meinte er, da er die Mentalität der Bewohner von Hinterhimmelsbach einschätzen konnte.

Sie würden nach außen hin eine Mauer des Schweigens um ihr Dorf ziehen. Diejenigen, die sich gerne wichtigmachten und über alles Bescheid wissen wollten, würden geheimnisvolle Andeutungen machen. Doch sobald es öffentliche Beweise gab und die Schuldigen ausgemacht werden konnten, würden sie von ihnen wie von Aussätzigen abrücken. Er würde anonyme Hinweise erhalten. Schriftliche und mündliche. Die Letzteren mit dem Zusatz: Ich habe nichts gesagt.

Es gab eine Leiche. Aber es gab keine Anzeichen, dass Mord diese Leiche verursacht hatte. Mordgelüste existierten landauf, landab zahlreich, aber die ausgeführten Morde waren wesentlicher seltener als alle geheimen Wünsche oder öffentlichen Drohungen. Es sah eher so aus, als wäre der Tod die Folge eines Verkehrsunfalls. Bisher fehlten eine Tatwaffe und die Spur eines Täters.

Wenn er überhaupt etwas finden wollte, konnte es weder über Motive noch über die Leiche zum Ziel führen, sondern nur über das Wie. Wie hätte ein solcher Mord geschehen können, der perfekt wie ein Unfall wirkte? Er beschloss, die Protokolle noch einmal genau anzuschauen; oft stand in den Entwürfen mehr als im endgültigen Bericht. Das wusste er aus zahlreichen Erfahrungen. Vielleicht gab es auch zusätzliche Papiere, Verhöre der Autofahrer zum Beispiel. Dazu musste er in die Stadt zur zuständigen Untersuchungsbehörde fahren.

Er kehrte in das Dorf zurück, um zuerst das Kriminalrevier wegen eines Termins und dann Anne anzurufen. Zuerst informierte er den Wirt, dann telefonierte er von seinem Zimmer aus. Er wurde handvermittelt und er hatte das Gefühl, dass unten am Tresen mitgehört wurde. Da er sich als ehemaliger Kollege zu erkennen gab, bekam er einen Termin für den nächsten Tag. Warum er kam, umschrieb er nur. Aber sie würden im Dorf sowieso bald wissen, warum er nach Hinterhimmelsbach gekommen war.

Hinter den Fensterkreuzen ging die Sonne unter und streute die kitschigsten Töne über den Himmel, so empfand er es jedenfalls. Über die schwarze Hügelsilhouette schoben sich leuchtendes Rot, dann ein Streifen Gold, dann ein süßliches Hellblau. Obendrauf hockten Wolkenfäuste, blaugrau geballt. Die Baumreihe vor dem Spektakel stand mit ihrem noch dünnen Blattwerk wie frisch geschnittene Schattenrisse da. Erst als die hellen Farben erloschen waren, löste er den Blick vom Fenster. »Sentimentalitäten«, knurrte er gegen sich selbst.

In der Gaststube spürte er aufmerksame Blicke. Sie sprachen über ihn, das merkte er an den Augen, die nicht auf ihn gerichtet sein sollten, weil er sie nicht bemerken sollte, aber sich ihm doch immer wieder wie zufällig zuwandten. Er trank ein Glas mehr als am Abend zuvor, blieb auch länger sitzen, zündete sich zwischen leerem und vollem Glas eine Pfeife an und rauchte sie in langsamen Zügen. Es machte ihm Vergnügen, wie sie über ihn redeten und rätselten.

Bevor er in sein Zimmer ging, kamen die Älteren aus dem Dorf, die wohl immer noch auf den Höfen saßen und sie mit ihren derbgeschafften Händen und krumm werdenden Rücken bewirtschafteten. Sie trugen noch die damals übliche Kleidung: braune oder gelbe Cordhosen, blaue oder graue Drillichjacken und Schirmkappen aus dem gleichen Stoff wie die Jacken. Ihre Gesichter hatten tiefgekerbte Furchen. In Hinterhimmelsbach konnte man mit Landwirtschaft nicht viel Geld verdienen. Die meisten hatten nur kleine Felder und karge Böden. Sie waren früher im Winter zum Straßenbau gegangen, um überleben zu können. Heute arbeiteten viele von ihnen in einer Fabrik für Sargbeschläge im übernächsten Dorf.

Das eine und andere Gesicht erkannte er. Der Adam, formulierte sein Gedächtnis, der Wilhelm, der Heinz. Und dann kam der eine von ihnen zu ihm herüber. Adam, wahrscheinlich der dreiundzwanzigste oder vierundzwanzigste, denn man gab dem Ältesten den Vornamen des Vaters und zählte weiter.

Er stellte sich vor ihn, sah ihm ins Gesicht. »Sie sind zum ersten Mal in unserem Dorf?« Buttmei schüttelte den Kopf. »Dann kenne ich Sie?« Buttmei nickte. Adam prüfte sein Gesicht und streckte ihm die Hand hin, »Philipp, du bist's?«

»Ja, bin ich.«

»Was verschlägt dich in unser Dorf, Sehnsucht nach den alten Gesichtern?«

»Ihr wisst doch von meiner Freundschaft mit dem alten Weber. Seine Tochter, die Anne, was soll ich drum herumreden, sie hat mich hergeholt, damit sie sich aussprechen kann. Das tut ihr gut.«

»Ach so – und was hast du so getrieben seit damals?«

»Hat sich das nicht herumgesprochen?«

»Es hieß mal, du wärst Kommissar geworden.«

»Das ist vorbei, ich bin schon zwei Jahre pensioniert.«

»Also nicht auf Ganovenjagd?«

»Gibt es hier welche?«

»Ich wüsste nicht!«

»Umso besser.«

»Na denn, viel Spaß bei uns.«

Der derbe Händedruck des Bauern hielt sich eine Weile in seiner Handfläche. Als das Glas leer war, rief er laut in den Raum: »Eine gute Nacht beieinander«, und ging. Er wollte schlafen und sie sollten ohne ihn alles beschwätzen können, was ihnen nun, nachdem er identifiziert war, durch ihre Köpfe ging. Aber noch wussten sie zu wenig von ihm und seine Ermittlungen hatten noch nicht einmal richtig begonnen. Die Erinnerung an ihn als jungen Burschen gab auch nicht viel her. Sie konnten also nur abwarten, was und ob etwas geschehen würde.

Am frühen Morgen ging er zuerst noch einmal zur Ampel, löste sie mehrmals aus, hörte genau auf das Signal, versuchte es nachzupfeifen, um es sich einzuprägen. Dann eilte er, Theo hinter sich her ziehend, zur Bushaltestelle. Er zwängte sich in den Bus, mit dem die Arbeiter und Angestellten in die Stadt fuhren, weil er frühzeitig in der Polizeistation ankommen wollte. Theo hatte er sich, so dick und schwer er auch war, unter den Arm geklemmt. Darum war er froh und bedankte sich artig, als man ihm, dem Alten, einen Platz frei machte.

Kurz nach Beginn der Bürozeit erreichte er sein Ziel. Man kannte seinen Namen und holte ihm ohne Umstände das Aktenbündel »Fritz Weber«. Zuerst las er das offizielle Protokoll, aber er fand keinen neuen Hinweis. Dann studierte er sorgfältig die einzelnen Berichte, die bei der Unfallaufnahme und bei der durch Annes Hartnäckigkeit erreichten Nachuntersuchung gemacht wurden. Auch dort fand er wenig Neues. Die Fotos der Leiche interessierten ihn nicht. Die Obduktion hatte ergeben, dass keine plötzliche Ohnmacht oder ein Schlaganfall oder Ähnliches vorlag, auch war Weber eindeutig losgelaufen, als die Fußgängerampel Rot zeigte.

Das wenige, das ihm auffiel, notierte er und nahm sich vor, es zu verfolgen. Die Aussagen der in den Unfall Verwickelten oder unmittelbar vor oder dahinter Gefahrenen, die aus Neugierde oder Hilfsbereitschaft angehalten hatten, enthielten in zwei Fällen Hinweise, die seine Aufmerksamkeit weckten.

Einer hatte eine zweite Person hinter Weber gesehen, die ihre linke Hand auf die Ampelschaltung hielt, als wollte sie sie einschalten. Er beschrieb sie als zierlich und mit langen, hellen Haaren. Dem anderen war ein Mann auf der gegenüberliegenden Seite aufgefallen, der rasch in Richtung Dorf weglief. Beiden konnte der Unfall nicht entgangen sein.

Ihr Verhalten schien ungewöhnlich, es sei denn, sie wollten nicht als Zeugen befragt werden. Die Polizei konnte die Aussagen nicht überprüfen, weil außer den zwei Autofahrern niemand die beiden gesehen hatte und man auch im Dorf die Achseln zuckte. Außerdem fanden sich auf der Schaltfläche keine Fingerabdrücke.

Keine Fingerabdrücke? Weder die von Fritz Weber noch von anderen Personen? Er musste die Füße bewegt haben, als er auf diese Bemerkungen stieß, denn Theo, der den Kopf auf seine Schuhspitzen gelegt hatte, um vor sich hinzudösen, schreckte auf.

Regen kann solche Spuren nicht völlig wegwaschen. Ob jemand sie abgewischt hatte? Außerdem, ob Unfall oder nicht, die Zeugen auf beiden Straßenseiten mussten aussagen können, was an der Ampel geschehen war. Es sei denn, die fehlenden Fingerabdrücke wären ein Indiz für irgendeinen außergewöhnlichen Vorgang. Aber für welchen Vorgang? Solange es solche Fragen gab, würde er den Fall jedenfalls nicht abschließen. Er notierte also die Adressen der beiden Autofahrer und ihre sehr vagen Beschreibungen der Personen an den Ampeln.

Über diese marginalen Notizen hinaus fand er nichts, was die Andeutung einer Spur hätte sein können. So gab er die Akten zurück, bedankte sich, wechselte noch ein paar Floskeln über den Dienst damals und heute und pilgerte in die Stadt. Theo trottete hinterher. Sie fuhren mit dem Nachmittagsbus zurück, noch vor dem Berufsverkehr, sodass sie ausreichend Platz fanden.

Unterwegs dachte er darüber nach, wann und auf welche Weise er Fritz Weber kennengelernt hatte. Als er in einem Fall über Teufelskulte und den Tod eines Jüngers bei deren Zeremonien ermittelte, der sich als durch die Abläufe mutwillig hervorgerufen herausstellte, merkte er, wie wenig Ahnung er von solchen Auswüchsen menschlicher Fantasie hatte.

Darum besuchte er einen Vortrag Fritz Webers über Hexen- und Satansbräuche im mittelalterlichen Dorfleben. Anschließend kam er ins Gespräch mit dem Vortragenden, der lud ihn in die nächste Kneipe ein und beantwortete geduldig seine Fragen. Sie mochten sich, Einzelgänger und Einzelgänger, das passte zusammen. Auch der Rotweintrinker zum Rotweintrinker.

Fritz Weber forderte ihn auf, nach Hinterhimmelsbach zu kommen und sich noch mehr Informationen aus der im Haus Weber vorhandenen Bibliothek zu holen. Dem war er nachgekommen. Daraus hatte sich eine Freundschaft mit wenigen Treffen entwickelt. Buttmei zog es jedoch der Erinnerungen wegen nicht nach Hinterhimmelsbach. Fritz Weber traf sich dagegen gern mit ihm, wenn er in der Stadt zu tun hatte. Von seinem Tod erfuhr er durch Annes Anruf.

Wieder im Gasthaus, sagte er Anne am Telefon, er wäre einige Schritte weitergekommen, aber es wäre noch zu früh, darüber zu reden, auch wollte er am Telefon nicht viel preisgeben.

Beim üblichen Abendtrollinger fragte ihn der Wirt nach dem Erfolg seiner Reise. Er erwiderte, es wäre nur ein längst fälliger Kollegenbesuch gewesen. Das schien den Wirt zufriedenzustellen.

In der Nacht träumte er von seinem Freund Weber, sah ihn vor sich, die Gamaschenhose und die weit hochgezogenen Strickstrümpfe, die festen Stiefel, das Lodenjackett, das von Barthaaren fast zugewachsene Gesicht. Daraus hervor lugten die spöttischen, blaugrauen Augen. Das Kopfhaar war zuletzt weiß ausgedünnt zu einer beginnenden Tonsur. Seit seiner Blindheit trug er keinen Hut mehr. Ein Waldschrat in der modernen Stadtlandschaft.

Wenn Buttmei mit ihm durch die Straßen ging, drehten sich vor allem junge Leute nach ihm um und musterten ihn, als wäre er einem alten Heimatfilm entsprungen. Bergsteiger wurden in Filmen so zurechtgemacht. Weber hatte jedoch nie Berge bestiegen. Es war immer spannend, ihm zuzuhören, seinen Philosophien, seinen skeptischen Einschätzungen der Menschheit im Allgemeinen und der Dörfler im Besonderen.

Erheiternd und nachdenklich zugleich machend sein Wissen um örtliche Geschichte mit all ihren Anekdoten und Wahrheiten, die Herkunft von Bräuchen und Sitten und Unsitten, dazu die Dialektkenntnis. Manchmal kam für Buttmeis Geschmack zu viel Kritik in die Nebensätze, sodass es dem Zuhörer die Lebenslust verschlagen konnte, dann schwieg er dagegen, bis auch Weber schwieg.

Neben dem Alten wirkte Anne wie eine Erscheinung aus einer fröhlicheren Welt, sie blieb auf Dauer jung, vor allem wenn sie lachte und mit ihrer hellen Stimme alles Skepsisgewölke wegfegte. Die Augen hatte sie vom Vater, nur wirkten sie größer und offener. Ihre Mutter hatte er nie erlebt und auch nie danach gefragt. Auch ihr geschiedener Mann hatte ihn nicht sonderlich interessiert, sie sprachen lieber über Musik, die er wie sie liebte und sammelte.

Sie lächelte zwar über seine Vorlieben bei bestimmten Anlässen: Bach zum Beispiel, wenn er der Lösung eines Falles nahe war und einen kühlen und konzentrierten Kopf brauchte, oder Beethoven, wenn er das Gefühl hatte, nicht weiterzuwissen und von den Unklarheiten eines Falles überwältigt oder gar verwirrt zu werden.

Manchmal fragte sie ihn aus und wollte spannende Geschichten hören. Wenn er gut gelaunt war, tat er ihr den Gefallen. Nun wirkte sie vergrämt und gefangen in Rachegefühlen. Das kam ihm jedoch erst in den Sinn, als er aufwachte.

Neben dem kleinen Postamt befand sich die einzige Telefonzelle des Dorfes. Von dort aus rief er die beiden Autofahrer an, deren Namen er den Akten entnommen hatte, und verabredete sich mit ihnen.

Er musste in ein Nachbardorf fahren, das er ebenfalls von früher kannte, weil er aus Hinterhimmelsbach dorthin laufen musste, wenn er das Kino besuchen wollte. Aus diesem Dorf, das erkannte er bereits bei der Einfahrt, war ein Städtchen geworden mit Supermarkt und Tankstelle. Selbst der alte Ortskern schien neu gestaltet zu sein. Das Fachwerk hatten die Eigentümer weiß überputzt oder mit Platten verdeckt, in die Fassaden hatten sie Schaufenster für Geschäfte gebrochen. Die Eingangstüren hatten sie vergrößert und die Steintreppen vor den Häusern entfernt.

Er hielt sich nicht lange mit Reminiszenzen und Vergleichen auf und erfragte die Straßennamen, die in den Neubauvierteln liegen mussten, denn Namen wie Adenauerweg oder Sudetenstraße hatte es im alten Dorf nicht gegeben. Da hießen die Straßen Dorfstraße oder Hauptstraße, Bahnstraße oder Hinterhimmelsbacher Straße.

Er fand den Weg und wurde erwartet. Bei einer Tasse Kaffee kamen sie rasch zur Sache, denn auch sein Gegenüber war ein Mann, der nicht gern drum herumredete, auch hatte er als Versicherungsagent noch Kundenbesuche zu machen. Er erklärte Buttmei, dass er haarscharf um die vor ihm fahrenden Autos, die sich nach ihren vergeblichen Bremsversuchen ineinander verkeilt hatten, herumlenken und seinen Wagen auf dem Randstreifen hinter der Ampel zum Stehen bringen konnte. Er habe sofort den Wagen verlassen, um zu sehen, ob er helfen könne.

Dabei sei ihm aufgefallen, dass eine Person an der Ampel stand und die linke Hand an die Schaltfläche hielt, als wolle sie noch nachträglich die Fußgängerampel für den bereits Überfahrenen auf Grün schalten. Beschreiben könne er sie nur vage, eine junge Person, wahrscheinlich eine Frau, sie habe lange, blonde Haare gehabt, schwarze Hosen und eine dunkelblaue, auf Taille geschnittene Jacke. Er meine auch, sie habe ein Band im Haar gehabt. Und eines sei ihm besonders aufgefallen, sie habe trotz des milden Wetters Handschuhe getragen. Mehr könne er nicht sagen, da er sich rasch dem Unfallort und dem Unfallopfer zugewandt habe.

Das wiederum interessierte Buttmei zur Verwunderung des Mannes nicht. Er notierte nur, was er ihm über die Person an der Ampel berichtet hatte, bedankte sich herzlich, fragte noch, wie er am schnellstens zur Sudetenstraße kommen könnte und ging.

Als er merkte, wie er auf seiner kalt gewordenen Pfeife herumkaute, wusste er, dass er eine Spur gefunden hatte, wenn es denn überhaupt einen Fall gab, der Spuren brauchte. Er verspürte so etwas wie Jagdfieber und dachte unwillkürlich an Jagdsignale. »Halali.« Das laut ausgesprochene Wort elektrisierte sogar Theo.

Das zweite Haus unterschied sich kaum vom ersten, selbst der Steingarten wirkte ähnlich angelegt. Der Mann, der ihn ebenfalls bereits erwartete, trug eine Hausjoppe und Pantoffeln, seine Frau, mit blauer Kittelschürze herumgehend, bot ihm Kaffee an. Er wollte nicht unhöflich sein und nahm den Kaffee, bat nur um Milch dazu, obwohl er Kaffee, wenn er gut war, am liebsten schwarz und heiß trank, aber er wollte sich mit zu vielem Kaffee nicht den Magen überreizen, denn dazu neigte er. Auch war er seine eigene Sorte gewohnt. Fremder Kaffee schmeckte ihm nicht allzu sehr.

Der Mann erzählte bereits beim Kaffeetrinken, es sei eine seiner letzten Dienstfahrten gewesen, kurz vor der Pensionierung. Nie habe er in den vielen Jahren einen Unfall erlebt, in den er so nahe eingebunden war. Und Fritz Weber habe er natürlich gekannt, so wie man sich in der Gegend eben kannte. Er erzählte von seiner Arbeit, vom Verkehr und der Umgehungsstraße, bis Buttmei ihn mit freundlicher Hartnäckigkeit zu den Unfallbeobachtungen zurückbrachte.

Ja, er habe einen Mann davonlaufen sehen, zum Dorf hin, den Bewegungen nach müsse es ein jüngerer Mann gewesen sein. Aufgefallen sei ihm nichts Besonderes. Dunkle Kleidung, die kräftige Figur, breitschultrig, die Schnelligkeit, mit der sich der Mann bewegt habe. Schließlich habe er ihn nur von hinten gesehen und auch nur, weil er seinen Wagen am rechten Straßenrand zum Stehen habe bringen können.

Passiert sei seinem Auto nichts. Ja doch, ein paar kleine Kratzer von den Büschen neben dem Überweg, aber die habe er leicht wegpolieren können. Das Krachen der ineinanderfahrenden Autos, drei waren es. Der entstellte Tote, der wie eine verrenkte Puppe dalag, habe ihn bis in seine Träume verfolgt.

Buttmei beendete das Gespräch behutsam, lehnte die zweite Tasse Kaffee ab, fragte noch einmal, ob ihm irgendetwas an der weglaufenden Person aufgefallen war. Der Mann überlegte, ließ offensichtlich das Bild noch einmal vor seinen Augen ablaufen. Er könne nur noch sagen, dass der Mann von der Straße herunter und am Dorfeingang rechtsherum in die Felder gelaufen sei.

Buttmei bedankte sich, antwortete noch auf die Frage, ob der Fall neu aufgerollt werde und er als Zeuge gebraucht würde, das wisse er noch nicht, und ging zur Busstation zurück. Dort wartete er auf der Haltestellenbank und während er wartete, machte er sich die Notizen zu dem zweiten Gespräch, das er beendet hatte, um nicht die komplette Lebensgeschichte des Mannes anhören zu müssen, der sich offensichtlich in seinem Ruhestand langweilte und auf solche Abwechslungen wie Buttmeis Besuch stürzte.

Er musste also eine junge Frau aufspüren, auf die die erste Beschreibung passte, und einen jungen Mann, der möglicherweise mit ihr in Verbindung stand und wohl im, von der Ampel aus gesehen, rechten Dorfteil wohnte. Das musste möglich sein. Er hatte in seiner Dienstzeit schon weit schwierigere und spärlichere Indizien für das Auffinden von Personen gehabt und sie doch gefunden.

»Warum«, fragte er sich, »haben sie ihren Anschlag, wenn es denn einer war, nicht ein anderes Mal bei völliger Dunkelheit ausgeführt, dann hätte sie niemand sehen können, auch die Autofahrer nicht. Ihr Opfer war blind. Hatten sie nur bedacht, dass Fritz Weber sie nicht sehen konnte? Oder ging Weber in der früh eintretenden Dunkelheit der Wintermonate abends nicht über die Ampel in das Dorf? Oder waren die beiden harmlose Spaziergänger, ein Liebespaar, das nicht gesehen werden wollte?«

Er stellte fest, dass es mehr Fragen als Antworten gab und dass noch vieles fehlte, um aus der Sache einen Fall zu machen. Auf seinen Merkzetteln standen ein lang zurückliegender Autounfall, ein Blinder, der offensichtlich bei Fußgängerrot über die Straße ging, zwei junge Leute, die nach dem Unfall wegliefen, Fotos und Drohbriefe, die er sich nun unbedingt ansehen musste, um weiterzukommen.

Das einzige Verdächtige waren die fehlenden Abdrücke auf der Ampelschaltung. Geregnet hatte es an dem Abend nicht, das hatte er schon erfragt, es gab also keinen Grund, warum die Handabdrücke Fritz Webers und die anderer Personen, die an diesem Tag die Straße überquert hatten, nicht fixiert werden konnten.

Theo, was war eigentlich mit Theo? Er hatte ihn völlig vergessen, aber wohl immer an der Leine mit sich gezogen. Er erinnerte sich jetzt, dass bei seinem zweiten Besuch die Frau in der blauen Schürze Theo Wasser gebracht und mit ihm geredet hatte. Offensichtlich hatte sie selbst einmal einen Hund besessen und benannte Theo mit dessen Namen. »Entschuldigung«, sagte er zu Theo und streichelte die langen Ohren. »Ich verspreche dir, es wird wieder aufregender für dich werden.« Der Bus kam und brachte sie zurück nach Hinterhimmelsbach.

Während sie durch die Felder fuhren, in deren dunkelbrauner Erde die ersten Pflanzen keimten, fiel ihm die Feldarbeit ein, die er hatte leisten müssen, wenn er von den Bauern etwas zu essen bekommen wollte. Am unangenehmsten war das Vereinzeln der Futterrüben, »Wurzel verrobben« nannten es die Einheimischen. Das ununterbrochene Bücken ging auch jungen Menschen wie ihm auf das Kreuz, da half es nicht, irgendwann auf den Knien vorwärts zu kriechen. Wenn die Furche zu Ende war und er sich aufrichtete, hatte er das Gefühl, den Rücken nie mehr gerade biegen zu können.

Das Kartoffelausmachen war ein Vergnügen dagegen; die Kartoffelkrautfeuer, in deren Asche er die Knollen garen konnte, erhöhten noch die Bereitschaft mit anzupacken. Auch das Ährenlesen kam ihm wieder in den Sinn. Die Mutter schickte ihn los, wenn ein Kornfeld frisch geerntet war. Er durfte, er musste liegen gebliebene Ähren aufsammeln. Wenn ein Beutel voll war, trug die Mutter ihn zum Bäcker und bekam Mehl oder Brot dafür. Ein Stück Brot mehr galt ihm in der Zeit als köstliche Speise. Es wurde langsam und lange gekaut, besonders die Rinde, um den Genuss auszudehnen.

Anne wollte er nicht von den beiden Autofahrern berichten. Er fürchtete, das könnte zu einer vorschnellen Einmischung ihrerseits führen und solche vorschnellen Einmischungen gefährdeten jede Untersuchung. Aber anrufen musste er sie, das erwartete sie. Er würde einen Archivtag einlegen, um die Namen möglicher Betroffener herauszubekommen. Denn wenn es Mord war, woran er immer noch zweifelte, dann musste der Weg zu dem oder den Tätern über die Personen führen, die Fritz Weber bedroht haben sollte.

Anne wirkte erregt. Sie war im Dorf gewesen. Weil es laute Bemerkungen gab über ihre Verdächtigungen und sie aufgefordert worden war, damit aufzuhören, hatte sie zurückgedroht mit den von ihrem Vater gesammelten Beweisen. Das beunruhigte Buttmei.

Er beschloss, Theo bei ihr zu lassen, denn auf dessen Wachsamkeit konnte er sich verlassen. Er würde bellen, wenn sich Geräusche in das Haus einschlichen. Anne freute sich und begann sofort, mit

Theo zu reden, bis der mit dem Schwanz und schließlich mit dem ganzen Körper wedelte. Als er ging, drehte Theo den Kopf nicht mehr nach ihm um.

Er erschrak, als mitten in der Nacht das Zimmertelefon klingelte. Anne war am Apparat. Ihre Stimme überschlug sich, Theo bellte im Hintergrund. Irgendwer war gewaltsam in das Haus eingedrungen und hatte versucht, im Weberschen Archiv Feuer zu legen. Theos Bellen hatte Anne geweckt.

Es gelang ihr, das Feuer zu löschen, bevor es größeren Schaden anrichten konnte. Die Hintertür des Hauses war aufgebrochen, das Schloss zerstört, die Tür zum Archiv aufgehebelt und die Möbel angesengt vom Feuer. Theo hätte eigentlich früher bellen müssen, aber wahrscheinlich hatte Anne ihn so sehr gefüttert, dass er träge und fest schlief. Immerhin, er war aufgewacht, hatte laut gekläfft, Anne geweckt und Schlimmeres verhindert. Das war der eine Gedanke Buttmeis. Der andere war: Sie kommen aus der Deckung – also müssen sie Angst haben, es könne etwas entdeckt werden, was Folgen für sie haben könnte.

Er riet Anne, die Hintertüre zu verbarrikadieren und die Tür ihres Schlafzimmers offen zu lassen, damit Theo, der nun wieder seine Sinne geschärft hatte, kein Eindringling entgehen konnte. Er glaubte nicht, dass es in der gleichen Nacht einen zweiten Versuch geben würde. Deshalb sagte er ihr, er käme früh am Morgen, drehte sich auf die andere Seite und schlief wieder ein.

Nach dem Frühstück lief er zu ihr hinüber. Theo begrüßte ihn bellend, als wollte er berichten. Er lobte ihn, was Theo erwartet hatte. Zuerst besichtigte er die Brandstelle. Benzingetränkte Lappen waren in den Archivraum geworfen worden und hatten die Eingangstür, einen Stuhl und die Beine des Schreibtischs in Brand gesetzt.

Zu dem Zeitpunkt musste Theo jedoch schon angeschlagen haben, denn die Lappen waren hastig geworfen und der Erfolg des Feuers nicht überprüft worden. Annes beherzte Löschversuche hatten den Schreibtisch retten können. Den brennenden Stuhl hatte sie durch das Fenster in den Garten geworfen. Sein Gerippe lag dort noch. »Gut, dass das Feuer sich noch im Aufflammen befand«, sagte er zu ihr, »sonst hätte das geöffnete Fenster durch seinen Luftzug die Flammen hochschlagen lassen.«

Die Papiere lagen unbeschädigt in den Sortierfächern und auch zur Schreibtischplatte war das Feuer nicht vorgedrungen. Ihn beunruhigte also nur die aufgebrochene Außentüre. Das Schloss war irreparabel zerstört, die Halterung im Türrahmen mit roher Gewalt herausgebrochen. »Stemmeisen«, dachte er und veranlasste sofort einen Anruf beim Schlossermeister des Nachbardorfes.

Der versprach, noch am Nachmittag zu kommen und die Tür zunächst provisorisch zu verschließen, aber auf jeden Fall so, dass niemand eindringen konnte, bis sie endgültig repariert wäre. Dann fragte er Anne, ob sie eine Sofortbildkamera im Haus habe. »In Vaters Archiv ist so ein altes Ding, es funktioniert noch.« Er fotografierte alle Brandstellen, notierte Lage und Datum auf der Rückseite der Fotos und steckte sie ein.

»Du wirst die Polizei holen!«

»Du hast doch alles aufgenommen.«

»Wir brauchen eine amtliche Untersuchung.«

»Ich freue mich nicht darauf. Das bringt viel Unruhe und ich bin froh, solche Unruhe hinter mir zu haben.«

»Es muss sein!«

»Dann werde ich es tun.«

»Mir wäre es recht, wenn die Polizisten mit viel Aufsehen und Theater ankämen und sich um das Haus herum bewegten. Je mehr man davon im Dorf mitkriegen kann, umso besser.«

Anne verstand, dass er wegen der Wirkung auf die Täter ein größeres Aufsehen inszenieren wollte und seufzte. »Ich werde mir Mühe geben, sie lange und auffällig zu beschäftigen.«

»Gut so. Und nun wünsche ich mir eine Tasse Kaffee.«

Als sie mit Tassen und Kanne zurückkam, klapperte draußen die Briefpost in den Kasten. Theo bellte. Anne nahm ihr Schlüsselbund

und ging die Post holen. Im Hereinkommen blätterte sie die Briefe durch. Reklame, versprochene Geldgewinne bei irgendwelchen dubiosen Versandfirmen, eine Rechnung.

Dann erschrak sie, reichte ihm stumm den Zettel, den sie gefunden hatte. Ein Drohbrief. Ohne Absender natürlich. Wohl am frühen Morgen eingeworfen. Einmal hatte Theo kurz angeschlagen, sich aber rasch beruhigt, erinnerte sich Anne. Wie in schlechten Fernseh-Krimis aus Zeitungswörtern und Buchstaben zusammengeklebt, wurde ihr Schweigegeld angeboten, 5.000 Euro für die Herausgabe der belastenden Archivunterlagen. Wenn sie darauf nicht einginge, »passiert was«.

Zu Annes Überraschung kommentierte er vergnügt: »Das ist gut. Noch heute werde ich im Archiv ermitteln, wer sich bedroht fühlen könnte. Außerdem werden wir zu deinem Schutz die Polizei informieren, zuerst telefonisch und dann durch ein Fax mit dem Drohbrief als Anlage. Das wirst du im Postamt aufgeben, sodass es möglichst viele Leute mitbekommen. Es kann gar nicht genug Polizei hier herumschwirren und auch nicht genug Gerüchte.«

Er vermutete, dass es sich bei dem Brandanschlag und dem Verfasser des Briefes um zwei Personen handelte, denn der erste konnte nicht wissen, welchen Erfolg er mit dem Feuerlegen gehabt hatte, und der Brief passte wiederum nicht zu dem Anschlag.

Zufrieden zündete er sich eine Pfeife an und rauchte sie vor sich hin. Anne entwarf das Fax. Die Nummer würde sie sich auf dem Postamt heraussuchen lassen. Dann sagte er Anne, sie solle nachts alle Fenster und Türen gut sichern, Theo lasse er bei ihr im Haus. Und auch er werde wahrscheinlich bald zu ihr ziehen. Er müsse nur noch für die eine oder andere Beunruhigung im Dorf sorgen. Und nun werde er mit Theo einen Spaziergang unternehmen, zuerst um das Haus herum und dann ein Stück in die Felder, das werde nicht nur Theo guttun.

»Experimente und Vermutungen, auch Wahrscheinlichkeiten bringen zwar eine gewisse Befriedigung, aber zur Überführung von Tätern reichen sie nicht aus. Und die Täter wollen wir haben«, dozierte er. Sie nickte nur und Theo und er machten sich auf den Weg. Theos Freude bewies ihm, dass es Anne noch nicht ganz gelungen war, den misstrauischen Mischling aus seinem Herr-und-Hund-Verhältnis zu lösen.

Der Weg um das Haus zeigte ihm einen verwinkelten Bau aus den Zwanzigerjahren, so wie ihn Sonderlinge, die aufs Land und zur Natur strebten, gebaut hatten. Ohne Anschluss an Strom und Wasserleitung und mit Klärgrube und nahe zum Wald. Die Außenfassade aus Holzbrettern, dunkel gestrichen, um Verwitterung und Insektenfraß zu verhindern. Das Dach mit grauen Schieferplatten gedeckt. Aus dem Braun und Grau herausfallend die grün gestrichenen Fenster und Türen. Das Haus sollte sich in der Natur einpassen und sie nicht stören. Im Dorf hätte es als Fremdkörper gewirkt.

Der Vorbau zum Eingang sollte Kälte und Nässe fernhalten. Geheizt wurde ursprünglich in offenen Kaminen mit im nahen Wald geschlagenen Holzscheiten. Die Kamine waren trotz der Elektrifizierung noch vorhanden und konnten auch noch genutzt werden. Anne und ihr Vater liebten das offene Feuer, seine verschiedenen roten Töne, je nach Hitzegrad, das Flackern, das Prasseln, den Geruch des brennenden Holzes. Buttmei nahm sich vor, Anne um einen solchen Kaminfeuerabend zu bitten.

Annes Großvater hatte offensichtlich zur Wandervogelbewegung gehört und erst sein Sohn hatte die Anschlüsse an die inzwischen auch im Dorf eingezogene moderne Welt der Elektrizität und Hygiene legen lassen. Die Pumpe im Garten funktionierte noch, nach wenigen Pumpbewegungen kam kaltes, klares und gut schmeckendes Wasser aus dem dunkelgrünen Rohr. Er bot das Wasser Theo an. Es war ihm zu kalt, er schüttelte sich und verweigerte den Trank.

Buttmei überprüfte die Zugänge ins Haus. Neben dem Vordereingang und der jetzt beschädigten Tür zum Garten existierte noch ein schmaler Zugang, der von der Garage ins Haus führte. Die Garage war mit Hohlblocksteinen nachträglich angebaut worden. Seit Fritz

Webers Unfall stand sie leer. Alle Eingänge konnten gegen laienhafte Versuche einzudringen mit ein paar Tricks abgesichert werden, dazu genügten Stühle unter den Türklinken oder Drähte um Fenstergriffe. Nur das Schuppendach gefiel ihm nicht, weil man es leicht besteigen und im ersten Stock eindringen konnte. Stacheldraht ziehen schien ihm zu aufwendig. Flaschen zertrümmern und Scherben streuen war eher möglich. Schließlich brachte ihn ein Ausrutschen im feuchten Gras auf die einfachste Idee: Schmierseife ausschütten. Das half bis zum nächsten großen Regenguss. Darüber hinaus machte ihm die Vorstellung von herunterrutschenden Einbrechern diebische Freude.

Er ließ Theo frei über die Felder laufen. Mit seinen krummen Beinen war der zu groß geratene Dackel und zu kräftige Spitz nicht allzu sportlich und würde in seiner Nähe bleiben. Die Farben der Felder hatten Winternässe eingesogen, ein schweres, dunkles Braun, daneben das verschabte Grün der Wiesen.

Am Waldrand bog er in einen schmalen Trampelpfad ein, der parallel zur Grenze der Felder verlief. Er führte durch dichtes Gebüsch und unter nicht sehr hoch hinaufstrebenden Bäumen entlang, Birken, Ebereschen, Wildkirschen, die so nahe beieinanderstanden, dass sie sich gegenseitig die Luft wegnahmen. Diesen Pfad war er oft gegangen, weil er hoffte, im Unterholz Tiere aufspüren zu können. Dort, wo es besonders dicht wuchs, konnten sich tagsüber sogar Wildschweine verbergen. Nun rückte der Fall weit weg und die Erinnerung an die Jugendzeit hautnah. Sie brachte ihm ein Bild vor Augen, das er verdrängt hatte. In diesem Gebüsch hatte er nach Ende des Krieges die erste Begegnung mit einem toten Menschen. Die alte Frau wurde schon seit Tagen im Dorf vermisst. Sie galt als verwirrt. Und nun hing sie vor ihm, erhängt, tot, bereits von Fliegen umsurrt. Und doch auf den eingeknickten Beinen stehend, weil der junge Baum sich durch die an ihm ziehende Last langsam zur Erde gebogen hatte. Ihr schwarzes Kleid, die dunkelgrüne Schürze hingen herab, die Arme baumelten. Sobald er sie erkannt hatte, wagte er nicht mehr in ihr Gesicht zu sehen, verdrängte dessen zu

Tode gequältes Aussehen so heftig, dass auch jetzt keine Erinnerung möglich war. Nur der grauschwarze Haarknoten im Genick und die schräge Kopfhaltung hatten sich eingeprägt. Er war schreiend ins Dorf zurückgerannt. Auch jetzt schlug ihm das erinnerte Bild auf die Laune. Er kehrte um. Theo musste er erst aus fröhlichem Toben im Gebüsch mehrfach herausrufen, bis er ihm folgte. Missmutig ging er den Feldweg wieder zum Haus hinunter.

Theos heftiges Schnauben holte ihn in die Gegenwart zurück. Er verspürte wieder die Schwere der Schuhe, die im aufgeweichten Boden hafteten, sah den nahen Waldrand und erkannte eine grün gekleidete männliche Person, die aus dem Eichenschatten heraus- und den Weg herunterkam. Theo wühlte mit den Vorderpfoten in der Erde des Grasraines, der den Weg vom Feld abgrenzte. Er hatte bereits ein Loch gegraben und stieß immer wieder die Nase hinein, schnaubte heftig und scharrte weiter, als gälte es, einen Schatz auszugraben. Es konnte nur ein Mauseloch sein. Die weißen Flecken im Fell färbten sich ackerbraun.

Inzwischen war der Mann in Grün näher gekommen, ein Jäger der grünen Kleidung und dem übergehängten Gewehr nach. Er trat auf Buttmei zu und fuhr ihn heftig an, weil er seinen Hund nicht angeleint hatte. Er solle froh sein, dass er ihn nicht in den Feldern oder gar im Wald erwischt habe. Buttmei, noch immer schlecht gelaunt, unterbrach den heftigen Redeschwall. Dazu kam sich, dass er solche aggressiven Redeattacken nicht ausstehen konnte. Er wurde wütend, auch wenn der Ton dessen, was er sagte, betont ruhig und langsam wirkte, die Worte waren scharf. »Wenn Sie das Gewehr auch nur von der Schulter genommen hätten, hätte ich Sie angezeigt und Stein und Bein geschworen, dass Sie mich bedroht hätten. Einem Kommissar wird man eher glauben als einem Möchtegernjäger. Ich würde veranlassen, dass Sie Ihre Waffe und den Jagdschein in den Ofen schieben könnten.«

Während es dem größer als Buttmei gewachsenen Mann die Sprache verschlug, sah er an ihm hinab, als wollte er ihn mustern.

Bevor dieser zur Sprache zurückgefunden hatte, schob er hinterher: »Ihr Schuhabdruck gleicht denen am Haus von Anne Weber. Ich werde ausmessen und nachprüfen, und wenn sie identisch sind, dann mache ich Sie dingfest.« Als der Mann sprachlos blieb und stumm zum Dorf hinunterstapfte, meinte Buttmei zu Theo: »So ein hergelaufener junger Schnösel. Das mit dem Schuhabdruck habe ich ins Blaue gesagt, weil ich mich geärgert habe. Du weißt, wie ich dann sein kann. Aber wenn es so beeindruckend wirkt, wollen wir doch mal genauer nachsehen.« Er zog sein Notizheft aus der Tasche, zeichnete die klaren Schuheindrücke im Wegmatsch ab, steckte die Zeichnung ein. Sie liefen zum Haus, um dort nach vergleichbaren Abdrücken zu suchen. Im Gartengras war allerdings kein brauchbarer Abdruck zu finden. Theos Blick mit schrägem Kopf gegen ihn, als er im Gras kniete, kam ihm spöttisch vor.

Den Nachmittag verbrachte er im Archiv, Anne assistierte ihm. Wenn sie sich über seine Schulter beugte, roch er ihr Haar. Es duftete nach Kamille. Damit wusch sie es wohl täglich. Er spürte ihren nicht sehr großen, aber festen Busen. Das Gewicht ihres Körpers an seinem Rücken wirkte leicht und er fand es angenehm.

So zögerte er einen Augenblick, mit den Nachforschungen zu beginnen. In dem mit weichem Leder gepolsterten Schreibtischstuhl saß er gut und hätte behaglich zurückgelehnt sitzen bleiben können, wenn es nicht darum gegangen wäre, Spuren zu finden.

Zuerst versuchte er sich einen Überblick zu verschaffen. Fritz Weber hatte an einer Wand des Archivs einen offenen Ablageschrank einbauen lassen mit zahlreichen Fächern und hatte die Fächer beschriftet. Buttmei konnte also alle Fächer, die heimatkundliche Themen angaben, auslassen und sich auf die Stichwörter konzentrieren, die ihm bei der Suche nach Motiven, die eine Tat hätten hervorrufen können, weiterzuhelfen vermochten. Mit Annes Hilfe konnte er die Suche noch weiter einengen und wurde fündig. Er breitete die ihm wichtigen Papiere auf dem Schreibtisch aus. Kopierte Fotos zeigten junge Männer in SA-Uniform, Namen und Daten waren beigefügt, auch kopierte Berichte, aus denen hervorging, dass zwei der Abgebildeten aus Hinterhimmelsbach stammten. Die Namen kannte er. Herausfordernd standen sie da, mit ihrem Aussehen prahlend, als wären sie dazu geboren, eine Welt zu erobern. Vor ihnen knieten schwarz gekleidete Menschen, eine Familie, die Gesichter der Erde zugekehrt. Mit der Lupe sah er die Angst in ihren Augen. Die gelben Sterne auf der linken Brustseite wiesen sie als Juden aus. Auf einem anderen Foto standen die gleichen Männer am Ortsschild und hatten ein zweites beschriftetes Viereck dazugehängt: »Unser Dorf ist judenrein.« Aus den Berichten erfuhr er, dass sie die Juden durch die Dorfstraße getrieben und geschlagen und zuletzt mit einem Kleinlastwagen weggebracht hatten. Notizen Webers und Kopien ergänzten die Berichte. Die Familie war in Auschwitz ermordet worden.

Von Anne erfuhr er, dass ihr Vater die Unterlagen von Bewohnern im Dorf gekauft hatte, was nicht allzu schwierig war, weil, wie auch Buttmei wusste, bei aller nach außen getragenen Solidarität die geheime Feindschaft und Eifersucht zwischen den Höfen zum Charakter dieses Dorfes gehörte. Keiner gönnte dem anderen mehr oder gleich viel Besitz oder Dinge, die man selbst nicht hatte. Das ging so weit – er erinnerte sich wieder –, dass seine Mutter nachts mit der Bäuerin losgehen musste, um aus den Nachbargärten reife Tomaten zu stehlen, während die Tomaten im eigenen Garten am Strauch blieben. Wenn seine Mutter sich verweigert hätte, hätte sie im Haus keine ruhige Stunde mehr gehabt.

Darüber hinaus wusste Buttmei aus seiner Evakuierungszeit in Hinterhimmelsbach, dass es ein Goldfasanennest gewesen war. Von den damals etwa zwanzig Höfen und Familien saßen zehn und mehr Bauern in einem Internierungslager am Rand der Stadt ein, weil sie schon vor 1933 in die NSDAP eingetreten waren. Mit den ersten Amnestien wurden sie entlassen. Nur dem ehemaligen Ortsgruppenleiter wurde der Prozess gemacht. Er musste Haus und Hof bis zu der nächsten Amnestiewelle verlassen. Ohne ihre Parteiuniformen wirkten sie bedeutungslos. Vielleicht war es einer der

Gründe gewesen, eifrig mitzumachen, um wenigstens am Wochenende in dieser Weise auftreten zu können, mit Koppelschloss und Stiefeln und Brustriemen und Mütze, einem Dolch am Gürtel und allerlei Abzeichen am Braunhemd. Erst Jahrzehnte später hatte Weber die Dokumente aufgestöbert. Damals hatten die Folgen des Autounfalls, dessen Ursachen nie geklärt wurden, seine Augen noch nicht zerstört. Vom Auftauchen der ersten Hinweise an brachte ihn nichts mehr davon ab, weitere Nachforschungen zu betreiben, obwohl dies, als es sich im Dorf herumsprach, zu immer deutlicheren Anfeindungen führte.

Nachdem er die Namen wusste und seine Untersuchungen auf zwei Familien konzentrieren konnte, interessierte Buttmei nun, warum Weber so unerbittlich und bis in seine Blindheit hinein die zurückliegenden Vorgänge verfolgte. Geschichtsinteresse reichte als Grund nicht aus. Er hatte zwar als Heimatforscher manches erkundet und veröffentlicht und als solcher einen respektablen Ruf in der Region. Es musste mehr dahinterstecken.

In der Familiengeschichte wurde er durch Hinweise Annes schnell fündig. Webers Mutter wurde anonym angezeigt, weil sie dieser jüdischen Familie, der einzigen in Hinterhimmelsbach, einem Viehhändler, seiner Frau und seinen zwei Töchtern, die Freundschaft hielt. Sie grüßte sie nicht nur, als es verboten wurde, sie ging zu ihnen in die Wohnung, auch in das eine Zimmer im alten, damals aufgegebenen Schulhaus, in das man sie hineinzwang, und versorgte sie mit Lebensmitteln und Kleidung. Darüber hinaus warf sie dem Ortsgruppenleiter, der sie vorladen ließ, Unmenschlichkeit vor und als er von Schande sprach und wieso sie als reinrassige Deutsche sich so erniedrige, erklärte sie, es wäre unwürdig, Menschen so zu behandeln.

Buttmei las in der Abschrift der Anklageschrift, die der Sohn sich besorgt hatte, sie habe außerdem mehrfach den Hitlergruß auch nach Aufforderung verweigert und so dem deutschen Volkskörper Schaden zugefügt.

Sie wurde verhaftet und zu Zuchthaus verurteilt. Zurück kam sie als gebrochener Mensch. Ihr Lachen war verschwunden, ihre Lebenslust dazu, und als sie eine neue Vorladung erhielt, weil sie sich nach dem Schicksal der jüdischen Familie erkundigt hatte, verschwand sie, ohne sich von ihrem Sohn zu verabschieden, im Wald und tauchte nie wieder auf. Sie hatte nicht einmal mehr die Kraft oder den Willen, einen Abschiedsbrief zu hinterlassen.

Ihr Mann verwand den Verlust nicht; er wurde ein Wesen, das vor sich hin vegetierte und letztlich auf den Tod wartete. Der zeigte wenig Erbarmen und ließ ihn warten. Solange der Vater lebte, rührte der Sohn trotz seiner Hassgefühle die Vergangenheit nicht an, um den Vater nicht noch tiefer in Verzweiflung zu stürzen. Nach dem Tod des Vaters begann er mit seinen Nachforschungen und gab nicht auf, bevor er nicht wusste, was er wissen wollte. So erklärte es sich, warum Weber so lange gewartet hatte, bis er seine Nachforschungen intensiver betrieb und sie öffentlich machte. In ersten Zeitungsartikeln der Heimatzeitung forderte er eine Gedenktafel für die jüdische Familie. Als sich die Alteingesessenen im Dorf einhellig empörten, von Nestbeschmutzung sprachen und die ersten Drohungen ausstießen, drohte er zurück, er werde die Namen der Beteiligten und die Fotos, die in seinem Besitz waren, ebenfalls in der Heimatzeitung veröffentlichen und sie darüber hinaus auch an größere Zeitungen schicken.

Buttmei hielt nun die Fäden in der Hand, die er gesucht hatte: die Motive für die Morddrohungen gegen Weber und das Motiv für dessen Hartnäckigkeit gegen alle Widerstände, ein Schuldbekenntnis zu verlangen, zudem er wohl zu Recht auch die anonyme Anzeige gegen seine Mutter in diesem Umkreis vermutete. Er hatte ebenfalls anonyme Hinweise erhalten, nach denen es eine der fanatischen Ehefrauen gewesen sein soll, eine von denen, die seine Mutter angezischt hatten, wie eine deutsche Frau so würdelos sein könnte, sich mit Juden einzulassen. Aber er konnte die Person nicht eindeutig ausfindig machen. Anscheinend hatte die Denunziantin als Rückversicherung, falls es doch einen politischen Wechsel im tausendjährigen Reich geben sollte, ihre Anonymität gewahrt und nicht, wie sonst im Dorf üblich, damit geprahlt.

Dazu fiel Buttmei eine Szene ein, die er beim Einmarsch der Amerikaner in das Dorf erlebt hatte. Eine Handvoll junger Soldaten hatte die kleine Nebenstraße verteidigen sollen. Aber die Amerikaner kamen mit geballter Panzermacht gerade dorthin, weil sie über diese Straße die gut befestigte Hauptstraße nach Osten umgehen wollten. Die Soldaten mussten sich zurückziehen und baten im Nazidorf um Pferde und Wagen, um ihre Maschinengewehre schneller transportieren zu können. Sie wurden ihnen glattweg verweigert und sie mussten mit vorgehaltener Waffe gewaltsam in Besitz nehmen, was sie benötigten. Zu dem Zeitpunkt hatten die Bauern schon ihre Parteiabzeichen vom Revers genommen, die Hakenkreuzfahnen vergraben, ihre Frauen standen mit weißen Tüchern hinter den Türen und hissten sie, sobald die Soldaten das Dorfende erreicht hatten. Auch die Rufe der auf den Panzern sitzenden amerikanischen Soldaten hatte er noch im Ohr: Hitler kaputt. Er schüttelte im Nachhinein den Kopf über den raschen, ja blitzschnellen Wandel, den die Dorfnazis vollzogen hatten. Erklärungen hatte er keine dafür, allenfalls Verwunderung darüber, wie eine so tiefsitzende Begeisterung und Mittäterschaft sich in Luft und Schweigen auflöste. Selbst hinter vorgehaltener Hand fiel kein Wort mehr über die braune Vergangenheit. Es war so, als hätten sie sich nie daran beteiligt. Erst als einer wie Weber kam und sie an ihre Mittäterschaft erinnerte, sie sogar öffentlich in einer Gedenktafel verewigen wollte, wurde die Vergangenheit wieder zu einem Thema in Hinterhimmelsbach.

Nun wusste er auch, wer sich besonders bedroht fühlen mussten: Delp und Bölstein, die beiden auf den Archivfotos eindeutig zu identifizierenden Übeltäter. An Bölstein, der damals als älterer Mann auf dem Hof lebte und wohl der Vater des SA-Mannes sein musste, hatte er eine deutliche Erinnerung. Als Besitzer eines der größeren Höfe besaß er ein Pferdegespann, zwei schlanke, dunkelbraune Pferde zogen den Wagen. Er saß oben und knallte mit der Peitsche. Wenn es ihm zu langsam ging, sprang er ab und trat die Tiere in den Bauch. Es hatte Buttmei empört, aber noch mehr hatte es ihn getroffen, dass er den Mund halten musste, weil seine Familie sonst im Dorf völlig geächtet gewesen und wohl gar verhungert wäre. Als er sich daran erinnerte, kam die Scham darüber wie eine heiße und den Kopf rötende Welle über ihn und er verstand den alten Weber besser.

Trotz alledem, die Vergangenheit beschäftigte ihn nicht allzu sehr. Ähnliche Geschichten ereigneten sich an vielen Orten und die Einheimischen mussten in der darauffolgenden Generation selbst den Weg finden, ihre dörfliche Vergangenheit zu bewältigen. Er suchte Hinweise auf die Mörder Fritz Webers, denn von Mord ging er mittlerweile aus, und sah es als seine Aufgabe an, sie zu überführen. Ihre Motive dienten ihm nur dazu, die Spuren zu verfolgen, die ihre Täterschaft beweisen konnten. Der Schlüssel dazu verbarg sich für ihn hinter den Personen, die nach dem Unfall auf beiden Seiten der Straße weggelaufen waren. Denn noch lag der entscheidende Tathergang im Dunkeln. Warum lief Fritz Weber auf die Straße, ohne die Fußgängerampel betätigt zu haben, warum wartete er nicht den Signalton ab? Dem Weg nach, den er bis zum Zusammenprall zurückgelegt hatte, konnte er nicht auf die Straße gestoßen worden sein. Was geschah also an der Ampel? Diese Fragen konnten ihm nur die weglaufenden Zeugen oder gar Täter beantworten. Er notierte die Fragen in seinem Merkbuch.

Die Namen Delp und Bölstein und ihre möglichen Motive waren wichtige Schritte zur Aufklärung. Zu Ende war damit der Fall noch nicht. Er musste die Tat beweisen können. Dazu brauchte er eine Phase des Nachdenkens. Er musste Strategien entwickeln. Die Strategien mussten die Täter so weit aus der Verborgenheit herauslocken, dass er sie auf dem Tablett, wie das einer seiner Mitarbeiter immer genannt hatte, den Behörden servieren und sie zum Aktivwerden veranlassen konnte. Als Pensionär fehlte ihm dazu jede

Befugnis. Er konnte die Verdächtigen nicht dazu zwingen, mit ihm zu reden oder gar Fragen zu beantworten. Von Verhörenkönnen und in die Engetreiben mit den erlernten Tricks eines erfahrenen Verhörenden konnte nicht die Rede sein.

Er verließ das Archiv, stopfte seine Pfeife neu, zündete sie an. »Zwei Tage im Dorf werde ich noch brauchen, bevor ich zu dir ziehen kann«, sagte er zu Anne, die ihn erwartungsvoll ansah. »Aber dann komme ich bestimmt!«

Sie erwiderte: »Der Rotwein aus Vaters Keller ist besser als der im Grünen Baum.«

Er nickte.

Als er sein Zimmer betrat, erkannte er sofort, dass es durchwühlt worden war. Sein erster Gedanke galt Theo. Gut, dass er sich nicht im Zimmer aufgehalten hatte, die Einbrecher hätten ihn erschlagen. Auf dem Weg zum Gasthaus hatte er sich wie in einer Vorahnung an eine Szene erinnert, die ihn als Jugendlichen bedrückt hatte. Delps hatten einen Zottelhund, grau, Haare bis über die Augen gewachsen, ein Mischling wie sein Theo und ein freundliches Tier, aber wachsam, wie sein Besitzer es erwartete. Selbst die unmittelbaren und mehrmals am Tag vorüberkommenden Nachbarn wurden bei jedem Betreten des Hofes verbellt, bevor das Bellen in freudige Begrüßung überging. Er wurde Flock gerufen. Wenn er ihn freudig ansprang und auf ein paar liebevolle Worte hoffte, weil der junge Philipp Buttmei damit nicht geizte, wirkte er größer als er. Ansonsten reichte er ihm ein Stück bis über die Knie. Er lag in der Regel an einer kräftigen Kette in einer hölzernen, vom Bauern selbst zusammengenagelten Hundehütte neben der Sandsteintreppe, die ins Haus führte. Wenn der Rüde läufig wurde, heulte er lang gezogen, bis ein Tritt des Bauern ihn in die Hütte trieb. Eines Tages gelang es ihm, die Kette aus dem Holz zu reißen, hinter einer Hündin herzulaufen und einen Tag lang zu verschwinden. Als er nach Stunden zurückkam, kettete Delp ihn an und schlug einen Besenstil auf ihm entzwei. Das Winseln des Hundes kam nun wieder in Buttmeis Ohren, kläglich, lang anhaltend und sich einprägend.

Mit diesem Erinnerungsbild vor Augen stand er im Zimmer, ohne zu prüfen, was geschehen war. Das widerfuhr ihm öfter. »Erinnerungsabsencen« nannte er den Zustand. Sobald er aus ihm zurückkehrte, wurde er hellwach. Seine Mitarbeiter waren daran gewöhnt, sie warteten und flüsterten sich zu: »Der Alte nimmt Anlauf.« Nun untersuchte er Schrank, Koffer, Nachttisch, Tisch, das Bett. Die ausformulierte Niederschrift seiner Notizen war weg. Aber er hatte die Notizen in seinem Merkbuch. Ein Griff nach der Tasche bestätigte sein Vorhandensein. Ärgerlich war, dass er sich die Arbeit, die Stichwörter in einen Text zu bringen, erneut machen musste. Trotzdem trank er seinen abendlichen Rotwein, als wäre nichts geschehen. Er ließ sich nichts anmerken, warf nicht einmal Blicke zum Stammtisch hinüber, spitzte nur die Ohren, um zu hören. Die Wortfetzen, die er auffing, verkündeten ihm das übliche Stammtischgeschwätz. Familientratsch, wer mit wem und wie und wo, Fußball, Asylantenbeschimpfung, obwohl es im Dorf keine gab, die Klage, wie schlecht es den Bauern ging, dass früher alles besser war und so weiter und so fort. Es war ermüdend zuzuhören und er ließ es sein. Er schlief auch gut und tief, klemmte jedoch, bevor er zu Bett ging, einen Stuhl unter die Türklinke.

Den nächsten Tag verbrachte er damit, im alten Ortskern von Hinterhimmelsbach herumzuspazieren. Sein Pfeifchen schmauchend, stehen bleibend, die Höfe betrachtend, Leute, die an ihm vorbeigingen, grüßend, auch mal Steine, die auf dem Weg lagen, wegkickend – das hatte er sich als Junge angewöhnt, und das Zucken in den Füßen, wenn etwas herumlag, das man in Bewegung setzen konnte, hatte nie aufgehört, seine Schuhspitzen waren stets verkratzt. So schlenderte er scheinbar ziellos umher.

Die asphaltierten Straßen, damals Sandwege mit fest eingestampften grauen Schottersteinen, waren sauber, denn gekehrt wurden sie am Wochenende wie eh und je. Als Einquartierter musste er das machen und machte es ungern, weil es ihm wie Fronarbeit vorkam. Schwere Arbeit war es nicht, den Reisigbesen über die Erde zu ziehen. Im Sommer staubte es, dann schluckte und hustete er. Am unangenehmsten war die wie Pfannkuchen dahingeklatschte Kuhscheiße, die zwar an der Oberfläche grau eintrocknete, aber beim Kehren kam der stinkende spinatgrüne Kern wieder zum Vorschein und klebte am Besen.

Vor dem Hof, in den seine Familie eingewiesen worden war, blieb er stehen. Viel hatte sich nicht verändert. Der Misthaufen war verschwunden. Die Viehwirtschaft schien aufgegeben. Das Stallungsgebäude war zur Maschinenparkstation und zur Garage umgebaut. Die übliche Sandsteintreppe führte über die Bruchsteinmauer des Untergeschosses in den Wohntrakt. Er wirkte wie neu gestrichen, auch die Fachwerkbalken glänzten vor Farbe. Als er näher trat, sah er, dass der Hof mit Platten ausgelegt war. Im Wassertrog blühten rote Geranien. Damals wurde hier in kaltem Wasser die große Wäsche gewaschen. Wenn seine Mutter vom Waschen kam, hatte sie blaue und mit Falten überzogene, ausgelaugte Hände.

Es fiel ihm, als er in den Hof hineinsah, wie Schuppen von den Augen. Theo! Jetzt wusste er, warum ihn der seltsame Mischling so angezogen hatte und warum er ihn mit nach Hause genommen hatte. Damals wachte ein ähnlicher Bastard über den Hof und zwischen ihm und dem Hund entstand eine Freundschaft, die darauf beruhte, dass sie beide Fremdkörper in Hinterhimmelsbach waren. Er konnte für den Moment der Erinnerung sogar das glatte und warme Fell des Hundes spüren.

Hinter den immer noch kleinen Fenstern und ihren weißen Stickgardinen wurde er beobachtet. Er hörte Rufen im Haus, verharrte, den Rauch der Pfeife in die Luft paffend, auf der Stelle und ließ sein Erinnerungsvermögen weiter in der Vergangenheit kramen. Links, dort, wo jetzt der Mähdrescher stand, befand sich das Plumpsklo. Die Tür mit dem ausgesägten Herz täuschte Idylle vor. Dahinter im Halbdunkel ein Brett als Sitz, im Brett ein Loch, drunter wabberte die stinkende Brühe, die von Zeit zu Zeit abgesaugt, in metallene Behälter gepumpt und auf den Feldern versprüht wurde. Wenn der seine Notdurft Verrichtende Pech hatte, fanden sich noch Reste in dem Rohr, das über ihn hinweg nach draußen führte, und er hatte Mühe, den heruntertropfenden braunen Flüssigkeit zu entkommen. Auf dem Sitzbrett lagen zu kleinen Vierecken zurechtgerissene Zeitungsteile. Manchmal las Philipp ein paar Zeilen, um sich abzulenken, während er in Gestank und Kälte saß. Rechts von der Treppe hinter der ersten Tür im Flur lag das Zimmer, in dem er schlief. Nur das Bett stand ihm zur Verfügung, der Rest des Zimmers lag und hing voll mit allerlei Gerümpel, das vielleicht noch einmal gebraucht werden konnte, alte Rechen, Körbe, Zinkwannen. Im Boden führten Löcher bis in den Keller. Im Herbst konnte er bei Mondlicht Mäuse dort herausspazieren und im Zimmer herumschnüffeln sehen. Im Winter fror sein Atem auf der schweren Bettdecke. Am Morgen sah er die Eiskristalle auf dem Überzug. Im ersten Stock lebten die Eltern in einem Zimmer mit einer Nebenkammer und einer Kochstelle. Die ersten Löffel hatte der Vater aus Holz geschnitzt, den ersten Kochtopf von einer Müllhalde im Wald geholt. Der Dorfspengler lötete ihm gegen Zigaretten das Loch im Aluminium zu. Da Vater Nichtraucher war, wurden die Zigarettenmarken zu einem der wichtigsten Tauschobjekte, die die Familie besaß. Irgendwoher hatten sie auch ein altes Radio, einen Volksempfänger, und er entdeckte mit Begeisterung Glenn Miller, dessen Musik ihn so auflockerte, dass er bis in sein Rentnerdasein hinein immer wieder gern den Millersound hörte.

Mit diesen Bildern vor Augen hatte er lange regungslos vor dem Haus gestanden. Es muss auf die Zuschauer herausfordernd gewirkt haben. Schließlich öffnete sich die Tür. Zuerst kam eine Frau, etwas jünger als er, im modisch veränderten Bauerndirndl und mit Friseurlocken, dann eine alte, gebückte Frau in schwarzer Kleidung, das Haar zum Knoten gebunden. Die alte Frau ging wie damals, krummgeschafft, in immerwährender Trauerkleidung, weil immer wer starb, ein Verwandter, ein Nachbar. Die jüngere ging aufrecht, war modisch gekleidet, wenn auch nicht nach der allerneusten Mode, auch nicht auffällig durch Extravaganzen, eher den Kleidungsstücken aus Versandhauskatalogen gleichend. Sie wirkte wesentlich jünger, als es bei über Fünfzigjährigen in der damaligen Zeit der Fall gewesen war.

Er wartete, bis die zwei Frauen vor ihm anhielten und ihn anstarrten. »Das ist er«, sagte die Alte, »kennst du ihn nicht mehr, der Philipp, der oben bei uns in der Stube wohnte, gleich nach dem Krieg, als die Ausgebombten kamen. Der Philipp, er ist es.«

Philipp Buttmei war zwar der Meinung, er hätte sich sehr verändert und sähe dem Jüngling von vor mehr als vierzig Jahren nicht mehr ähnlich. Aber nun war er erkannt, und es folgten die üblichen Fragen, was ihn ins Dorf zurückbrächte nach so langer Zeit, ob er wegen Anne Weber da wäre. Er antwortete oberflächlich und schloss aus den nicht gestellten Fragen, dass sie wusste, was er beruflich gemacht hatte. Sonst hätte sie gefragt, was aus dem »Bub von damals« geworden wäre. Ins Haus wurde er nicht gebeten. Das war ihm ganz recht. Die Familie stand auch nicht auf der Liste der Verdächtigen.

Einem plötzlichen Einfall nachgebend, fragte er nach einer jungen Frau mit langen blonden Haaren und Stirnband und begründete es damit, dass er sie gesehen und sich gewundert habe, weil es hellblonde Frauen im Dorf früher nicht gegeben habe. Er könne sich jedenfalls an keine erinnern. Der Bölstein habe eine blonde Frau mitgebracht, die habe er in so einer Zuchtburg kennengelernt, er, Buttmei, wisse sicher, was das gewesen sei. »Blonde Kinder dem Führer schenken, hieß das«, sagte die Alte kichernd, »und die Nachkommen sind nun auch blond. Mit blauen Augen.« Deren Tochter, die Brunhilde, habe so lange Haare und trüge Stirnbänder. Dann spöttelte sie noch: »Guckst du noch nach jungen Mädchen?« Er verweigerte die Antwort. Sie standen noch einen Augenblick stumm beieinander, dann sprach die Alte zu ihrer Tochter: »Alle Mädchen im Dorf haben den Kopf nach ihm gedreht. Gefragt haben sie sich, was der den ganzen Tag im Wald treibt. Das hat sie beschäftigt. Wenn der gewollt hätte, hätte er eine gute Partie machen können. Vielleicht war er auch zu schüchtern. Die Städter sind manchmal so.« Sie kicherte wieder vor sich hin und verabschiedete sich.

»Eine gute Partie! Auf Zeit und Ewigkeit hinter Ochsen und dem Pflug herstampfen?«

Er setzte kopfschüttelnd seinen Weg fort. Die Delpchen und Bölsteinchen Höfe lagen nebeneinander. Zwischen beiden blieb er stehen, zog sein Notizbuch, wartete, bis auch hier das erste Gesicht hinter einem der Fenster erschien, und tat so, als machte er Notizen.

Hinter dem Hoftor ließ jemand einen Hund los, der bellend und die Zähne bleckend gegen das Gitter sprang. Er ging zwei Schritte auf den Hund zu, was diesen vollends wild machte, sodass er sich heiser kläffte. Dann kamen Schritte, der Hund wurde am Halsband gepackt und weggezogen. Auf dem Weg zum Gasthaus zurück ließ er sich im Postamt ein Tarifheft geben und umständlich erklären, was ein Einschreibebrief koste und ob der auch sicher sei und wie lange er brauche, um anzukommen, weil er damit wichtige und eilige Dokumente verschicken müsse.

Danach führte ihn der Weg aus dem Dorf und über die Ampel zu Anne Weber. Sie hatte ihm bereits die Kopien gemacht, um die er sie gebeten hatte. Anne hatte ihm auch schon ein Kuvert zurechtgelegt, in das er alles packte. Einen Brief, in dem er seinen Verdacht festgehalten hatte, wer die Täter sein könnten und warum sie den Mord an Weber begangen haben könnten, hatte er bereits im Gasthaus geschrieben und steckte ihn dazu. Er adressierte den Umschlag, ohne ihn zu verschließen, denn immer noch fehlten ihm entscheidende Erkenntnisse, an das zuständige Kriminalbüro und legte ihn auf den Tisch.

Während es draußen dämmerte, kreisten ihre Gespräche nicht mehr um den Fall, sie sprachen über Musik. Anne liebte wie er Gregorianische Gesänge und hatte gerade in der Nachfolge dazu die Responsorien des Gesualdo di Venosa entdeckt. Sie legte die CD auf. Eine Musik, die süchtig machen konnte durch ihre scheinbare

Harmonie und die morbiden und melancholischen Klänge, füllte den Raum, als befänden sie sich in einem Kirchenschiff. Er schluckte den Kommentar »Auch der war ein Mörder« mit einem Schluck des vorzüglichen Bordeaux-Weines hinunter, den sie aus dem Keller geholt und rechtzeitig geöffnet hatte, damit er atmen konnte. Nun stand er vollmundig in den großen, bauchigen Gläsern. Buttmei schwieg nicht nur, weil er die Stimmung nicht stören wollte, sondern auch wegen der Faszination, die von dieser Musik ausging. Zur Rechtfertigung und Selbstbeschwichtigung fügte er noch lautlos an: »Im Affekt. Ein Mörder im Affekt.« Er drehte das Glas in den Händen, genoss das dunkle, im Abendlicht leuchtende Rot. Als Kontrast dazu dunkelte Annes blondes Haar zu einem gedämpften Ockerton. Es war eine Stimmung, um alle Fälle und Untersuchungen sein zu lassen, schließlich konnte ihn niemand dazu zwingen.

Noch auf dem Rückweg ins Dorf wirkten seine Schritte beschwingter. Sonst neigte er eher zu einem bedächtigen und nicht sehr großschrittigen Gang. Im Hohlweg, bereits in dessen Dunkelheit getaucht, schärfte ein Geräusch, das aus den Randbüschen aufbrach, sein Gehör. Bevor er sich umdrehen konnte, spürte er, dass jemand hinter ihm stand. Instinktiv machte er sich kleiner, da wurde auch schon ein Schlag gegen seinen Kopf geführt und er fiel zu Boden. Lange lag er nicht, denn sein rasches Wegzucken hatte einen Teil der Wucht abgefangen. Sein Schädel brummte, die Kleider waren total versandet und der Brief war weg. Zuerst dachte er daran, umkehren, aber er wollte Anne nicht in Angst versetzen. So lief er zu seinem Quartier.

Als der Wirt ihn sah und fragte, ob er gestürzt sei, antwortete er unwirsch: »Nein, das war ein Mordanschlag. Morgen früh werde ich Anzeige erstatten und den Täter benennen. Und nun erzählen Sie es weiter.« Obwohl es dem Wirt die Antwort verschlug, holte er eine Kleiderbürste. In seinem Zimmer bürstete Buttmei die Kleider sauber. Diejenigen, die feucht geworden waren, hängte er zum Trocknen über einen Stuhl. Dann ließ er kaltes Wasser über die

Kopfseite laufen, die den Schlag abbekommen hatte. Das würde Schwellungen kleiner halten und den Schmerz wegnehmen.

Neu gekleidet, überlegte er, ob er in die Gaststube hinuntergehen sollte. Aber den Bordeauxgeschmack noch im Mund, war ihm nicht nach Trollinger zumute, also ging er früh zu Bett und überdachte trotz seines Brummschädels die Ereignisse. Für ihn wurde immer wahrscheinlicher, dass Fritz Weber auf heimtückische und offensichtlich perfekt ausgeklügelte Weise ermordet worden war.

Die Motive dafür lagen auf der Hand. Die Spur zu den Tätern war eindeutig. Der Beschreibung der Autofahrer nach waren es junge Leute, ein Mann, eine Frau.

Die Frau schien auch bereits identifiziert. Aber warum hatte sie es getan? Ihrem Großvater drohte nach so langer Zeit und nach der Beweislage nicht einmal ein Prozess. Die Provinzzeitung würde sich möglicherweise auf den Fall stürzen, Berichterstatter ins Dorf kommen, Fragen stellen, Fotos machen, Schlagzeilen produzieren. War es das, was sie fürchtete? Hatte sie die Tat vorschnell und hitzköpfig begangen und saß nun in der Falle, weil ein nachgewiesener Mord zu hohen Strafen der Beteiligten führen würde?

Wer waren die Mittäter? Noch wusste er nicht, was die junge Frau und ihre Hand auf dem Schalter der Ampel mit der Tat zu tun hatten. Und er wusste immer noch nicht, was sie gemacht hatten, um Fritz Weber zu täuschen. Hatten sie die Ampel manipuliert? Aber wie? Oder verrannte er sich mit den Verdächtigungen der jungen Frau in eine Sackgasse?

Er würde also in Hinterhimmelsbach bleiben müssen. Immerhin glaubte er, so weit vorangekommen zu sein, dass er zu Anne umziehen konnte. Morgen also, dachte er und nahm er eine Baldriantablette aus dem eisernen Bestand der Reiseapotheke, in der er sie für solche Eventualitäten auf Vorrat hielt.

Sonne und blauer Himmel blendeten ihn, als er die Augen öffnete. Erst nach mehrmaligem Reiben und Blinzeln war er der strahlenden Helligkeit gewachsen. Er hatte lange geschlafen. Der Magen knurrte.

Der Kopf schmerzte, wenn er an die Stelle kam, wo ihn der Hieb getroffen hatte. Er fühlte auch eine Beule. Es war auszuhalten. Jedenfalls war der Hunger stärker als die Beschwerden. Er ging frühstücken.

Dem Wirt teilte er mit, er werde zu Anne umziehen, wisse aber noch nicht, ob nur für eine oder für mehrere Nächte, und bat, ihm das Zimmer freizuhalten. Es wurde ein Tag ohne weitere Erkenntnisse. Er stöberte im Archiv, ohne neue Hinweise zu finden. Er führte Theo auf einen langen Spaziergang über die Felder. Seine Gespräche mit Anne versuchten das Thema Mord und seine Aufklärung zu vermeiden. Sie sprachen über den Vater, über Musik, über ihrer beider Tageslauf und was sie so erlebten oder nicht erlebten, wenn die Tage gleichförmig waren und nur das Wetter sich änderte und mit dem Wetter ihre Stimmung.

Gegen Abend fiel ihm auf, dass er seinen Tabakvorrat im Gasthauszimmer hatte liegen lassen. Da das Päckchen in seiner Tasche zur Neige ging und er schlecht gelaunt war, wenn er fürchten musste, nicht mehr genug Kraut in der Tasche zu haben, um jederzeit rauchen zu können, wenn es ihn danach gelüstete, spazierte er noch einmal den Weg in das Dorf zurück.

Die Dämmerung begleitete ihn, rückte ihm immer näher auf den Leib. Sie verkürzte die Landschaft auf den Weg und seine Ränder. Er liebte es, in dieser Tageszeit zu gehen, bedächtig und dem Licht zusehend, wie es sich verkroch, als verstecke es sich in seinem Körper.

Wenn er die Augen schloss, sah er in sich dem Widerschein. Es fiel ihm leicht, sich in der Dunkelheit zu bewegen, weil sein Sehvermögen sich rasch daran gewöhnte und er genug sah, um sich zu orientieren. Nur einmal in seinem Leben stand er irritiert und ohne zu wissen, wohin er die Füße noch bewegen sollte, starr und auch mit aufkommender Angst auf einem Waldweg.

Die Nacht war sternenlos und mondlos geworden, die Bäume schluckten auch den letzten Krümel Licht und dazu alle Geräusche. Er war, mit den Händen tastend und mit kleinen, zögernden Schritten voran getappt, bis er endlich aus dem Wald herauskam. Das war in

Hinterhimmelsbach gewesen. So ähnlich musste Fritz Weber die Welt erfahren haben, bevor er sich an seine Blindheit gewöhnt hatte.

Aus dem Gasthaus schallte Gelächter, das Gelächter wurde übertönt von Pfeifen, als spielte ein atonales Flötenquartett. Neugierig stellte er sich auf die Fußspitzen und sah zwischen den Vorhängen hindurch in die Gaststube. Da saßen wieder die Jäger in ihren grünen Joppen. Sie berichteten offensichtlich von ihren Pirscherfolgen, lachten heftig, schlugen auf den Tisch, bogen sich, bekamen rote Gesichter. Einer von ihnen hatte kleine Pfeifen in der Hand. Er erkannte ihn sofort. Es war der, der ihn wegen Theo attackiert hatte. Er entlockte den Pfeifen Töne, die Tierlauten täuschend ähnlich klangen. Im Schankraum vor dem großen Gastzimmer traf Buttmei den Wirt und fragte ihn, was das für Pfeifen seien.

»Lockpfeifen. Damit kann man männliche Tiere anlocken!«, bekam er als Antwort.

»Das funktioniert?«

»Wenn die Böcke brünstig sind, merken die keinen Unterschied.«

»Und wo kriegt man die?«

»Im Jägerladen in der Stadt.«

Eigentlich ein unfairer und übler Trick, männliche Tiere in ihrer Paarungslust mit einer Pfeife zu täuschen und vor die Flinte des Jägers zu locken, dachte er und sagte laut: »Wenn ich als junger Kerl von den Pfeifen gewusst hätte, hätte ich die Tiere, die ich beobachten wollte, einfach herbeigepfiffen.«

»Waldgänger«, lachte der Wirt.

Er rief Anne an und sagte ihr, dass er doch im Dorf schlafen werde, er habe seine Gründe. Bevor er Nachtruhe fand, beschäftigten ihn die Pfeifen. Der Wirt hatte recht, sie hatten sein Waldgängertum neu geweckt.

Er stellte sich vor, wie es ihm gelungen wäre, wenn er auf einem Hochsitz saß und wartete, dass Tiere auf die Lichtung kamen, sie herbeizupfeifen. Das erinnerte ihn an den Hochsitz in seinem

Lieblingstal, auf dem er Stunden verbracht hatte, in das Tal hineinsehend, den kleinen wirbelnden Bach entlang, in dem es Forellen und Krebse gab, über die Weidenbüsche, die Waldrändern entlang, auf hervortretende Rehe hoffend, besonders im Frühsommer, wenn die weißgetupften Kitze hinter ihren Müttern herliefen.

Auch der Fuchs fiel ihm ein, der das Tal im flirrenden Sonnenlicht heruntertrabte, fast unter seinen Füßen vorbei. Er hörte das Rauschen des Wassers und der Büsche, das Surren der Fliegen, Vogelgezwitscher und den lang gezogenen Schrei eines kreisenden Bussards. Mit diesem tönenden Bild vor den geschlossenen Augen schlief er ein, bis die Hähne ihn wach krähten.

Sein Morgenweg führte ihn mit fröhlichem Pfeifen und Grimassen schneidend, um die Tonlagen zu verändern, zu Anne. Auch auf dem üblichen Weg in die Felder mit Theo an seiner Seite pfiff er vor sich hin. Theo reagierte. Er hob den Kopf. Die herunterhängenden Ohren konnte er zwar nicht spitzen, aber der ganze Körper straffte sich.

»Theo«, sagte er zu ihm, »wir werden in die Stadt fahren, uns Pfeifen kaufen und einen großen Waldgang unternehmen. Aber du musst mir versprechen, nicht zu bellen.« Theo sah ihn an, als verstünde er ihn Wort für Wort.

Philipp Buttmei musste sich sehr viel schneller auf den Stadtweg begeben, als er es vermutet hatte. Bei Anne, deren Telefonadresse er bei seiner Visite im Kommissariat hinterlassen hatte, erreichte ihn der Anruf seines ehemaligen Chefs, der ihn um ein dringendes Gespräch bat. Er nahm den nächsten Bus, zerbrach sich unterwegs den Kopf, was sich ereignet haben könnte, und betrat das Büro des Dienststellenleiters mit gespannter Neugier.

Der Heinzerling, wie sie ihn nannten, war ein Pedant. Aber er hatte nie Konflikte gesucht und hatte zugelassen, dass Buttmei mit seinen unorthodoxen Methoden ermittelte, und seinen Anteil an den Erfolgen als verantwortlicher Vorgesetzter durchaus genossen. Sehr persönlich war ihr Miteinander nie gewesen.

Nach wenigen Sätzen der Begrüßung und Nachfrage kam das Gespräch auf den Punkt.

»Wir haben Beschwerden aus dem Dorf Hinterhimmelsbach bekommen, dass Sie sich polizeiliche Befugnisse anmaßen und ihre Nase in Angelegenheiten stecken, die sie nichts angehen.«

»Wer hat das gesagt?«

»Sie wissen, dass Sie das von mir nicht erfahren werden!«

Buttmei knurrte: »Und nun?«

»Ich erwarte Ihre Stellungnahme.«

Genüsslich lehnte sich Buttmei in seinen Stuhl zurück. »Darauf haben Sie keinen Anspruch. Und Vorschriften können Sie mir auch keine mehr machen.«

»Ich muss der Beschwerde nachgehen.«

»Das ist nicht mein Problem.«

»Sie könnten mir trotzdem sagen, was dort vorgeht.«

»Bisher so gut wie nichts. Anne Weber, eine gute Freundin, hat mich zu Hilfe gerufen, weil sie der Meinung ist, ihr Vater wäre umgebracht worden.«

»Mord also – das ist ausschließlich unser Ressort.«

»Ich weiß nicht, ob es Mord war. Es gibt ein paar Motive und auch Drohungen, aber ansonsten gibt es nichts Verwertbares. Sie wissen doch selbst um den Unterschied zwischen Drohungen und Taten.«

»Sie sollten sich trotzdem heraushalten.«

»Wenn es ein wirklicher Fall wird, werde ich Sie informieren.«

»Sie wissen, dass Sie keine Befugnis haben zu ermitteln?!«

»Oh doch!«

»Was soll diese Bemerkung?«

»Ich habe eine eingetragene Detektei gegründet.«

»Wann?«

»Nach meiner Pensionierung. Hartmann, der mit mir aufhörte, Sie erinnern sich an ihn, hat mich dazu überredet und alle Formalitäten erledigt. Er konnte sich nicht vorstellen, keine Fälle mehr untersuchen zu dürfen. Ich habe Ja gesagt. Auch, damit er Ruhe gab. Dann ist er rasch gestorben. Aber das wissen Sie. Ich habe das Papier weggelegt. Der Dauerauftrag für die Mitgliedschaft läuft aber noch, weil ich mich nicht darum gekümmert habe.«

»Nun kommt es Ihnen gerade recht.«

»Es ist mir wieder eingefallen, weil Sie mich daran erinnert haben.«

»Ich darf Sie trotzdem bitten, nichts ohne uns zu unternehmen!«

»Versprochen.«

»Sie haben doch früher über die privaten Schnüffler, wie Sie sie nannten, die Nase gerümpft.«

»Tue ich immer noch.«

Sie schwiegen sich an. Dann erhob sich Buttmei und verabschiedete sich mit dem Satz: »Wenn ein Mord daraus wird, werden Sie von mir hören.«

Das Pfeifengeschäft fiel ihm ein. Nachdem er seine ehemaligen Kollegen in ihren Amtsstuben begrüßt hatte, suchte er und fand es. Es war kein Pfeifengeschäft, es war eines für Jäger und ihren Bedarf. Für ihn war es das Geschäft, in dem er die Pfeifen kriegen konnte. Mit der Jägerei wollte er nicht viel zu tun haben.

Er konnte sich nicht vorstellen, auf ein Tier wie ein Reh schießen zu können. So hatte er auch keinen Blick für die grünen Jacken und Mützen und Rucksäcke, für Gewehre und Waldhörner und Jagdtrophäen. Er blieb erst stehen, als er in einer Vitrine die Pfeifen entdeckte. Ein geduldiger Verkäufer holte sie ihm einzeln heraus, zeigte ihm die Handhabung und pfiff sie ihm sogar vor.

Seine Frage, ob man damit alle gängigen Tierlaute nachahmen könnte, wurde geduldig bejaht mit dem Hinweis, dass die Lautstärke natürlich begrenzt wäre, aber ansonsten könnte man durch verschiedene Füllungen mit Wasser oder durch Zuhalten und Öffnen oder gar durch Veränderung der vorhandenen Löcher eine Vielfalt von Tönen hervorbringen. Die aus Ton klangen weich, die Plastikpfeifen erzeugten einen scharfen Klang, die hölzernen lagen zwischen dieser Schärfe und Weichheit.

Er ließ sich drei Pfeifensorten aus jeweils verschiedenem Material einpacken und fuhr mit der Tüte in der Hand nach Hinterhimmelsbach zurück. Sein erster Weg führte ihn mit Theo an der Leine auf Waldwege. Er ging zügig, sah sich kaum um. Mitten im Wald zog er die Pfeifen aus der Tasche und begann sie auszuprobieren. Ein Fläschchen Wasser hatte er mitgenommen. Und so pfiff er und lauschte den Tönen hinterher. Die Vielzahl der Töne, die er pfiff, war nicht geeignet, Tiere anzulocken, eher dazu, sie in die Flucht zu jagen.

Heultöne, leise und anschwellend. Schrille Töne. Sein Eifer überdeckte seine Absicht. Er goss Wasser zu, schüttete es ab, jonglierte mit den Fingern über die Pfeifenlöcher und packte schließlich die Pfeifen wieder in die Tüte, ohne recht zu wissen, ob er mit dem Konzert zufrieden sein konnte.

Er schien eher, als habe ihn das Getöne ins Grübeln gebracht, und Theo schien nicht nur dem Heulen nahe, wenn die Töne wie Signale klangen, heulte er auch in das Gepfeife hinein. Das klang nicht nach brünftigen Tieren, eher nach atonaler Musik. Der Rückweg löste die Verkrampfungen vergeblicher und im Klang schwer zu ertragender Versuche. Man sah es ihren weit ausgreifenden Schritten an.

Er fragte Anne, ob er den Kassettenrekorder aus ihres Vaters Archiv mit in das Dorf nehmen könne, und umging ihre Frage, wozu er ihn verwenden wollte. Theos Heulen hatte ihn auf eine Idee gebracht, die ihn nicht mehr losließ, über die er aber wegen ihrer Fragwürdigkeit nicht reden wollte.

Mit dem Gerät in der Hand lief er zu der Ampel, stellte sich unmittelbar an den Mast, wartete, bis der Verkehr nachließ, schaltete die Ampel für Fußgänger mit dem Blindensignal wiederholt ein, hielt den Rekorder hoch in die Nähe des Ursprunges des Tones, der dem Blinden den Weg freigegeben hatte, und nahm ihn mehrmals auf. Dann spulte er zurück und hörte die Aufnahme ab. Sie schien für seine Zwecke gut genug zu sein. Daraufhin schaltete er die

Ampel noch ein Mal, überquerte die Straße, nahm im Gasthaus ein einfaches Mahl ein, bestellte eine Flasche Wein, ließ sich ein Glas geben, ging in sein Zimmer, legte den Rekorder auf den Tisch vor dem Fenster und schaltete ein.

Nachdem er den Ton mehrmals studiert hatte, versuchte er, ihn auf den Pfeifen nachzuahmen. Es wurde ein langwieriges Probieren. Wenn einer an der Tür gelauscht hätte, was nicht ausgeschlossen schien, hätte er ein wildes Konzert vernommen und ihn für verrückt gehalten. Es pfiff und tönte und tönte und pfiff. Pausen gab es nur, wenn er Wasser einfüllte oder Wein eingoss oder einen Schluck trank, um die vom Pfeifen trockene Kehle anzufeuchten.

Sobald ihm ein Ton auffiel, weil er ihn an den Ampelton erinnerte, notierte er die Pfeife, den Grad der Wasserfüllung, die Fingerstellung, die Stärke des Blasens. Dazu entwickelte er, vom Trollinger zusätzlich beflügelt, eigene Zeichen und Maße wie Fingernagelhoch, Daumennagelhoch und Blasstärken eins bis fünf.

Er hörte erst auf, als es an der Tür klopfte und der Wirt ihn darauf aufmerksam machte, es wäre nach Mitternacht und man wollte im Haus zur Ruhe gehen. Es war kein Wunder, dass allerlei pfeifende Ungetüme in seinem Traum herumfuhren, fantasievolle, für Horrorfilme geeignete und natürliche wie Lokomotiven und hupende Trucks.

Er schlief gründlich aus, versuchte seinen leichten Brummschädel mit kaltem Wasser zu kurieren, verleibte sich ein deftiges Frühstück mit viel schwarzem Kaffee ein, nahm Pfeifen und Rekorder in die Hände und machte sich auf den Weg zu Anne. An der Ampel lauschte er wiederum sorgfältig dem Blindenzeichen, hielt sich länger auf, weil er die Ampel mehrmals schalten wollte und dazu auf Lücken im Autoverkehr wartete.

Von Anne ließ er sich nochmals Kaffee kochen. Die dampfende Tasse vor sich, in der das Koffeinfett feine und schillernde Spuren zog, forderte er sie auf, sich zu ihm zu setzen. Er schaltete den Rekorder ein und spielte ihr die Aufnahmen vor, dann zog er eine

Pfeife aus der Tasche, die er von den anderen ausgesondert hatte, und pfiff dazu.

»Das ist der gleiche Ton!« Sie brachte es nur zögernd heraus. »Weißt du nun, wie sie Vater umgebracht haben?«

»Noch nicht so ganz!«, erwiderte er, »Manches fehlt mir noch. Zum Beispiel bewirkt die Pfeiferei nichts, wenn die Ampel funktioniert, und Fachleute haben festgestellt, dass sie intakt war. Dein Vater muss die Schaltung bedient haben und wenn das Signal danach zu rasch ertönt wäre, wäre ihm das aufgefallen. Wir haben zwar Spuren und Verdächtige, aber einen Täter haben wir noch nicht. Aber immerhin haben wir Möglichkeiten entdeckt, die Hypothesen zulassen. Ich werde mich noch einmal intensiv mit der Ampelschaltung befassen, denn ein zu untersuchender Fall ist es auf jeden Fall geworden.«

Dann berichtete er ihr von seinem abendlichen Pfeifkonzert. Falls es einen Täter gab, musste er wissen, was das Pfeifkonzert bedeutete, und sich in ziemlicher Unruhe befinden. Die meisten Ersttäter machen daraufhin Fehler, die es möglich werden ließen, sie zu fassen. Er sah an Annes Gesicht, dass sie die Möglichkeiten durchdachte.

Während er den Kaffee austrank, kam sie zu einem Ergebnis. »Wenn einer pfiff, bevor die Ampel schaltete, wäre Vater losgelaufen.« Das war logisch gedacht. Buttmei hatte den gleichen Einfall gehabt und bereits überprüft.

Die Fußgängerampel schaltete zwar nicht sofort, aber die Autofahrer bekamen doch so schnell Gelb, dass Weber schon nach dem Schalten hätte losrennen müssen, um die drei oder vier Meter zur Fahrspur auf der anderen Straßenseite zurückzulegen und so vor die Autos zu geraten, wie es geschehen war. Es war also unwahrscheinlich. Das sagte er ihr und ließ sich versprechen, keine Eigenversuche an der Ampel vorzunehmen.

Im Eingang des Gasthauses wurde er offensichtlich erwartet. Ein Mann sprach ihn an. Er war älter als er. Bauer Delp, groß gewachsen, mit wässerig blauen Augen und grauen, kurz geschnittenen Haaren. Das schlecht rasierte Gesicht zog die weißen Bartstoppeln in seine tiefgeschnittenen Furchen wie in einen umgepflügten Acker.

Er trug die für die ältere Generation typische Kleidung, die Cordhosen, die Drillichjacke; die Schirmmütze hielt er in der Hand. Buttmei sah, dass der Daumen links an die Handfläche angenäht war. Später erfuhr er vom Gastwirt, dass Delp sich den Daumen beim Maisschneiden mit der Sichel abgeschnitten und im Kreiskrankenhaus wieder angenäht bekommen hatte.

Er bat um ein Vieraugengespräch oben im Zimmer Buttmeis. Dort verschlug es bereits bei den ersten Sätzen Buttmei vor Überraschung die Sprache. Der Bauer legte ein Geständnis ab. Er habe sich durch Fritz Webers Nachreden und Verdächtigungen in seiner Existenz bedroht gefühlt, das habe ihn krank und schlaflos gemacht. Da habe er sich abends an die Ampel gestellt und mit der Pfeife den Ton für Fußgängergrün nachgeahmt.

»Was dann geschah, wissen sie ja.« Er griff in die Tasche und legte die Pfeife auf den Tisch. »Da sind meine Fingerabdrücke dran«, sagte er noch und schwieg.

Buttmei musste erst einmal Luft holen und seine Reaktionen koordinieren. Dann fand er die Sprache wieder. »Sie haben gerade einen Mord zugegeben.«

»Ich habe gesagt, dass ich es war. Damit ist Ihr Fall doch gelöst.«

»So sieht es aus, bis auf ein paar Ungereimtheiten, die ich noch klären will.«

»Was für Ungereimtheiten?«

»Kleinigkeiten. Aber jetzt machen wir ein Protokoll.«

Buttmei notierte die Aussage Delps und ließ ihn unterschreiben. Der schien erleichtert.

Misstrauisch verwickelte er ihn in einen weiteren Dialog.

»Der tote Weber belastet sie nicht?«

»Dann wäre ich nicht hier. Aber ich habe ihn nicht angerührt!«

»Die Ampel hat ihn also umgebracht?«

Delp zuckte mit den Achseln und drehte die Mütze in den Händen.

»Der Bölstein war nicht beteiligt?«

»Den brauch ich dazu nicht.«

»Auch keine andere Person?«

»Nein. – Kann ich jetzt gehn?«

»Eine Frage noch. Warum legen Sie ein Geständnis ab?«

»Weil Sie schon alles wissen und mich früher oder später sowieso überführt hätten.« Als Buttmei schweigend zögerte, schob er noch die trotzige Bemerkung hinterher: »Nun haben Sie, was Sie wollten.«

»Mir fehlt noch die junge Frau, die auf der anderen Straßenseite an der Ampel hantierte. Sie könnte eine Mittäterin sein.«

»Ich hatte keine Mittäterin.«

Nun zuckte Buttmei mit den Achseln. Delp drehte sich zur Tür, murmelte noch: »Das war's«, ging, kam einen Schritt zurück und setzte energisch einen Schlusspunkt hinter das Verhör. »Sie sollten nun Ruhe geben. Und Anne Weber auch.«

Der Alte konnte es nicht gewesen sein. Buttmei wusste es. Von der Ampel weggelaufen war offensichtlich ein junger Mann. Buttmei wäre auch als Pensionär nicht Buttmei, wenn er nicht den wirklichen Täter hätte haben wollen. Seine Berufsauffassung verlangte völlige und unwiderlegbare Aufklärung. Das Geständnis brachte er jedoch zur Post und schickte es denen, die damals den Fall untersucht hatten, sollten die sich damit herumschlagen. Er war noch nicht am Ende seiner Neugier und somit auch noch nicht am Ende seiner Ermittlungen.

Am Tag darauf beim Frühstück blätterte er in der regionalen Zeitung. In ihr lag ein Gemeindeblatt. Er wollte es schon zur Seite legen, als sein Blick auf ein Foto fiel.

Jagderfolge wurden vorgeführt, drei Jäger standen hinter den Wildschweinen, die sie erlegt hatten. Der eine war wohl der Jagdpächter und nicht aus dem Dorf, denn der Name war ihm unbekannt, aber der rechte Mann auf dem Foto war Delp junior. Er erkannte in ihm den Jäger, der Theo bedroht hatte, nahm das Blatt, steckte es in die Tasche.

Oben in seinem Zimmer riss er das Foto heraus, rief Anne an und sagte ihr, was geschehen war. Sie verstummte. Erst als er sein Misstrauen über das Geständnis äußerte und ihr erklärte, er führe jetzt gleich noch einmal in die Stadt, fand sie die Sprache wieder und bat ihn, sofort nach seiner Rückkehr zu ihr zu kommen.

»Morgen ziehe ich um«, sagte er ihr zum Abschluss des Gespräches, »du kannst mein Zimmer schon herrichten.«

»Das habe ich längst gemacht«, gab sie zur Antwort und er hatte das auch so erwartet.

Im Vorbeigehen fragte ihn der Wirt, ob er das Zimmer behalten wolle, der Fall sei nun wohl geklärt. »Ich bleibe nur noch eine Nacht«, antwortete er ihm. Dass er zu Anne ziehen würde, behielt er für sich. Es war ihm recht, wenn die Leute im Dorf glaubten, er hielte den Fall für abgeschlossen.

Der Weg des Busses in die Stadt führte aus den sanften Hügeln heraus, das Blau der Wälder verschwand mit ihnen. Die Felder wurden nicht nur flach, sie wurden größer in den Abgrenzungen und nahezu kerzengerade gezogen. Supermarkt, Baumarkt und Tankstelle markierten die Stadteinfahrt. Er hatte wenige Blicke für sie übrig.

Sein Weg führte direkt in das Jagdgeschäft und zu dem Fachmann für Pfeifen. Er legte ihm das Zeitungsbild vor, hielt seinen alten Ausweis daneben, wohl wissend, der überraschte Mann würde in seiner Aufregung nicht erkennen, dass er abgelaufen war, und fragte energisch: »Ist das der Pfeifenkäufer?« Als der Mann zögerte, schob er den Satz hinterher: »Er hat ein ganzes Sortiment von Pfeifen gekauft. Das ist bestimmt nicht oft der Fall! Also, was ist?«

»Das ist ein guter Kunde, ein Jäger aus Hinterhimmelsbach. Er wollte von allen Pfeifensorten eine haben und, fällt mir ein, er fragte mich, ob man auch andere Signale als Tierlaute damit nachahmen könne.«

»Sie erkennen ihn eindeutig?«

»Ja!«

»Dann machen wir ein Protokoll.«

Er setzte den Sachverhalt auf, notierte nachdrücklich die Frage nach anderen Signalen, ließ den Verkäufer den Text durchlesen und unterschreiben. Dann suchte er eine Kopieranstalt, machte Kopien, schickte sie mit einem kurzen Vermerk an die Mordkommission und nahm den Bus zurück.

Nun fuhr er auf die Hügellandschaft zu, sah die Waldkuppen größer werden und blauer in der Ferne und grüner in der Nähe. Es kam ihm vor, als führe er nach Hause. Dieses Gefühl war angenehm, er wusste, er wurde gebraucht, er hatte ein Ziel und eine notwendige Tätigkeit. Aber es störte ihn auch, weil er von Kindesbeinen an den Begriff Heimat als gefährdeten Ort und als Ort der Entbehrungen kennengelernt hatte.

Er nahm sich vor, den Fall so schnell wie möglich zu lösen, um wieder in die innerlich und äußerlich unaufgeregte Anonymität seiner Stadtwohnung zurückkehren zu können. Aber noch fühlte er sich Anne und der Lösung des Falles verpflichtet. Die Untersuchung abzubrechen und mit dem Geständnis des alten Delp zufrieden zu sein, kam nicht infrage.

Er stieg eine Station vor Hinterhimmelsbach aus und lief über den Waldhügel, hinter dem das Dorf in einem Taleinschnitt lag, auf Wegen, die er kannte, in den späten Nachmittag hinein. Er lauschte dem Rauschen der Laubkronen und Geräuschen von Tieren, die vor ihm wegrannten, ohne dass er sie zu sehen bekam. Einmal konnte er flüchtig das helle Frühlingsbraun eines Rehs in weiten Sprüngen davonhuschen sehen.

An einer Stelle glimmerte am Wegrand Katzengold. Damals hatte er es gesammelt und für kostbar gehalten. So bückte er sich, hob einen Stein mit Glimmereinschluss auf und steckte ihn die Tasche. Er sah die Schatten länger werden und den Abend wie einen grauen Schleier von den Wiesen her über den Waldboden kriechen. Der Weg wurde dunkel, seine Füße mussten ohne die Augen auskommen und

Unebenheiten durch Balancieren ausgleichen. In Kopfhöhe reichte die Helligkeit noch, um dort, wo Wege sich verzweigten, den richtigen zu wählen.

Nur einmal geriet er auf einen Holzweg, erkannte ihn aber an den Felsformationen, die sich unvermittelt im Wald auftürmten. Er hatte sie als Junge erklettert, einen Fuchsbau in Erd- und Felsspalten entdeckt und Stunden verharrt, bis er die Füchsin kommen sah. Hatte auch auf diesem Weg bei Dunkelheit in seiner Nähe Schüsse fallen hören, wahrscheinlich von Wilderern, war in plötzlicher Angst bergab in die Dunkelheit hineingerannt, ohne auf den Weg oder Hindernisse zu achten, und mit zerschundenen Beinen am Waldrand angekommen. Sein Herz hatte gegen die Brust gehämmert und den Hals hinauf, als wollte es heraus aus seinem Brustgefängnis, und hatte sich erst beruhigt, als er im sicheren Schatten der ersten Höfe langsamer ging. Er kehrte um und wusste nun wieder, welcher Weg ins Dorf führte.

Nach dem Ritual Mantelausziehen, Händewaschen, Notizen aus den Taschen kramen und zurechtlegen, ging er in die Gaststube, bestellte wie üblich eine Hausmacher Wurstplatte. Der Weg hatte ihn hungrig gemacht und er liebte die derbe und stark würzige Bauernwurst, auch wenn sie ihm schwer im Magen lag. Ein klarer Schnaps nach dem Essen würden Abhilfe schaffen.

Während er aß, füllte sich die Gaststube. Es kamen mehr Dörfler als sonst. Sie saßen an den Tischen, stumm ihr Bier trinkend, und er hatte das Empfinden, sie würden ihn anstarren, auch wenn sie seinem Blick sofort auswichen, wenn er sie ansah.

Er versuchte Gesichter zu erkennen. Viele waren älter als er. Oder sie wirkten nur so. Den einen meinte er vom Treibballspielen her zu kennen. Einen anderen erkannte er, weil er sich an eine Begebenheit erinnerte, die ihn nachhaltig beschäftigt hatte.

Bei einem seiner Waldläufe kam er am Bach entlang durch die Felder, die vor dem Dorf lagen. Er sah schon von weither zwei Männer drohend voreinander stehen, hörte Wortfetzen, die ebenso drohend klangen, sah, wie sie sich aufeinander stürzten und miteinander rangen.

Als er näher kam, erkannte er, dass der eine den anderen unter sich liegen hatte und ihm die Kehle zudrückte. Der stampfte mit den Füßen im Klee und versuchte die Hände an seinem Hals zu lockern. Als der obenauf Sitzende ihn kommen sah, ließ er los und lief zum Dorf. Der andere erhob sich, versuchte zu sprechen, doch er war durch das Würgen heiser geworden. Die beiden waren sich beim Kleefuttermachen in die Quere gekommen, weil jeder vom anderen behauptete, er hätte in sein Feld hinein gemäht. Der, der bei dieser Auseinandersetzung die Oberhand gewonnen hatte, saß zwei Tische von Buttmei entfernt.

Der junge Delp war ebenfalls da. Auch der alte Bölstein. In ihm wiederholte sich ununterbrochen die Frage: »Warum die Jungen? Was haben Sie mit der Vergangenheit zu tun?«

Seine Gedanken wurden unterbrochen. Brunhilde betrat den Raum. Er wusste sofort, dass sie es war, obwohl er sie nie zuvor gesehen hatte. Lange, blonde Haare, Stirnband, schmale Figur. Sie musste es sein. Es bestätigte sich im nächsten Augenblick. Sie kam direkt auf ihn zu, setzte sich zu ihm an den Tisch, starrte ihn an.

»Attacke«, dachte er.

Sie sprang mit einem Redeschwall direkt in sein Gesicht. »Gut, dass sie nicht spuckt«, sagte er noch zu sich selbst, dann hörte er ihr aufmerksam zu.

»Mein Großvater ist kein Verbrecher! Und der Großvater von Georg auch nicht! Sie sollten aufhören, ihnen nachzustellen!« Das waren die Kernsätze ihrer zornigen Ansprache.

Buttmei lächelte. »Eigentlich bist du sogar in deiner Wut und mit deinem geröteten Gesicht ein hübsches Mädchen. Und du siehst aus, als könntest du keiner Fliege was zuleide tun.« Verdutzt schüttelte sie den Kopf. Lauter und in den Raum hinein sagte er: »Und die, die sie zu Tode gejagt haben, was waren die?«

»Unsere Großväter haben niemand zu Tode gejagt. Ich bin stolz auf meinen Opa!«

Sie schwiegen sich eine Weile an. Dann sagte sie leiser: »Und wir, Georg und ich, wir sind schon gar nicht schuld, auch wenn Leute wie Sie das behaupten und wollen, dass wir uns schämen, Deutsche zu sein. So ist es doch.«

In das zustimmende Murmeln im Raum hinein erwiderte er: »Ich schäme mich für 12 Jahre unserer Geschichte.« Er betonte das Ich und sah Brunhilde in die Augen. Sie senkte sie.

»Das ist lange vorbei und vergessen.«

»Ich habe es nicht vergessen. Aber um die Taten eurer Großväter geht es mir nicht. Ich will den Mord an Fritz Weber aufklären. Und die, die ihn begangen haben, will ich haben!«

»Unser Dorf ist ein anständiges Dorf und wir lassen es uns nicht beschmutzen!«!

»Das gab Ihnen das Recht, Fritz Weber zu ermorden?«

»Wir haben ihn nicht angerührt.«

Es entstand eine Pause, im Gastraum wurde das Schweigen zum Schneiden dicht. Schließlich unterbrach er die Stille. »Die Finger habt ihr euch nicht dreckig gemacht. Jedenfalls nicht direkt. Aber das macht die Tat in meinen Augen noch gemeiner.«

Trotzig antwortete sie, und man sah ihr an, dass sie log: »Es war ein Unfall!«

»Und das Geständnis?«

Sie wiederholte: »Es war ein Unfall.«

Buttmeis »Nein« klang scharf. »Dein lieber Großvater interessiert mich nicht. Ich habe bisher nicht einmal darüber nachgedacht, ob ich ihn verachte. Mich interessieren Webers Mörder. Und die werde ich kriegen, wer es auch immer gewesen ist. Mord ist Mord! Und Mord ist das schlimmste Verbrechen, das Menschen begehen können. Und Sie, junge Frau, haben dabei mitgemacht!«

Rufe kamen gegen ihn: »Sie machen unser Dorf kaputt!« – »Was haben wir Ihnen getan?« – »Wir hätten Sie damals verhungern lassen können.« – »Was kriegen Sie eigentlich dafür bezahlt?« – »Hauen Sie endlich ab!«

Ein Satz war dabei, der ihn veranlasste aufzustehen und den Raum zu verlassen. »Schnüffler wie Sie sollte man vergasen.«

Brunhild rief ihm nach: »Sie können uns nichts beweisen!«

Noch durch die verschlossene Tür, er vermied es, sie zuzuknallen, dröhnten die Rufe. Der Wirt kam ihm nachgelaufen und meinte, er müsse die Leute verstehen, es sei alles so harmonisch gewesen, bevor er gekommen sei.

Er forderte die Rechnung für den kommenden Tag. Sie wurde ihm zum Frühstück präsentiert, er zahlte, holte sein Gepäck, ließ sich noch vom Wirt in ein kurzes Gespräch verwickeln.

Die steinalte Mutter des Wirts wollte ihm Guten Tag sagen. Da sie das Zimmer nicht mehr verlassen konnte und Buttmeis Erregung über Nacht abgeklungen war, war er bereit, noch einmal die Treppe hinaufzusteigen. Er mochte es nicht, wenn man ihm anmerkte, dass ihm etwas naheging.

Die Alte saß im Halbdunkel in einem aus Weiden geflochtenen Lehnstuhl, eingehüllt in Wolldecken. Ihr Kopf hing nach unten. Als er sich auf sie zubewegte, hob sie ihn mühsam ein Stück. »Da bist du ja. Schön, dass du zu mir gekommen bist.«

Er erkannte ihre Stimme. Sie hatte zu den Frauen im Dorf gehört, die auch für die Ausgebombten ein freundliches Wort übrig hatte und hatte ihm dann und wann etwas Essbares im Vorbeigehen in die Tasche gesteckt. Vor Weihnachten nahm sie ihn mit ins Haus. Die Kekse, die er sich aus einer Kommodenschublade hatte herausfischen dürfen, schmeckten zwar nach Mottenkugeln, aber sie sättigten. Er war froh, den Weg zu ihr auf sich genommen zu haben. »Behüt dich Gott«, rief sie ihm noch nach.

Er zog in Annes Haus ein. Sie hatte schon von einer der Frauen im Dorf, die Kontakt zu ihr hielten, erfahren, was sich in der Wirtsstube ereignet hatte. Sein Zimmer lag ebenfalls im ersten Stock. Parterre gab es nur Küche, Kaminstube und Archiv. Statt eines Geländers war ein derber Strick an der Wand angebracht. An ihm konnte er sich hochziehen und seine Knie entlasten.

Es war ein kleines Zimmer, die Dachschräge zog sich über gut ein Drittel des Raumes. Er liebte schräge Wände, in die das Fenster wie in einem Schacht eingebaut werden musste, fand sie gemütlich. Er liebte die Holzverkleidungen an der Decke und der geraden Innenwand. Sobald die Sonne schien, verströmten sie den Geruch von Fichtenharz. Der Blick reichte unverstellt über die Felder und zu dem bewaldeten Hügel hinauf. Unter sich erkannte er das Schuppendach. Die Schmierseife fiel ihm ein. Er hatte vergessen, es Anne vorzuschlagen, und nun war es wohl nicht mehr nötig.

Theo kam zwar mit ihm die Treppe herauf und schien den Kopf zu schütteln, wenn er ächzte. Er konnte nicht wissen, dass Buttmei nicht so sehr wegen der Knieschmerzen ächzte, sondern um sich abzulenken, möglichst bevor es wehtat.

Doch Theo machte nicht den Eindruck, als wollte er hier oben einziehen. Er hatte sich an die Kaminecke gewöhnt. Nach kurzem Nachdenken fand es auch sein Besitzer besser, ihn dort unten zu lassen. Wenn es noch einen Versuch geben sollte, in das Haus einzudringen, würde Theo rascher aufmerksam werden und ihn und Anne durch Bellen wecken. Er nickte ihm zu, Theo verstand und trottete wieder die Treppe abwärts, obwohl es ihm mit seinen kurzen, krummen Beinen schwerfiel, die Treppe hinunter zu hoppeln.

Nachdem Buttmei sich eingerichtet hatte, stieg er ebenfalls die Treppe wieder hinunter, legte Theo die Leine an und unternahm mit ihm einen Spaziergang in die Felder, damit er sich ihm nicht ganz entwöhnte. Theo meuterte gegen die Leine, doch dieses Mal gab er nicht nach, um niemandem einen Vorwand zu liefern, ihn zu attackieren oder gar auf sie beide zu schießen. Er hielt lange Zwiesprache mit seinem Hund, als wollte er alle Vernachlässigungen aufholen.

In der Nähe des Hauses machte er die Leine los und warf Stöcke. Ein Spiel, das Theo aus Parks oder vom Flussufer kannte und außerordentlich liebte. Er war unermüdlich im Losrennen, Stockschnappen, Stock-heftig-Schütteln und Zurückbringen, um sofort wieder Startlöcher zu scharren und konzentriert auf Stock und Hand zu blicken, bis der nächste Wurf kam. Scheinwürfe gehörten zum Spiel, dann bellte er und sprang an seinem Herrn hoch, als wollte er sich den Stock holen. Auch Täuschungsmanöver, nach denen der Stock in eine andere als die erwartete Richtung flog, liebte er, dann raste er mit flatternden Ohren besonders schnell hinterher und Buttmei hatte den Eindruck, als streckte er die krummen Beine, um schneller zu sein.

Nach Mittagsmahl und Mittagsschlaf bewegte sich Buttmei ohne Theo zur Ampel. Er hatte vorher allerlei Gegenstände im Haus gesammelt, Pappen, Stricknadeln, Plastikstücke, kleine Holzstücke, was er eben so fand.

Er versuchte sie hinter die Schaltfläche zu schieben, um sie zu blockieren. Dabei kam er ins Schwitzen. Die Schlitze ringsum waren dünn und das, was er hineinzustecken versuchte, rutschte immer wieder ab. Aber er war nicht der Mensch, um aufzugeben. So fluchte er leise vor sich hin, nahm sogar die Pfeife aus dem Mund und zog und schob und bog. Schließlich passten zwei Haarnadeln. Als sie rechts und links wenige Millimeter tief in den Auskerbungen feststeckten, ließ sich die Ampel nicht mehr schalten. So könnte es gewesen sein. Weber hatte gedrückt, ohne zu merken, dass die Schaltfläche nicht genug nachgab.

Wie Anne ihm berichtet hatte, musste ihr Vater öfter noch einmal zur Ampel zurück und nachdrücken, weil er es im Vorbeigehen zu flüchtig getan hatte. Als der Ampelton kam, war er überzeugt, ihn ausgelöst zu haben, und lief los. Brunhilde brauchte nur zur Ampel zu springen, die beiden Haarnadeln wieder herauszuziehen und schon schien der perfekte Mord gelungen.

Plötzlich fühlte er sich beobachtet. Er hob den Kopf, drehte sich um. Brunhilde. Er zupfte den Mantel zurecht und strich sich über das Haar. Sie kam auf ihn zu. Er nahm an, dass sie ihn beobachtet hatte. Sie bestätigte es mit der Bemerkung: »Sie haben es herausgefunden.«

Er brauchte nur zu nicken. Sie schwieg einen Moment auf die typische Art eines Sprechers, der etwas sagen wollte, aber nicht wusste, wie er es anfangen sollte. Buttmei wartete. Dann kam der erste Satz zögernd zum Vorschein. »Was kann ich tun, damit Sie Ihr Wissen für sich behalten?«

Er machte es spannend. »Was könnte ich verlangen?«

»Geld?«

Er schüttelte den Kopf und sah sie an, wie sie vor ihm stand. Verlegen, die Schultern unsicher gekrümmt, und trotzdem eine schöne junge Frau. Was hatte sie auf dem Dorf festgehalten? Der Besitz? Bauernhöfe waren eher eine Last geworden, denn wer wollte noch so schuften, wie es bei Höfen dieser Größe nötig war. Die Gewohnheit? Die Liebe zu Georg? War sie auch der Grund für ihre Mittäterschaft? Oder waren es einfach der von ihr geliebte Großvater und der Dorf- und Familienstolz?

Ein Satz, der ihn aufhorchen ließ und sogar verblüffte, schnitt seine Überlegungen ab.

»Ich werde mit Ihnen schlafen. – Ich bin jünger als Anne.«

Sie öffnete die Jacke und fing an, ihre Bluse aufzuknöpfen. Als er sich von seiner Überraschung befreit hatte und von der Meinung, sie müsse verrückt geworden sein, ihm ein solches Angebot zu machen und mitten in freiem und einsichtigem Gelände die Bluse aufzunesteln, antwortete er ihr mit einem Satz, der zu seiner eigenen Verwunderung müde klang: »Mädchen, lass das, ich bin ein alter Mann.«

»Sind Sie gar nicht zu überreden?«

Er schüttelte den Kopf.

Sie sah zu Boden. Nach einer Weile hob sie den Kopf wieder. »Dann geben Sie sich doch wenigstens mit dem Geständnis, das Sie haben, zufrieden.«

Er sagte nicht Ja und nicht Nein.

Sie drehte sich um, schien wegzugehen, sprang ihn plötzlich an und trommelte mit beiden Fäusten so lange gegen seine Brust, bis er sie so fest packte, dass sie die Arme nicht mehr bewegen konnte. Ihre aufgerissenen blaugrauen Augen befanden sich dicht vor seinen eigenen. »Du hast hübsche Augen«, sagte er zu ihr und ließ sie los. Sie stand vor ihm und senkte die Augen. Er schaltete ihr die Fußgängerampel auf Grün, sie überquerte die Straße und verschwand im Dorf. Sie ging langsam, die Schultern schienen auf die Beine zu drücken.

»Das hättest du dir überlegen müssen, bevor du bei dem Mord mitgewirkt hast«, dachte er hinter ihr her.

Er kehrte in Annes Haus zurück, berichtete ihr von seiner Entdeckung und zeigte ihr die beiden Haarnadeln. Von seiner Begegnung mit Brunhilde sagte er kein Wort. Erst als sie nach dem Essen gemütlich in den Ledersesseln saßen und vor ihnen der Wein in den Gläsern funkelte – dieses Mal war ein roter Burgunder, und der war so gut, vor allem mit einem langen und nach Brombeeren schmeckenden Abgang, dass er die Pfeife wieder weglegte –, fing er an laut zu denken und erkannte an Annes Gesicht, dass sie es Wort für Wort aufnahm.

»Irgendwie tun mir diese Bauern leid. Sie sind fast achtzig Jahre alt und nun holt sie die Vergangenheit ein und macht ihre Enkel zu Mördern. Deren Motiv ist letztlich die Liebe zu ihren Großvätern. Sie haben als Kinder auf ihren Knien gesessen, sie haben mit ihnen gelebt und können sich nicht vorstellen, dass sie böse Menschen waren. Nun sind sie alt und auf die Hilfe ihrer Kinder und Enkel angewiesen. Das bindet sie aneinander. Emotionen verursachen mehr Untaten als kühle Berechnung.«

Sie sah ihn entsetzt an. »Hatte einer von denen Mitleid?«

»Es sind im Grund normale Menschen mit Fehlern, wie viele sie haben. Ob sie uns sympathisch sind oder nicht, die Fähigkeit, einen Mord zu begehen, ist nicht am Äußeren eines Menschen erkennbar. Wenn ich mir, gelangweilt und zappend, einen Krimi ansehe und an den bösen oder kalten oder schmierigen Gesichtern der Schauspieler, die die Bösewichte spielen, sofort erkenne, wer am Schluss der Täter gewesen ist, ärgere ich mich. Oft sind es die Umstände, die den einen zum Täter werden lassen und den anderen nicht.«

»Ich will nicht darüber nachdenken, ob die Mörder meines Vaters normale oder anormale Menschen sind. Ich habe ihn tot und von Autokühlern zerschmettert gesehen. Wie ein schrecklich verstümmelter Fremder lag er da. Aber ich wollte ihn sehen und man hat ihn mir gezeigt. Die das getan haben, wussten, was sie tun. Nun sollen sie die Folgen tragen!«

Er sah die Ausrufezeichen hinter ihren Sätzen und konnte ihr nicht widersprechen. Auch er hielt nichts von Toleranz gegenüber Intoleranten. Die fassten es in der Regel als Schwäche auf und nutzten es zu ihrem Vorteil. Außerdem kannte er sich gut genug, um zu wissen, dass er auch in seiner aktiven Zeit Anflüge von Milde und Mitleid bekam, wenn ein Fall gelöst und die Täter ertappt waren. So brach er die Diskussion mit Anne ab.

»Wie wirst du vorgehen?«, fragte sie nach einer Zeit des Schweigens, in der man nur das leise Schnarchen Theos und das Ticken der Wanduhr gehört hatte.

»Morgen werde ich es wissen.«

Buttmei ahnte nicht, was sich an diesem Abend in einem Nebenzimmer der Gaststätte abspielte. Er hätte es auch nie erfahren, wenn es nicht Anne zugetragen worden wäre. Sie erzählte es ihm ausführlich und wohl auch ausschmückend, als wäre sie dabei gewesen, im Kreiskrankenhaus an seinem Bett, nachdem er wieder auf dem Weg zur Genesung war.

Seine Frage, ob der Zuträger als Zeuge aussagen und wiederholen würde, was in der Gaststube geäußert worden war, verneinte sie. Dort saßen die Betroffenen und ihre Sympathisanten. Es war der Stammecke des Jägervereines.

Über den Köpfen der Männer – Brunhilde war die einzige Frau in dieser Versammlung – hingen die Jagdtrophäen. Ausgestopfte Rehbockköpfe mit den Geweihen vom einjährigen Spießer bis zum alten Bock mit mehreren Verzweigungen im Gehörn. Das weit ausladende, vielendige Hirschgeweih in deren Mitte stammte noch aus der Vorkriegszeit. An der zweiten Wand hingen die ausgestopften

Raubvögel, Bussard, Habicht, Milan. Unter ihnen reihten sich Wildschweinköpfe mit krummen Hauern, die sie fletschten, als könnten sie noch zustoßen. An der Decke hing blaugrauer Rauch aus Zigaretten, Zigarren und Pfeifen.

Gegenstand ihres Gesprächs war ein Thema: Wie sie diesen Schnüffler loswerden konnten? Als einer vorschlug, sie sollten ihn alle gemeinsam wie einen räudigen Hund erschlagen, dann könnte keiner den Mörder herausdeuten, waren die meisten nicht bereit, Hand anzulegen. Zuschauen und das Maul halten oder noch lieber wegschauen und nichts wissen, das wollten sie tun, aber nicht sich in Gefahr bringen.

»Hinter uns ist er ja schließlich nicht her«, sagte einer laut. Annes Haus anzünden. Den Gedanken erwogen sie. Brunhilde hatte ihn geäußert. Aber da waren wiederum einige, die nicht einverstanden waren, Anne umzubringen. »Den Mann ja, die Frau nicht«, hieß es. »Wir sind keine Unmenschen!«

Schließlich, als sie ratlos herumsaßen und die Ersten sich anschickten zu gehen, sagte der alte Delp: »Das ist meine Sache! Mein Geständnis hat er. Wenn die mich sowieso einsperren, kann ich auch einen Unfall für den Schnüffler inszenieren. Mir wird schon was einfallen.«

Alle, die sich verabschiedeten, klopften ihm auf die Schulter. Sie waren raus aus der Sache. Er würde es schon machen. Die Delps und Bölsteins blieben zurück. Sie wussten oder hätten wissen können, dass es an ihnen hängen bleiben würde. Sie waren die Betroffenen. Das Einzige, auf was sie hoffen konnten, war das Schweigen der anderen.

Sie gingen schließlich mit schweren Beinen und stumm in ihre Höfe. Vier Schatten in der schwach beleuchteten Dorfstraße: weißhaarig, aber immer noch hochgewachsen, im Alter mager geworden, die einstigen SA-Gefährten, breitschultrig und mit trotzigen Schritten der junge Delp. Brunhilde duckte sich in seinen Schatten.

So erzählte es Anne mit sichtlichem Vergnügen und mit der Absicht, auch ihm damit Vergnügen zu bereiten.

Im Morgengrauen fuhr der alte Delp den Traktor mit Anhänger aus dem Dorf und über die Ampel in die Felder jenseits von Anne Webers Haus. Auf der Anhöhe unter dem Waldrand koppelte er den Anhänger ab, beschäftigte sich, in dem er aus einem Holzstoß ein paar Scheite auf den Wagen lud, und starrte zwischendurch zum Haus hinunter. Er wurde auf die Folter gespannt, denn Buttmei schlief sich aus, frühstückte ausgiebig bei Anne in der Küche. Erst dann legte er Theo die Leine an und spazierte in die Felder.

Delp startete den Traktor und holperte langsam den Feldweg hinunter. Buttmei hörte das Motorengeräusch, sah den Traktor kommen, ging zur Seite, zog den Hund heran und wartete, dass das Fahrzeug vorbeifuhr.

Als Theo an der Leine riss und er den Blick wieder hob, merkte er, der Traktor war nicht nur schneller geworden, sondern er fuhr auch von der Mitte des Weges weg und direkt auf ihn zu. Er machte einen Schritt zurück, stolperte nach hinten über die Erdschollen des Ackerrandes, fiel, versuchte sich noch zu drehen, spürte den Aufprall gegen die Vorderachse des Traktors und wurde ohnmächtig.

Anne hörte im Haus Theos lautes Jaulen. Da er von der Leine festgehalten wurde, fuhr das eine Traktorenrad über seinen dünnen Schwanz. Sie rannte sofort nach draußen und den Feldweg hoch auf die Stelle zu, an der Theo sein Klagelied sang. Als Delp sie kommen sah, setzte er den Traktor in die Wegmitte zurück und polterte an ihr vorbei dem Dorf zu.

Sie beugte sich über den ohnmächtigen Buttmei. Er lebte, sie sah es an seinem Atem. Dann befreite sie Theo von der Leine. Er kroch winselnd im Kreis und versuchte seinen Schwanz zu lecken.

Einen Moment stand sie ratlos, dann rannte sie zum Haus und telefonierte einen Rettungswagen herbei. Sie kehrte zu Buttmei zurück. Der lag regungslos. Nur manchmal schien es so, als zuckte er. Theo winselte immer noch und drehte sich seinem Schwanz hinterher.

Mit einer Hand fühlte sie an Buttmeis Hals, ob sein Puls schlug, mit der anderen versuchte sie Theo zu beruhigen. Es dauerte eine

Ewigkeit, bis sie von der Autostraße zuerst das Martinshorn hörte, dann das Blaulicht sah. Der Wagen fuhr unmittelbar zu ihr herauf. Die weiß gekleideten Männer sprangen heraus und untersuchten den Verletzten, dann hoben sie ihn auf eine Trage, schoben ihn in den Wagen und setzten dort ihre Untersuchungen fort. Sie stand und wartete. Theos Klagelied war leiser geworden.

Nach einer weiteren Ewigkeit streckte einer der Männer den Kopf aus dem Wagen und rief ihr zu: »Starke Prellungen an Oberarm und Schulter, wahrscheinlich auch ein Schlag gegen den Kopf und eine Gehirnerschütterung. Ob innere Verletzungen vorliegen, können wir nicht feststellen. Das kann erst das Röntgenbild zeigen. Wir haben ihm eine Beruhigungsspritze gegeben. Er wird erst in der Klinik wieder zu sich kommen.« Er nannte das Krankenhaus, in das sie den Patienten brächten, dann fuhr der Wagen rückwärts den Feldweg hinunter, drehte am Haus und fuhr davon.

Anne nahm Theo auf den Arm, der ließ sich hängen, sodass sie sein ganzes Gewicht spürte. Im Haus machte sie einen kühlenden Verband um den Schwanz und legte ihn auf seine Schlafdecke. Dort schlief er erschöpft ein. Nur hin und wieder ein leises Winseln und ein Zucken verrieten, wie sehr ihn der Vorfall bis in den Schlaf verfolgte.

Die ersten Anrufe kamen aus dem Dorf und nicht wie gehofft aus dem Kreiskrankenhaus. Frauen, die mit Anne Kontakt hielten, wollten wissen, ob es zuträfe, dass der alte Delp den Kommissar totgefahren und danach Fahrerflucht begangen habe. Sie antwortete erregt und teilte den Anruferinnen mit, Delp habe nun auch noch Philipp Buttmei umgebracht. Kaum hatte sie aufgelegt, wunderte sie sich über ihre Antwort. Noch stand nicht fest, ob die Verletzungen lebensgefährlich waren. War es ihre Empörung, wollte sie in Ruhe gelassen werden, wollte sie Buttmei vor weiteren Attacken schützen?

Endlich kam der Anruf aus der Klinik. Sie hatte, als Theo versorgt war, dort einen ihr bekannten Arzt um Nachricht gebeten. Er war es auch, der zurückrief und ihr mitteilte, dass keine lebensgefährlichen Verletzungen vorlägen, Oberarm und Schulter hätten den Schlag abgefangen, die Gehirnerschütterung wäre leichter Natur, allerdings würde es ein paar Tage dauern, bis der Patient sich wieder bewegen könne, die Prellungen wären schmerzhaft und würden ihre Zeit brauchen. Jetzt hätten sie ihn schlafen gelegt.

Sie erläuterte Dr. Hernau die Hintergründe und bat, keine Mitteilungen über Buttmeis Zustand weiterzugeben. Die Polizei wäre zwar mit Sicherheit schon informiert, aber da er schliefe, könnte man sie auch noch ein wenig hinhalten. Er war einverstanden.

Auch bei den Polizisten, die bald kamen, weil sie von den Notärzten pflichtgemäß informiert worden waren, sprach sie von Mord und nannte den Täter. Daraufhin begaben sie sich zum Tatort, nahmen die Spuren auf. Außer den Abdrücken am Wegrand und Buttmeis Pfeife fanden sie wenig. Anschließend ließen sie Anne ein Kurzprotokoll unterschreiben und fuhren in das Dorf zu der von ihr benannten Adresse des Delpschen Hofes.

Sie hielten sich lange bei Delp auf, verhörten ihn und fotografierten den Traktor, nachdem sie ihn gründlich untersucht hatten. Warum sie ihn nicht gleich verhafteten, erfuhr sie durch Buttmei, nachdem die Polizisten auch bei ihm gewesen waren.

Nach einer unruhigen Nacht teilte ihr Dr. Hernau mit, sie könne am Nachmittag den Patienten besuchen. Er habe zwar Telefon am Bett, sei aber noch zu benommen, um den Apparat zu handhaben. Sie fuhr mit dem Fahrrad über die Hügel in das der Kreisstadt näherliegende Dorf und bestieg erst dort den Bus, weil sie in Hinterhimmelsbach nicht gesehen werden wollte.

Die Klinik roch so, wie sie es von früheren Besuchen in Erinnerung hatte, nach Putz- und Desinfektionsmitteln. Der lange Gang verwirrte sie, weil mehrere Betten an der Wand standen, weiß und frisch bezogen und mit Plastikfolie abgedeckt. In einem Bett stöhnte eine mit Binden verwickelte Mumie und wartete darauf, in ein Zimmer gefahren zu werden. Sie überwand ihre Ängste und sah genau hin. Er war es nicht.

Die Türen wirkten einheitlich in Form und Farbe; sie musste

suchen, welches Zimmer es sein könnte und wanderte buchstabierend von Ziffern zu Ziffern, bis sie davorstand. Unter der Zimmernummer las sie in kleinen Buchstaben den Namen Philipp Buttmei. Sie klopfte und trat ein.

Er lächelte ihr entgegen, etwas verkrampft, weil die eine Gesichtsseite geschwollen war. Als er sich aufzurichten versuchte, stöhnte er vor Schmerzen und gab es auf. Er lebte, das war zunächst das Wichtigste. Nach seinen ersten, etwas kehlig gesprochenen Sätzen wusste sie, dass sein Kopf keinen Schaden gelitten haben konnte.

Er klagte, dass sie ihm die Pfeife weggenommen hätten. Sie zog sie aus der Handtasche und zeigte sie ihm. Ein Lächeln huschte über seine Augen. Dann deutete er mit der Nasenspitze auf den bandagierten linken Arm und murmelte: »Ich könnte sie nicht mal anzünden.«

»Wenn du wieder rauchen darfst, werde ich es für dich tun«, versprach Anne. Dann erzählte sie ihm von den Telefonaten, von ihrer Aussage, vom Besuch der Polizei bei ihr und bei Delp. Wieder versuchte er sich zu bewegen, wieder ächzte er und gab es auf. Seine Zufriedenheit mit Annes Aussage, derzufolge man ihn im Dorf für tot halten musste, gab er durch Mienenspiel zu erkennen.

»Ich habe richtige Rachegefühle. Das werden die mir büßen müssen.«

»Nun ist es endgültig dein Fall«, war ihr Kommentar dazu.

Er bat sie um das Minzöl aus seiner Waschtasche gegen die Kopfschmerzen, denn er mochte das, was die Ärzte verschrieben, nicht nehmen. Früher trug er das Öl immer bei sich in der Jackentasche, dort, wo andere ihre Brille einsteckten. Er versuchte seit Jahren, die kleinen Beschwerden, die mit dem Älterwerden auftauchten, mit einfachen Mitteln selbst zu behandeln, Kopfschmerzen mit Minzöl und einem feuchten und kalten Waschlappen, die arthritischen Knie mit Arnikasalben und alles andere mit vorbeugendem Rotweingenuss.

Zum Arzt ging er ein Mal im Jahr, um sich gründlich untersuchen zu lassen. Es war ihm zwar stets bange, bei der Untersuchung könnte etwas Unangenehmes entdeckt werden. Aber bisher hatte die Eigentherapie ausgereicht, ernstliche Beschwerden von ihm fernzuhalten, und er wollte sie auch fortsetzen, sobald er der Klinik wieder entkommen war. Schließlich ging es um seinen Körper und sein Schicksal.

Wie Anne darüber dachte, wusste er nicht. Er konnte darüber auch nicht sprechen oder sinnieren. Erschöpfung oder die dämpfenden Medikamente, die man ihm eingeflößt hatte, übermannten ihn.

So ging sie wieder, denn sie merkte, wie sehr ihn der Besuch und die Versuche zu sprechen anstrengten, auch wollte sie nicht mit dem Fahrrad durch die Walddunkelheit fahren, die früher kam als die Nacht. Sie verabschiedete sich und kehrte auf demselben Weg zurück, auf dem sie gekommen war.

Theo erwartete sie. Er war unruhig seit dem Unfall. Weniger wegen seines Schwanzes, der wohl nicht mehr schmerzte. Die weiche Erde, in die er vom Traktorenrad gedrückt worden war, hatte den Druck gemildert. Er spürte, dass mit Buttmei etwas geschehen war und vermisste ihn. Als Anne mit ihm sprach, beruhigte er sich, als wüsste er nun, dass sein Herr wiederkommen würde.

Die nächsten Tage verliefen ähnlich. Theo pienzte hinter ihr her, wenn sie ging, und empfing sie mit einem Wedeln, als ereignete sich ein Erdbeben in seinem Körper. Buttmei wurde Tag um Tag munterer. Sein kauziger Dickschädel hatte den Schlag verkraftet. Er scherzte schon wieder. »Noch so einen Schlag und ich kann keine Garantie mehr für meine Verhaltensweisen übernehmen.«

Seitdem das Schultergelenk in Bandagen steckte, hatte er keine größeren Schmerzen mehr. Er konnte und sollte das Bett verlassen und sich bewegen, um keine Thrombose zu kriegen. Das musste man ihm nicht zweimal sagen. Die Pfeife konnte er immer noch nicht anzünden, weil der linke Arm in einem weißen, abgewinkelten Paket hochgebunden und unbeweglich war. Nur die Finger konnte er bewegen.

So saß er, wenn Anne kam, auf einer Bank im Klinikgarten, ließ sich unmittelbar nach der Begrüßung die Pfeife von ihr anzünden und schmauchte vergnügt vor sich hin. Über den Fall sprachen sie an diesen Tagen nicht. Sie sprachen über das Wetter, über Theo, über Musik – sie hatte ihm den Kassettenrekorder mitgebracht und einen Stoß Kassetten dazu, alle Streichquartette Beethovens, schwere Kost, doch Stücke, die ihn packten, in die Musik hineinzogen. Der Heilige Dankgesang eines Genesenen an die Gottheit in der lydischen Tonart aus opus 132 stand sowieso auf seiner Wunschliste für die eigene Trauerfeier, falls überhaupt jemand kommen würde, um zuzuhören.

Sie sprachen über die Rotweinsorte, die sie mitgebracht hatte und einschenkte, nachdem sie ihn in das Zimmer zurückbegleitet hatte. Dafür hatte sie ein stabiles Weinglas ausgesucht, das sie nach dem Genuss in seiner Nachttischschublade verschwinden lassen konnte. Da ihm die Klinikkost nicht schmeckte, weil sie fast ungewürzt war und wegen der Wiederholungen, versorgte sie ihn mit deftiger Wurst und Käse und Bauernbrot. Sie brachte auch für seinen Geschmack guten Kaffee in einer Thermoskanne mit.

Er wurde rundum von ihr verwöhnt und genoss es, auch wenn der Preis dafür ein Klinikaufenthalt war. Nur als sie meinte: »Du hast die gleichen lieben Augen wie Theo«, schluckte er und war sich nicht sicher, wie er die Bemerkung einordnen sollte. Aber er beschloss, sie als gut gemeint einzustufen und zu vergessen.

Inzwischen hatte die Polizei ihn aufgesucht und ein Unfallprotokoll aufgenommen. Da er, ohne drum herumzureden, von einem Anschlag gesprochen hatte, hatte auch die Kripo sich bereits angekündigt. Sie würden mit dem Protokoll im Delpschen Hof auftauchen oder ihn in die Stadt bestellen. Das bedeutete auch ein Ende des Versteckspiels. Das Dorf würde bald Hof für Hof wissen, dass Buttmei überlebt hatte. Bisher waren bei Anne noch keine neuen Telefonanfragen angekommen. Buttmei hatte allerdings mit den Kollegen vom Kommissariat telefoniert. Von Mordversuch würden sie erst reden, wenn er seine Aussage gemacht und der Staatsanwalt sie überprüft hätte. Also würde Delp zunächst nicht mit dieser Anklage konfrontiert, sondern nur befragt werden; er, Buttmei, allerdings auch. So hatte er es durchaus erwartet. Es entsprach seinen Erfahrungen. Zu Anne sagte er, wenn es so liefe, wie er es sich vorstelle, werde es danach ganz schnell gehen, und er bat sie, bei ihrem nächsten Besuch alle wichtigen Unterlagen und auch die von ihm gemachten Niederschriften mitzubringen, damit er sich gründlich vorbereiten könne.

Von nun an sprachen sie wieder über ihren Fall. Er teilte ihr auch seine Überlegungen mit, die ihm durch den Kopf gewandert waren. Ihn beschäftigte vor allem, wieso gerade die Enkel die Taten der Großväter nicht zur Kenntnis nehmen wollten und wieso die Generation der Väter und Mütter schwieg. Die, mit denen er noch als Gleichaltrige Kontakt gehabt hatte, und wenn es nur beim sommerabendlichen Treibball war, oder die damals gerade Geborenen, die Eltern des jungen Georg, die Eltern der Brunhilde. Sie waren Kinder und Jugendliche wie er gewesen, mit Gedanken, wie er sie hatte. Was sie trennte, war sein ausgebranntes Lachen, von dem sie jedoch wenig merkten, denn er gab sich Mühe, mit ihnen zu lachen, oder sein Hunger und sein Waldgängersein, über das sie sich wunderten. Seine schnell erworbenen Kenntnisse von Tieren, ihren Lauten und ihren Spuren imponierte ihnen. Die harte Arbeit, das Verharren im Umkreis des Dorfes und seiner Lebensgewohnheiten, der Umgang mit den Alten hatte aus ihnen verschaffte, schweigsame und kaum über den Gemeinderand hinaus denkende Menschen gemacht. Ihre Gegenwart erschlug die Vergangenheit. Von Zukunft war wenig die Rede und wenn, dann nur bis zur nächsten Aussaat oder Ernte. Das Nachkriegsschicksal ihrer Väter, für die sie sich doppelt hatten krummlegen müssen, während diese im Internierungslager saßen, hatte sie darüber hinaus zu einer entpolitisierten Generation gemacht. Buttmei selbst hatte sich erst spät und mühsam selbst beigebracht, was in den zwölf Jahren deutscher

Geschichte und unter der Herrschaft deutscher Unmenschen geschehen war. Die Kindheit schien zugedeckt mit Fliegeralarmen und der Ausbombung, die gründlich alles verschüttete, was er vor ihr erlebt hatte. Die Jugendzeit auf dem Dorf wurde zu einer Fluchtbewegung vor Menschen und ihrer Geschichte. So wuchs sein Bewusstsein allmählich. Fritz Weber förderte es mit seinen Berichten und Buchempfehlungen. Die Dorfbauern seiner Generation fanden die Wege zu einer solchen Bewältigung nicht. Zusätzlich verstellte ihnen das Wissen um die Verstrickungen ihrer Väter die Bereitschaft, sich mit dem Vergangenen auseinanderzusetzen. Also wollten sie sich nicht erinnern und nicht erinnert werden.

In der Wirtschaft hatten sie ihn noch mit rauer Freundlichkeit begrüßt. Das war es dann auch. Bei den Diskussionen hatten sie geschwiegen oder waren gar nicht erst gekommen. Er wusste nicht recht, was er mit ihrem Verhalten anfangen sollte. War es Desinteresse? Wollten sie sich einfach raushalten? Oder waren sie der Meinung, die Alten gingen sie nichts an? Dafür gab es Indizien aus der Dorfgeschichte. Leidtragende waren die Väter der jetzigen Großväter gewesen. Er erinnerte sich an zwei Beispiele, die er mitbekommen hatte und die wohl auch die Jungen geprägt hatten. Der eine Altbauer hatte so lange mit der Hofübergabe gezögert, bis er nicht einmal mehr die Kraft hatte, Stallarbeiten zu machen. Bei der Hofübergabe hatte er sich eine Kuh ausbedungen, die mitgefüttert wurde und deren Milch ihm gehören sollte. Als er mit zittrig gewordenen Beinen den Stall nicht mehr erreichen konnte, band der Schwiegersohn mit Zustimmung der Tochter die Kuh so kurz an, dass sie nicht mehr an den Futtertrog herankam und elend einging.

Erlitten die Alten jeweils selbst das Schicksal, das sie zuvor ihren eigenen Alten zugefügt hatten? Hatten ihre Kinder es mitangesehen und weiter vererbt, wie man die Dorfsagen weitergab? War das der Grund für das Desinteresse? War es nur in Hinterhimmelsbach so? In diesem ehemaligen Blut-und-Boden-Nest. Er hatte keine zuverlässigen Erfahrungen mit anderen Dörfern.

Die Jüngeren wie Brunhilde waren in einem anderen Dorf aufgewachsen. Die Zugewanderten, die sesshaft werdenden Flüchtlinge, später die landhungrigen Städter hatten mehr Lebenslust und damit auch andere Denkweisen mitgebracht. Der Wohlstand der Sechzigerjahre führte zum Einbau von Bad und Toilette. Das Fernsehen, das in jeden Hof Einzug hielt, änderte die Lebensgewohnheiten bis hin zu den Einrichtungen und Kleidungen. Das Auto band Hinterhimmelsbach in das Umland ein, Reisen wurden unternommen. Während die Großvätergeneration gerade einmal bis ins nächste Städtchen kam und nur in der Militärzeit andere Länder sah, fuhren die Jungen an Adria und Riviera, um Urlaub zu machen. Ihre Kinder besuchten die sogenannten besseren Schulen, die Höhere Bürgerschule, die zum Gymnasium umgetauft wurde. Waren das und die Schweigsamkeit ihrer Eltern die Gründe dafür, dass Georg und Brunhilde ihre Großväter liebten und die Augen vor deren Schuld verschlossen?

Während er auf diese Weise in einer Auszeit lebte, soweit es seine Ermittlungen betraf, lebten die Betroffenen in Hinterhimmelsbach in Unruhe. Sie waren einerseits froh, nichts von Buttmei zu hören, und hofften darauf, nie mehr etwas von ihm zu hören. Andererseits hatte die Ruhe etwas Unheimliches. Sie wussten nun schon seit Tagen nicht, was geschehen würde. Würde die Polizei wiederkommen? Das mussten sie erwarten, denn die Traktorengeschichte würde auf jeden Fall weiterverfolgt werden und Folgen haben. Wann würde das geschehen und was würde geschehen? Sie wussten nach wenigen wilden Spekulationen nicht einmal mehr, was sie vermuten sollten. So gingen vor allem die Hauptbetroffenen stumm und mit einem zögerlichen Kopfnicken aneinander vorbei, die anderen mieden den Kontakt zu ihnen. Das Dorfgasthaus leerte sich. Der Wirt war froh, wenn wenigstens die Zugezogenen kamen. Nur einmal war die Gaststube dicht gefüllt wie früher. Zu einem Fußballländerspiel kamen sie an sein größeres und mehr Sender empfangendes Farbfernsehgerät und tranken und schrien.

Die Schreie wirkten hektischer und lauter als gewohnt, es war, als würden sie für diese neunzig Minuten alles herausbrüllen, was sie unter ihrem Schweigen vergraben hatten. Auch der knappe Sieg der deutschen Mannschaft änderte nichts daran, dass sie nach der Übertragung wieder schweigsam wurden, die Gläser leer tranken und gingen.

Ihre stumme Unruhe steigerte sich noch, als sie beobachteten, dass die Kriminalpolizei zu Anne kam und dies sich zwei Tag lang wiederholte. Sie verließ das Haus nach drei Tagen mit Bündeln Papier unterm Arm. Jetzt wussten sie, was sie geahnt, aber sich nicht zugegeben hatten, es würde nicht nur um Delps Fahrerflucht gehen, die Vergangenheit war im Begriff, Hinterhimmelsbach einzuholen und sich nicht mehr verdrängen zu lassen.

Anne, die in diesen drei Tagen im Haus bleiben musste, fand bei ihrer ersten darauffolgenden Fahrt in das Kreiskrankenhaus einen bis auf die Schulterbandagen unternehmungslustigen und gut gelaunten Buttmei vor. Er übte bereits Bewegungen im warmen Wasser des im Keller eingerichteten Bades. Mit der Hilfe Dr. Hernaus hatte er die Kripobesuche am Krankenbett, das längst zum Genesungsbett geworden war, hinausschieben können. Jetzt war er bereit, sie zu empfangen, ihr Besuch stand unmittelbar bevor.

»Wir bringen es zu Ende«, sagte er zu Anne. Seine Zuversicht steckte sie an, sie spürte in sich Erleichterung, mehr noch, es war in diesem Augenblick ein Gefühl der Befreiung, auch wenn der Abschluss des Falles noch bevorstand. Sie vertraute Buttmeis Urteil ohne Vorbehalte. Er sah ihrem entspannten und sich verjüngenden Gesicht an, wie groß ihre Erleichterung war. Das machte auch ihn glücklich. Ihr frisches und unverkrampftes Lächeln war der Lohn für ihn, mit dem er zufrieden war.

Philipp Buttmei straffte sich, streifte die sanftmütigen Gefühle ab, zog den Packen Notizen aus der Nachttischschublade, fast hätte er das Rotweinglas mit herausgezogen und heruntergeworfen, und legte sie für den Besuch der Kripo zurecht. Er hatte sie noch einmal gesichtet. Das Blättern mit einer Hand war ihm schwergefallen, auch ergänzende Notizen, die er nur zustande bringen konnte, wenn er die Blätter mit dem Ellenbogen festklemmte, damit sie unter der Hand beim Schreiben nicht wegrutschten, hatte er nur mühsam und mit kritzeliger Schrift an die Ränder oder auf Rückseiten geschrieben.

Als die beiden Beamten in Zivil das Krankenzimmer betraten, das eigentlich keines mehr war, verabschiedete sich Anne. Er begrüßte die Kollegen. Den einen kannte er noch aus seiner Dienstzeit, ein solider Ermittler, ein guter Verhörer und nicht aus der Ruhe und von den Spuren abzubringen. Wenn die Kollegen Geburtstag feierten, wurde er eingeladen und ging auch nach Lust und Laune hin. So war der Kontakt nicht abgerissen und der Ton kollegial. Von einem Verhör, wie man es mit Opfern oder Zeugen üblicherweise führte, um wasserfeste Beweise zu erhalten, konnte keine Rede sein. Er breitete seine Unterlagen aus, zeigte sie Blatt für Blatt, erläuterte. Der Beamte, den er noch nicht kannte, protokollierte. »Das müssen die Neuen also immer noch machen«, stellte er lächelnd fest und konnte es nicht lassen, auf das hinzuweisen, was ihm besonders wichtig war. »Das muss unbedingt ins Protokoll.« Der Protokollant blieb geduldig. Wahrscheinlich hatte man ihn auf Buttmei und seinen besonderen Stil vorbereitet. Während der Vernehmung erfuhr er, dass auch die beiden Autofahrer aufgesucht worden waren und ihre Zeugenaussagen gemacht hatten.

Er berichtete von seinen Pfeifversuchen, von dem ersten Überfall auf ihn, vom Brand in Annes Haus, von den Haarnadeln und der Begegnung mit Brunhilde. Er erwähnte das Geständnis des alten Delp, das die Beamten kannten. Sie hatten nichts unternommen, weil seine Zeugenaussage ausstand und er sie gebeten hatte, ein paar Tage mit der Befragung des Geständigen zu warten. Er überreichte als Beweismittel die Pfeife, Kopien, die er im Archiv gemacht hatte, und die originalen Unterlagen, die sie bisher als Fax vorliegen hatten. Dann kam eine Überraschung auf ihn zu.

Der Wortführer berichtete ihm, die Untersuchung des Traktors hätte schadhafte Bremsen ergeben und es wäre durchaus möglich, dass sie bei der Talfahrt versagt hätten und es sich demnach um einen Unfall gehandelt haben könnte.

»Waren sie manipuliert?«, fragte er.

»Das wissen wir nicht.«

»Habt ihr es untersucht?«

»Selbstverständlich. Aber wie sollen wir nachweisen, ob die Schrauben, die fehlten, herausgefallen waren oder nachträglich herausgeschraubt wurden? Die Gewinde sind verdreckt von Ackererde.«

»So wie der bergab an Anne vorbeigefahren ist und doch an der Ampel rechtzeitig anhalten konnte, glaube ich nicht an herausgefallene Schrauben.«

»Glauben oder nicht glauben, Herr Buttmei, das reicht nicht aus.«

»Weiß ich.«

»Sollen wir eine zweite Untersuchung vornehmen?«

»Die bringt nichts. Und mit Anne Webers Vermutungen zum Jahre zurückliegenden Autounfall ihres Vaters kann man keinen Staatsanwalt mehr hinter dem Ofen hervorlocken.«

»Die Fahrerflucht ist beweisbar, denn der Beschuldigte hat den Traktor den Spuren nach auf den Weg zurückgesetzt und ist erst dann davongefahren.«

»Das ist mir zu wenig! – Was ist mit dem Mord an Fritz Weber?«

»Wenn wir das Geständnis zugrunde legen, war es der alte Delp.«

»Ich will die wahren Täter, die jungen.«

»Indizien haben wir. Damit können wir versuchen, sie zu einem Geständnis zu bringen. Für ein Verhör reicht es allemal.«

»Wer wird sie verhören?«

»Der Fall ist in meinen Händen.«

»Das ist gut!«

»Wir werden sie den Autofahrern gegenüberstellen. Wenn sie glauben, gesehen worden zu sein, werden sie den Fragen nicht lange standhalten.«

»Wenn ich bedenke, wie ich auf die Spur gekommen bin!«

»Die Pfeifen?«

»Die Eitelkeit der erfolgreichen Täter, die sie die Tatwaffe wie einen Fetisch aufbewahren lässt, weil sie meinen, den perfekten Mord begangen zu haben. Er hat sie sogar im Wirtshaus herumgezeigt.«

»Wusste er, dass sie im gleichen Raum sind?«

»Das kann ich nicht sagen. Er wusste jedenfalls nicht, wer ich bin und wozu ich nach Hinterhimmelsbach gekommen war.«

Am Ende des Gesprächs rückte Buttmei mit dem Plan heraus, den er sich ausgedacht hatte, um den Fall so zu beenden, dass es Wirkung haben würde, für die im Dorf und für die, die verhört und zu Eingeständnissen gebracht werden sollten. Die Beamten zögerten erst, ließen sich schließlich überreden, weil sie seine ungewöhnlichen Methoden und die damit erzielten Erfolge kannten.

Bei der Abendvisite erklärte Buttmei dem behandelnden Arzt, er werde am nächsten Tag die Klinik verlassen. Der stimmte zögernd zu und verlangte, er müsse unterschreiben, dass er auf eigene Verantwortung ginge. Zugleich war er bereit, den Arm zu bandagieren, damit der Patient es wagen konnte, sich außerhalb der Klinik und unter Leuten zu bewegen, ohne ein größeres Risiko einzugehen. Kopfschmerzen hatte er schon seit Tagen nicht mehr, die Beine waren heil, Thrombosestrümpfe musste er auch keine mehr tragen, seitdem er tagsüber nicht mehr im Bett lag, eine vorbeugende Spritze würde er bekommen, was sollte ihn also in dieser weiß getünchten und nach ständiger Desinfektion riechenden Welt noch halten. Dr. Hernau verlangte von ihm in die Hand eine Zusage, dass er sich in physiotherapeutische Behandlung begeben würde. Eine von jungen Frauen betriebene Praxis gab es bei ihm zu Hause zwei Straßen stadteinwärts. Schon manchen an Krücken Gehenden hatte er dort heraushumpeln sehen. Er versprach, die Praxis aufzusuchen.

Nachdem er das Frühstück des nächsten Tages und die letzte

Behandlung hinter sich gebracht hatte, bestellte er ein Taxi und ließ sich zum Kommissariat bringen. Dort wurde er bereits erwartet. Der Chef des Hauses bemerkte im sicher nicht zufälligen Vorbeigehen: »Sie machen also immer noch Extravaganzen. Ich dachte, Sie hätten sich in den Ruhestand begeben und würden auch Ruhe halten.« Für Buttmei war nur eines wichtig: Er hatte sich nicht quergestellt, die Aktion konnte beginnen.

Er knurrte ein kurzes »Danke«.

Nach einem Anruf bei Anne, die dabei sein wollte und auf das Startzeichen wartete, um sich auf den Weg ins Dorf zu begeben, setzte sich eine kleine Polizeikarawane in Marsch. Voran ein Streifenwagen, dahinter ein kleiner Bus mit vergitterter Zelle, dahinter ein Dienstwagen ohne besondere Merkmale. In ihm saßen der Fahrer, die beiden Kripobeamten, die ihn in der Klinik vernommen hatten. Er hockte mit angewinkeltem Arm hinten. Als sie an der Tatortampel ankamen, schalteten die beiden vorderen Wagen das Blaulicht ein und fuhren langsam in das Dorf, zur Dorfmitte und weiter zum Delpschen Hof. Direkt vor dem Hoftor hielten sie an und ihre Insassen stiegen aus. In den Augenwinkeln sah Buttmei Anne wenige Meter entfernt an einem Gartenzaun stehen. Er hatte sie gebeten, Abstand zum Ort der vorgesehenen Ereignisse zu halten.

Hinter den Fenstern wurde es lebendig und nicht nur in den beiden Höfen. Die ersten Bewohner kamen auf die Straße und verharrten wenige Meter vor den Polizeiwagen. Langsam bildete sich ein Halbkreis. »Voyeure«, dachte er, »sie kommen wie die Fliegen zum Aas.« Die langgereckten Hälse vervielfachten sich und schoben sich immer enger zusammen und an das Geschehen heran. Er hatte es erwartet. Es gehörte durchaus zu seinem Vorhaben. Die Dorfbewohner sollten zu Zuschauern und Zeugen werden, es sollte sich herumsprechen, schnell und dauerhaft. Sie sollten es ihren Enkeln noch erzählen. Was vor den Staatsanwälten und Gerichten geschehen würde, war für ihn zweitrangig. Allerdings setzte er darauf, dass die Verhafteten den Verhörraffinessen seines erfahrenen Kollegen nicht gewachsen waren, wie so mancher Täter, der die Beamten kreuz und quer in die ablenkende Irre zu führen versucht hatte. Hartnäckig schweigen konnten sie, lavieren sicher nicht. Auch lag das Geständnis des alten Delp vor und war eine gute Basis, die Wahrheit offenbar zu machen.

Die Familien Delp und Bölstein blieben in ihren Häusern und warteten. Zuerst betrat die inquisitorische Prozession den Delpschen Hof. Nur der Fahrer des Busses blieb bei den Fahrzeugen zurück. Der Hund kläffte an seiner Kette, drehte sich im Kreis, weil er gegen die Eindringlinge ansprang und von der Kette zurückgerissen wurde. Er fletschte die Zähne. Und als Buttmei ihn, sich der Wirkung wohl bewusst, anfuhr: »Halt's Maul, du Köter!«, wurde er vollends wild und sein Bellen klang schon heiser, als sie die Treppe hinaufgestiegen waren und die Eingangstür öffneten. Im Hausflur stand die Familie beieinander, Großvater, Vater, Mutter und der Sohn. Der alte Delp trat vor und fragte, ob er verhaftet sei. Er hatte es von dem Moment an, als die Wagen vorfuhren, erwartet. Das Ja war also nicht überraschend für ihn und er forderte seine Schwiegertochter auf, das Nötige einzupacken.

»Sie können zwei Koffer packen!«, sagte Buttmei zu ihr, »Ihren Enkel nehmen wir auch mit.« Mit diesem Satz traf er alle, die vor ihm standen. Entsetzen versteinerte ihre Gesichter. Es steigert sich noch, als der Anführer der Eindringlinge, der Kriminalkommissar, die Haftbefehle auspackte und vorlas und von gemeinsam geplantem Mord und Mordversuch sprach. Es sah nicht so aus, als ob die anderen Sätze, die verlesen wurden mit Wörtern wie Brandstiftung und Fahrerflucht, ihr Entsetzen noch steigern konnten.

Mit gepackten Koffern bewegten sie sich einer hinter dem anderen die Treppe hinunter. Voran die beiden Kripobeamten, dann ein Polizist, dann Georg Delp der XXIII., hinter ihm Georg Delp der XXV., dann die zwei Streifenbeamten, zuletzt, sich mit dem freien Arm an der Treppenstange festhaltend, Philipp Buttmei. Einen

Augenblick lang hatte er den Eindruck, als wollten die Verhafteten in den Hof zurücktreten, nachdem sie die wartende Menge erblickten. Sie wurden in den Bus verfrachtet und hatten es plötzlich selbst eilig, in das sie verbergende Innere zu gelangen. Ein Polizist blieb bei ihnen und bewachte sie. Die anderen bewegten sich erneut wie in einer Prozession zum Hoftor der Bölsteins.

Dort vollzog sich die gleiche Prozedur. Die Familie wartete im Flur. Brunhilde wusste, dass es um sie ging. Sie hörte sich den Haftbefehl, der auf Beihilfe zum Mord lautete, äußerlich ruhig an. Doch der Jungmädchencharme war aus ihrem Gesicht verschwunden. Sie wirkte gealtert. Auch ihr Koffer wurde gepackt. Dann erfolgte der Treppenabstieg und der Weg zum grünen Bus. Sie stieg ein, saß den Delps gegenüber. Neben ihr einer der Polizisten. Der zweite Polizist nahm den Fahrersitz ein. Die Kripobeamten bestiegen den Dienstwagen, anschließend starteten die das Ende der Prozession abwartenden Polizisten den Streifenwagen. Er fuhr zuerst los, der Bus folgte und hinter ihm der Dienstwagen. Sie fuhren ohne Blaulicht rasch zum Dorf hinaus, zur Umgehungsstraße und der Stadt zu. Der alte Bölstein war auf die obere Plattform der Haustreppe getreten und sah den wegfahrenden Autos nach. Buttmei wusste, dass auch ihm Besuch bevorstand, und zwar von der Presse, die über die Vergangenheit und seine Beteiligung an der Judenverfolgung würde berichten wollen. Was für Folgen es haben würde, darüber mochte er allerdings nicht spekulieren.

Er drehte sich nach Anne um, die jenseits des Gedränges stand, ging auf sie zu. Die Menge teilte sich, bildete eine Gasse. Links und rechts standen die Dörfler stumm. Er hörte keine Bemerkungen. Nicht einmal geflüsterte. Mit Anne, die sich bei ihm einhakte, ging er den Weg zu ihrem Haus.

Unterwegs änderten sie die Laufrichtung, bogen nach dem Hohlweg an einer Gabelung nach links ab und ließen das Haus in Sichtweite rechts liegen. Oben auf dem Hügel vor dem Wald befand sich der Friedhof von Hinterhimmelsbach. Hand in Hand standen sie vor Fritz Webers Grab. Auf einem Findlingsstein war eine Fläche ausgehauen, auf ihr stand der Name Fritz Weber.

»Den hat er nach dem Kauf des Grabes aufstellen und seinen Namen einmeißeln lassen. Jetzt werde ich den Auftrag geben, das Todesjahr dazuzusetzen«, erklärte sie ihm. Dann sprach sie ein Vaterunser. Er stolperte hinterher mit dem Text, wie er ihn aus der Kindheit im Gedächtnis hatte, sie sprach von der Erlösung vom Bösen, er vom Übel. In seinen Augenwinkeln flirrte der Widerschein weißer Birkenrinde. In Hinterhimmelsbach war es üblich, auf dem Friedhof Birken zu pflanzen.

Als sie wieder vor dem kleinen Gittertor standen, fiel ihm ein, dass sein Vater bei einem Spaziergang über den Hügel gesagt hatte, auf einem solchen Friedhof ließe sich gut ruhen. Hinter ihnen im leichten Wind das Rauschen und die Lichtspiele jungen Buchenlaubes. Vor ihnen das Tal, in dem das Dorf lag, als sei es ein irdisches Paradies. Zwischen bewaldeten Hügeln andere Dörfer mit in der Sonne gleißenden Dächern. Auf dem Rückweg steckte er sich eine Pfeife an. Während der Aktion wollte er nicht rauchen, weil er meinte, das lenke ab und verniedliche den Vorgang. Mit umso größerem Vergnügen blies er jetzt den blauen Rauch in die Landschaft.

»Ich werde morgen abreisen«, sagte er zur ihr, und zu Theo: »Es geht nach Hause. Dir stehen wieder härtere Zeiten bevor, so wie Anne werde ich dich nicht verwöhnen.«

»Willst du nicht noch ein paar Tage bleiben?«

»Ich brauche nun wieder meine gewohnte und unaufgeregte Umgebung.«

»Ich werde euch vermissen.«

Nach einer Pause sagte sie: »Ich muss mich noch darum kümmern, dass die Gedenktafel am Rathaus angebracht wird.«

»Für die jüdische Familie?«

»Ja.«

Er sah das Hinterhimmelsbacher Rathaus vor sich, zweistöckig, unten unbehauene Sandsteine geschichtet, darüber die schindelverkleideten Räume der Gemeindeverwaltung. Oben auf dem Dach über den roten Biberschwänzen ein Türmchen mit einer Glocke. Im Rathaus war in der Nachkriegszeit ein Saal mit Wandtafel, Kanonenofen und knarrenden Holzdielen ausgestattet worden. Die dort einquartierte einklassige Volksschule besuchte auch er, bis in der Stadt die Höhere Bürgerschule den Unterricht wieder aufnahm.

»Wo soll die Tafel angebracht werden, unter den Schindeln im Sandstein?«

»Fest im Sandstein verankert«, gab sie zur Antwort.

»Wie wirst du deine Zeit in der Stadt verbringen?«, fragte sie ihn.

Er zählte auf: »Ausschlafen, in aller Ruhe frühstücken und Zeitung lesen. Mit Theo am Fluss spazieren gehen. Musik hören. Du siehst, mir fehlt nichts.«

»Bis der nächste Fall auf dich zu kommt!«

Als sie das sagte, hob er abwehrend die Hände.

Teil 2

Tod bei den Fischteichen

PHILIPP BUTTMEI WAR NICHT wetterfühlig, hatte auch keine ausgeprägte Vorliebe für ein Wetter oder eine Jahreszeit. Er mochte es, im Regen den Mantelkragen hochzuschlagen und sich das kühlende Wasser ins Gesicht tropfen zu lassen. Er mochte es, gegen den Wind anzulaufen und dessen Kraft am ganzen Körper zu spüren. Er schloss bei Sonne manchmal die Augen und besah sich den hellen Schein auf der Rückwand des Lides. Er fühlte sich wohl in dichtem Nebel, wenn es schien, als wäre die Welt nur noch eine kleine Insel, auf der er sich befand und die mit ihm wanderte, ohne dass zur Bewegung und dem weißen Mantelschleier etwas anderes vordrang.

Allenfalls die Erde wechselte und der Grund seiner Insel bestand mal aus Kies, mal aus Asphalt und mal aus Gras. Er mochte sogar Gewitter, genoss sie als Himmelsschauspiel und zählte, wie in der Kindheit gelernt, die Sekunden zwischen Blitz und Donner.

Es gab Leichen in seinem Berufsleben, die er noch im Erinnern mit einem bestimmten Wetter verband, als gehörte es dazu. Regenleichen, Windleichen, Sommer-, Winter-, Herbst- und Frühjahrsleichen. Am wenigsten mochte er es, wenn beim Fund eines Getöteten die Sonne schien, als wäre nichts geschehen, was von der beschienenen Landschaft ablenken könnte. Nur eines konnte sein Gemüt beschweren, mehrere graue Tage hintereinander, ohne Lichtblicke, ohne Farben, weil das Grau sie so herunterdämpfte, dass sie nicht mehr leuchteten.

Eine Reihe solcher Tage, die ihn missmutig gemacht hatte und noch knurriger als sonst, sodass Theo betteln musste, damit er ihn ausführte, ging an dem Dienstag zu Ende, mit dem unsere Erzählung beginnt. Die Sonne schien aus einem ungebleichten Blauhimmel. Kein Wölkchen, kein Windhauch wagte es, die seine Sinne öffnende Helligkeit zu stören. Früher hätte er an einem solchen Morgen vor sich hin gebrummt: »Bitte heute keine Leiche!« Jetzt aber rief er mit einem so unternehmungslustigen Ton in der Stimme, dass Theo sogar versuchte, seine Schlappohren zu heben: »Theo, wir gehen in den Park!«

Vor der Haustüre leinte er den Hund an, nicht nur wegen der Vorschriften, auch wegen des Autoverkehrs und der Fahrräder auf dem Bürgersteig. Ampeln vermied er seit seinem Aufenthalt in Hinterhimmelsbach, auch hätte er einen kleinen Umweg machen müssen, um zur nächsten Ampel zu kommen.

Er zog also Theo hinter sich her über die Straße, als es eine Lücke zwischen den raschen Straßenbahnen und den von beiden Seiten anrollenden Autos gab. Auf der anderen Straßenseite befand sich ein kleines Seitentor, ein Sandsteinviereck, das in den Park führte.

Im Park löste er die Leine, obwohl es auch hier verboten war, Hunde frei laufen zu lassen. Aber er kannte Theo und seine Trägheiten. Der würde neben und hinter ihm hertrotten und Bäume beschnüffeln und sie markieren nach dem Motto »Theo was here«. Allenfalls wenn er ein Mauseloch erschnüffelte, würde er im Gebüsch eintauchen und eifrig zu graben beginnen und dazwischen immer wieder die Nase hochziehen, ob er die Maus noch röche.

Das mochte zwar Buttmei nicht immer, weil er eine ganze Weile stehen bleiben und auf Theo warten musste, aber er nahm es hin, denn der Hund sollte ja auch das eine oder andere Vergnügen haben und was ihm der Rotwein war oder die Pfeife, das war für Theo ein Mauseloch. Also zündete er sich eine Pfeife an, sorgfältig mit allen Ritualen, die dazugehörten, reinigen, ausklopfen, neu stopfen, den Tabak feststampfen, anzünden und erste schnelle Züge am noch kalten Mundstück, um die Glut anzufachen. Den ersten Qualmbällchen sah er nach, bis sie sich auflösten; das machte ihn geduldig.

Da es länger dauerte, betrachtete er die Parklandschaft. Kastanien- und Platanenbäume standen als Wächterriesen die Mauer entlang.

Diesseits eine Oase aus vielen Grüntönen. Jenseits eine Ausfallstraße mit Verkehr, dessen Rauschen bis zu ihm herüberdrang. Die Wege liefen in Bögen, schwangen ein und aus. Er liebte die neuen Ausblicke, die sich nach jeder Biegung auftat.

Die Grasnarbe, in der zu jeder Jahreszeit unverdrossen Gänseblümchen blühten, war gefleckt von Krähenschwarz und Taubengrau. In der Mitte sah er hinter den herabhängenden Zweigen der Weiden die Strahlspitze des Springbrunnens.

Herrenpark hieß er. Wohl weil vor hundert Jahren so einer wie er nicht hereingelassen worden wäre. Buttmei war nicht gerade ein Anhänger heftiger Emanzipation, aber warum Herrenpark und nicht Männer- und Frauenpark oder einfach nur Park, das wäre ihm lieber gewesen.

Theo holte ihn vor den Busch zurück. Er kam anstatt mit einer Maus, was in der Regel das Ergebnis seiner Grabungen war, mit einem gelben Tennisball in der Schnauze aus dem Gebüsch zurück. Seine langen Vorderzähne hielten den Ball im aufgerissenen Maul fest. Er fletschte sie, als wäre er eine reißende Bestie.

Die Grimasse, die er mit der durch den Ball verformten Schnauze zog, verstärkte diesen Eindruck. Buttmei nahm die Pfeife aus dem Mund und lachte. Theo legte ihm den Ball vor die Füße und er wusste, was das bedeutete: Lob mich und spiel mit mir. Er kraulte ihn am Kopf und sprach die erwartete Formel »Braver Hund«, da ging Theo auch schon in Startposition.

Bevor Buttmei den Ball warf, spähte er erst den Park aus, als plante er eine Übeltat, und sagte zu Theo: »Du weißt, das ist verboten.« Er konnte keinen Streifenwagen ausmachen, auch keine grüne Uniform. Da er sich auf seinen geübten Blick verlassen konnte, nahm er den Ball auf und warf ihn.

Theo rannte mit flatternden Ohren und auf seinen krummen Beinen schaukelnd hinter dem kullernden Gelb her, bremste, verlor fast das Gleichgewicht, schleuderte sein Hinterteil herum und schnappte den Ball auf. Alle Trägheit war aus seinem kugeligen

Körper verschwunden, der Schwanz wedelte, die Ohren wackelten, er hielt den Kopf schief und die braunen Augen sahen zu Buttmei auf. Was sollte er tun – er bückte sich, nahm den Ball, schleuderte ihn weg und das Spiel wiederholte sich mehrere Male. Obwohl Theo heftig schnaufte, schien er kaum ermüdbar.

Buttmei fürchtete, es könnte zu viel für ihn werden, nahm den Ball, warf ihn scheinbar weg, steckte ihn aber blitzschnell in die Manteltasche. Theo rannte los, verharrte überrascht und fing an, das Gras im weiten Umkreis abzusuchen. Dann kehrte er zu seinem Herrn zurück und spazierte mit ihm durch den Park. Am Ententeich hatte Theo nur einen müden Seitenblick auf die am Ufer watschelnden Enten. Seine Jagdlust war erschöpft.

Am Rand des Parks ragte ein Kriegerdenkmal zwischen zwei Bäumen auf. Über dem roten Sandsteinsockel mit den eingemeißelten Inschriften krümmte sich ein ebenso sandsteinroter Löwe, er hob vor Schmerz die linke Tatze auf, spreizte die Krallen und sperrte das Maul weit auf zu einem stummen Schrei. In seiner Brust steckten mehrere Pfeilschäfte.

Buttmei fand das Denkmal für die im ersten Weltkrieg Gefallenen so überzeugend, dass er jedes Mal stehen blieb und es betrachtete. Der Löwe war ohne jedes Pathos und Heldentum im Schmerz erstarrt, ein sterbender Löwe, der nicht beschönte oder gar verherrlichte. Ein Denkmal für trauerndes Gedenken und nicht für patriotische Jubelfeiern. Während er den Löwenkopf betrachtete, die vergeblich gefletschten Zähne, die Leidensgrimasse und die über den eingesunkenen Rücken herabragende Mähne, sprach ihn eine Stimme an.

»Herr Kommissar.« Der Mann, dem die Stimme gehörte, verbeugte sich vor ihm. Buttmei erkannte ihn, obwohl er das Gesicht nicht sah: die verfleckte und speckig glänzende Jacke, das strähnige und ungewaschene Haar, die blauroten Hände. Rudi, der Penner und Taschendieb. Das Gesicht, das sich nun zu ihm aufhob, bestätigte seine Feststellung.

Sein erster Satz zu Rudi ließ diesen einen Schritt zurücktreten: »Bleib mir vom Leib!« Der Taschendieb war in einem seiner Mordfälle im Pennermilieu Zeuge gewesen. Während Buttmei sich auf die Leiche konzentrierte, hatte dieser ihm das Portemonnaie aus der Tasche gezogen. Der Kommissar merkte es erst, als der Dieb verschwunden war.

Nachdem der Tatort untersucht war, orderte Buttmei einen Streifenwagen, ließ ihn mit Blaulicht durch die Anlagen fahren, bis er Rudi gefunden hatte. Er legte ihm Handschellen an, ließ sich zu dem Ort führen, an dem der Verfolgte, als er das Blaulicht auf sich zukommen sah, das Portemonnaie weggeworfen hatte.

Er überprüfte den Inhalt, fand alles noch vor, öffnete die Handschellen wieder und ließ Rudi laufen. Seitdem hatte der eine gewisse Anhänglichkeit an ihn entdeckt und begrüßte ihn freudig, wenn sie sich begegneten. Doch diese Freude war einseitig. Buttmei ging ihm lieber aus dem Weg. Nun standen sie voreinander.

Rudi sah ihn scheinbar treuherzig an und sagte: »Aber Herr Kommissar, Sie werde ich doch nie wieder beklauen.« Um ihn loszuwerden, kramte er eine Münze aus der Tasche, ein Zwei-Euro-Stück, und warf es ihm zu, um ihn nicht berühren zu müssen.

Damit war der Spaziergang zu Ende. Sie trotteten nebeneinanderher, Buttmei und Theo, und kehrten auf dem gleichen Weg in die Wohnung zurück. Nur die Markierungswut Theos hielt sie an Baumstämmen immer wieder auf, wobei sich Buttmei stets wunderte, woher die vielen Tröpfchen scharf riechender Hundepisse kamen.

Zu Hause schlabberte der Hund eine Schüssel Wasser leer, der Ex-Kommissar, wie er sich selbst betitelte, reinigte seine erloschene und kalt gewordene Pfeife. Das Klingeln des Telefons ließ ihn zusammenzucken.

Es konnte nur Anne Weber sein. Sie rief fast täglich an, seitdem er bei ihr in Hinterhimmelsbach gewesen war. Man hatte ihr nicht verziehen, dass sie Dorfbewohner angezeigt hatte, was man nicht machte, wie sie dort sagten. Selbst bei Unfällen fuhren sie mit den Traktoren los und versteckten die beschädigten Autos in ihren Scheunen, denn einen Hinterhimmelsbacher verpfiff man nicht.

Aber er ließ es absichtlich mehrmals läuten, denn manchmal kam auch ein ärgerlicher Kaffeefahrtenanruf oder ein Glücksspiel, das das Blaue vom Himmel versprach und nichts hielt. Anne wusste es und blieb lange genug am Apparat.

Zu seiner Überraschung antwortete eine Männerstimme auf sein freundliches Hallo. Er erkannte sie fast gleichzeitig mit der Nennung des Namens. »Hier Neumann«. Neumann, ein Kollege, der drei Zimmer weiter auf dem gleichen Gang wie er gearbeitete hatte und es wohl immer noch tat.

Den Vornamen wusste er nicht trotz vieler Jahre eines Nebeneinanders, er hieß eben nur der Neumann. Aber die äußere Erscheinung hatte er sofort vor Augen. Stocksteif, wenn er auf dem Stuhl saß, Rücken an der Lehne, stocksteif, wenn er stand, und stocksteif, wenn er über den Flur lief. Aber immer ein verhalten freundliches Lächeln im Gesicht und eine Stimme, die dazu passte.

Der Neumann. Was konnte der von ihm wollen? Hoffentlich keinen Altentreff oder so etwas. Die Stimme klang überraschend erregt, er sprach schneller, als Buttmei es in Erinnerung hatte. Also hörte er ihm aufmerksam zu, um zu erfahren, was ihn aus seiner Reserve gelockt und ausgerechnet zu einem Telefonat mit ihm bewogen hatte. Es wurden mehr Wörter und Sätze, als er in seiner Dienstzeit an einem Stück aus seinem Mund vernommen hatte: »Buttmei, Sie müssen mir helfen.«

Der Angesprochene reagierte nicht. Was hätte er auch sagen sollen, ohne zu wissen, worum es ging.

»Hören Sie mir zu, Buttmei?«

»Ja«, brummte er.

»Ich darf Ihnen zuerst berichten, was mein Anliegen ist.«

»Na, denn mal ohne Umschweife los.« Das hätte er nicht zu sagen brauchen, denn Neumann war nicht der Mann, der Umwege liebte.

»Mein Freund Josef ist ermordet worden.«

»Mit Mord habe ich nichts mehr zu tun.«

»Oh doch, ich wünsche es mir jedenfalls. Mein Freund Josef ist an den Fischteichen ermordet worden.«

»Am kleinen oder am großen Fischteich?«

»In der Nähe des kleinen Fischteichs. Die Polizei hält es für einen Verkehrsunfall und wird nicht weiter ermitteln.«

»Wieso das?«

»Auf den ersten Blick sieht es wie ein Verkehrsunfall aus. Aber es ist keiner. Das weiß ich.«

»Ist er überfahren worden?«

»So sieht es aus.«

»Aber hoffentlich nicht an einer Ampel?«

»Die Frage verstehe ich nicht.«

»Von Morden an Ampeln habe ich gerade die Nase voll. Aber das ist eine eigene und ganz persönliche Geschichte.«

»Nein, nicht an einer Ampel. Auf der Landstraße, die am Teich entlangführt, ist er überfahren worden.«

»Was hat er da gemacht?«

»Gejoggt.«

»Und unaufmerksam über die Straße gerannt.«

»Nein, nein. Er hat dort jeden Morgen gejoggt und niemals die Straße überquert.«

»Woher wissen Sie das?«

»Weil ich manchmal mit ihm gelaufen bin. Wir sind jedes Mal die gleiche Waldstrecke gelaufen. Er hatte eine Stoppuhr in der Hand und hat seine Zeit gemessen, um sie mit den Zeiten davor vergleichen zu können.«

»Vielleicht hat ihn etwas erschreckt?«

»Er war kein ängstlicher Mensch. Man kann ihn nur mit Gewalt zur Straße gebracht haben.«

»Und wer sollte so etwas tun?«

»Es gab anonyme Drohungen.«

»Von wem?«

»Das weiß ich nicht.«

»Keine Ahnung?«

»Eine Ahnung habe ich schon. Er hatte ein starkes Gerechtigkeitsempfinden und spielte aufgrund der Kenntnisse aus einem abgebrochenen Jurastudium gerne den Berater und Beschützer.«

»Bei wem zum Beispiel?«

»Das wollte er mir nicht sagen, um mich nicht mit hineinzuziehen.«

»Na ja, das ist leicht herauszukriegen.«

»Sie helfen mir also?«

»Das habe ich nicht gesagt. Aber erzählen Sie bitte der Reihe nach, Ort, Zeit und so weiter, Sie kennen das ja.«

»Josef war gestern zwischen fünf und sechs Uhr auf dem Laufweg um die beiden Fischteiche unterwegs, so wie er es täglich machte.«

»So früh?«

»Ja, er war ein Mensch, der wenig Schlaf brauchte, nur fünf oder sechs Stunden, und er liebte die einsamen Läufe durch den Wald.«

Buttmei nahm sich vor, Neumann nicht mehr zu unterbrechen, denn an der zur Ruhe gekommenen Stimme erkannte er wieder den ihm vertrauten überkorrekten Beamten und wusste, dass dieser kein ihm bekanntes Detail auslassen würde. Er sagte nur noch: »Moment, ich hole meinen Notizblock«, ohne sich gleich bewusst zu sein, dass damit der Vorfall anfing, ein Fall für ihn zu werden. »Schießen Sie los«, sagte er, als er zum Hörer zurückkam, empfand das Wort schießen zwar als unpassend, hörte aber aufmerksam zu.

»Da Josef bei mir zur Untermiete wohnte und für den Notfall einen Zettel mit meinem Namen in der Tasche trug, wurde ich um 7:30 Uhr von der Verkehrspolizei angerufen. Man teilte mir den Tod mit und erläuterte mir auf Rückfrage die Umstände. Nach Ansicht der ermittelnden Beamten hatte Josef gegen 5:45 Uhr die Straße überquert und war in einen wohl zu schnell fahrenden roten Sportwagen gelaufen. Er war sofort tot. Der Fahrer des Wagens hatte die Polizei gerufen und an der Unfallstelle gewartet. Nach Befragung des Fahrers und in Inaugenscheinnahme des Wagens und des Unfallortes sah die Polizei keinen weiteren Grund für Untersuchungen und erstellte das Protokoll. Das ist zunächst alles.«

»Und wieso glauben Sie an Mord?«

»Die Drohungen habe ich schon erwähnt, auch dass er niemals auf der Straße gelaufen ist. Außerdem fehlen ein Schuh und die Stoppuhr, die er immer in der Hand hielt. Ich bin zur Unfallstelle gefahren und habe den Straßenrand gründlich abgesucht. Da waren kein Schuh und keine Uhr zu finden, auch gab es keine Bremsspur und trotzdem soll der Tote genau hinter dem Kofferraum des Wagens gelegen haben. Das war kein Unfall, und die Straße ist auch nicht der Tatort. Der Schmutz an der Kleidung ist kein Straßendreck, das ist Walderde, dessen bin ich mir sicher, und ich habe auch schon Fachkollegen gebeten, für mich eine Untersuchung vorzunehmen.«

»Und was erwarten Sie nun von mir?«

»Im Revier haben sie nur mit den Achseln gezuckt, als ich mit meinen Mordthesen zu ihnen kam. Sie haben gelächelt, als wäre ich nicht ganz bei Trost. Das haben sie zwar zu verbergen versucht, aber ich habe es trotzdem gemerkt. Auch ich habe einige Erfahrungen in den Berufsjahren sammeln können und erkenne, was Menschen denken, aber zugleich verbergen. Einen Streifenwagen wollten sie mir zuliebe noch einmal an die Unfallstelle schicken. Wir beide wissen, was dabei herauskommt. Nichts. Für sie ist die Sache erledigt und alles Weitere ist lästig. Buttmei, Sie müssen mir helfen. Sie haben doch früher viel schwierigere Fälle gelöst. Ich habe bewundert, wie Sie nie aufgegeben haben, bis Sie überzeugt waren, die richtige Lösung gefunden zu haben. Und mit welcher Fantasie Sie zu Werke gingen, Ideen, auf die ich nie gekommen wäre. Nur Sie können den Fall lösen.«

Gegen seinen Willen fühlte sich Buttmei geschmeichelt. Auch gefiel es ihm, dass er offensichtlich noch gebraucht wurde. Er schlug Neumann vor, sich am Abend in der Kneipe zu treffen, die er jede

Woche ein oder zwei Mal aufsuchte; im Riwwelhannes, der stadtbekannt war, aber nur am Wochenende überfüllt, sodass sie eine Ecke für ein ungestörtes Gespräch finden würden.

Neumann stimmte ohne Zögern zu, obwohl Buttmei annahm, dass er einen solchen Ort nie betreten hatte. Buttmei konnte sich Neumann nicht hinter einem Weinglas vorstellen. Doch das würde er aushalten müssen. Als sich Neumann am Telefon verabschieden wollte, schob Buttmei noch den Satz nach: »Und bringen Sie das Protokoll mit.«

»Sie meinen?«

»Das Polizeiprotokoll des Unfalls.«

»Aber das darf ich doch gar nicht in Besitz haben.«

»Sie werden es schon schaffen, einen Ausdruck aus dem Polizeicomputer in Ihren Besitz zu bekommen.«

»Es darf jedoch niemals …«

»… herauskommen, ich weiß. Wir werden es noch am Kneipentisch spurenlos vernichten.« Buttmei legte auf.

Hatte er nun wieder einen Fall? »Theo, was meinst du?« Theo lag neben Buttmeis Sessel auf dem Teppich lang hingestreckt und blinzelte mit den Augen, schloss sie wieder und schien zu schlafen. Als Buttmei ihm zurief: »Heute Abend bleibst du allein zu Haus!«, blinzelte er ebenfalls nur.

Neumann würde nun ins Schwitzen kommen. Illegal ein Protokoll beschaffen, das war für diesen korrekten Beamten, den er sich nur mit seiner stocksteifen Haltung und einem spitzen Bleistift in der Hand vorstellen konnte, bereits ein Vergehen. Wahrscheinlich würde sogar sein immer exakt sitzender Schlips verrutschen und der dezent graue Anzug Schwitzflecken kriegen.

»Du bist boshaft, Buttmei«, sagte er zu sich selbst und brach die inneren Bilderreihen ab. Jedenfalls war es gut, dass sie sich in der Kneipe und nicht im Büro verabredet hatten. Dort würden der Verschwörerblick Neumanns und seine Angst, mit dem Protokoll in der Hand erwischt zu werden, nicht auffallen.

Er verbrachte die Zeit bis zum Abend Pfeife rauchend und Musik hörend, tief in seinen Sessel versunken. Alle Gedanken an den neuen Fall oder an die zahlreichen Fälle in der Vergangenheit verdrängte er, indem er jedem Ton der a cappella gesungenen Messe von Orlando di Lasso folgte, das Zusammenspiel der Stimmen mit den Händen nachzeichnete, den Text stumm mitsang und darüber hinaus nur den Geschmack des Tabaks in seine Sinne einließ. Erst als auch die zweite Messe auf der CD verklungen war, tauchte er wie aus einem Hypnoseschlaf auf, brauchte ein paar Minuten, um zu sich, dem Ex-Kommissar Philipp Buttmei, zu kommen.

~ * ~

Bevor er die Wohnung verließ, versorgte er Theo mit Futter und Wasser. Der blieb neben dem Sessel liegen, beobachtete aber die Bewegungen seines Herrn. Wahrscheinlich hoffte er auf eine Aufforderung, mitkommen zu dürfen. Als er mitbekam, dass die leeren Rotweinflaschen in eine Plastiktüte gepackt wurden, weil wenige Schritte vom Lokal entfernt die Flaschencontainer standen und weil Buttmei ein Anhänger der getrennten Müllsammlung war, sich sogar zum gelben Sack bequemt hatte und alle vierzehn Tage Papier wegbrachte, erhob er sich auf die Vorderbeine. Aber er musste ihn enttäuschen und ahnte den beleidigten Blick Theos in seinem Rücken, als er die Wohnungstür geschlossen hatte.

Der Weg zum Riwwelhannes war nicht sehr weit, quasi zwei Mal um die Ecke, vorüber an dem grünen Gründerzeithaus mit einer Banderole über dem Eingang, auf der das Jahr 1897 stand, dann an einem Sandsteinquaderhaus mit bärtigen und Weinlaub umkränzten Faunen rechts abbiegend bis zu einem Haus aus gelben, doppelt gebrannten Backsteinen, auf dessen hölzerner Eingangstür ein Piratenkopf geschnitzt war mit Schlapphut und schwarz gezwirbeltem Bart. Dort links abbiegend an einem türkischen Lebensmittelgeschäft vorbei, vor dem unter Schirmen aus roten und blauen Dreiecken Gemüse und Früchte ausgestellt waren, Orangen, Zitronen, Kiwis, Tomaten und kleine bauchige Gurken, und schon war er am Platz mit den Containern, Braunglas, Weißglas, Grünglas.

Klirrend verschwanden die Flaschen in den Rundmäulern dieser fast quadratischen Ungetüme. Nun quer über einen kleinen Platz aus Büschen, Rasen, Pflasterwegen und Bänken und schon stand vor der Eingangstür des Riwwelhannes. Zwischen zwei braun gestrichenen und kannelierten Metallsäulen öffnete er die schwere und schmucklose Tür, schob einen schweren Stoffvorhang zur Seite und stand im Lokal.

Neumann würde pünktlich kommen, also hatte er Zeit, einen Tisch in einem Winkel auszusuchen, der am Rand lag. Außerdem konnte er in Ruhe seine Pfeife stopfen. Im Lokal war das Rauchen erlaubt. Nichtraucher verirrten sich selten hierher und flohen meist, wenn ihnen der Qualm und sein beißender Geruch entgegenschlugen. Da Neumann Nichtraucher war, würde er sich überwinden müssen, aber schließlich wollte er etwas von Buttmei.

Warum nahm er die Geschichte so persönlich? Es gab zwar Gerüchte im Kommissariat um Neumanns Männerfreundschaften. Keiner hatte ihn jemals mit einer Frau gesehen. Seine Untermieter, von denen Buttmei nichts wusste, auch nicht, ob sie wechselten oder ob derselbe Mann über Jahre dort logierte, schienen, soweit Kollegen sie gesehen hatte, kauzige Typen zu sein.

Aber das alles interessierte Buttmei eigentlich nicht. Josef war ein Freund von Neumann, wohnte bei ihm und es gab offensichtlich so viele Gemeinsamkeiten, dass eine emotionale Bindung bestand und dass Neumann den Tod des Freundes aufgeklärt haben wollte. Die Pfeife war gestopft, sie brannte, er zog genüsslich und blies seinen Anteil an Tabakrauch in den Raum.

Dann bestellte er einen Rotwein, einen kräftigen, damit die Tabakzunge ihn auch schmeckte. Man brachte ihm einen apulischen Salice Salentino. Er schwenkte das Glas, roch daran, er roch würzig, er trank, kaute, der Fruchtgeschmack überdeckte den Pfeifengeschmack. Er war zufrieden, lehnte sich zurück und wartete auf Neumann.

Die Gaststube war nur mäßig gefüllt. Neumann hatte um eine möglichst frühe Zeit gebeten. Es war nicht die Zeit der Stammgäste im Riwwelhannes, also saßen nur die da, die am liebsten den ganzen Tag an einem Ort wie diesem verbracht hätten, weil ihr Zuhause aus irgendwelchen Gründen ungemütlich war. Ihr Ort war die Theke. Hier waren sie kleine Helden, prahlten mit Witzen und derben Bemerkungen, scherzten mit der Wirtin und tranken. Sie rauchten alle, jedoch nur Zigaretten, allenfalls anlässlich zu feiernder Ereignisse Zigarren. Jedenfalls waren sie keine Pfeifenraucher. Sie tranken auch keinen Wein, nur Bier und Schnaps.

Mit dem Glockenschlag der Thekenuhr betrat Neumann den Raum, zögerte zuerst, bewegte die Hände, als wollte er den Rauch wegwischen, sah dann Buttmei sitzen und kam zu ihm an den Tisch. Buttmei hatte ihn sofort erkannt.

Weder die kerzengerade Haltung noch der dezent graue Anzug, noch der einfarbige Schlips hatten sich verändert. Nur das glatt gekämmte Haar hatte einen weißen Anflug über den Schläfen bekommen. Er zog das Protokoll aus der Tasche und schob es über die helle Holzplatte. Eine Kopie, wie Buttmei sofort an den schwarzen Rändern erkannte. Die Kopierer im Sekretariat kopierten also immer noch relativ blass und mit schwarzen Streifen.

Während Neumann sich bedankte, dass er bereit war, ihm zu helfen, und sich ein Bier bestellte, las Buttmei. Während des Lesens nahm er seinen Notizblock aus der Jackentasche, einen Bleistift aus der Brusttasche und machte sich Notizen. Fast mechanisch notierte er Zeit und Ort des Unfalls, die Namen der Unfallbeteiligten, die Führerscheinnummer des Fahrers, das Autokennzeichen, die Namen der beiden Beamten, die den Unfall aufgenommen hatten.

Er las die Beschreibung des vermutlichen Hergangs. »Um 5:47 Uhr stieß das genannte Fahrzeug, ein roter Alfa Romeo Sportwagon, stadtauswärts fahrend an Kilometer 7 mit Josef Korn zusammen, der offensichtlich auf dem Wald heraus auf die Straße joggte, ohne auf den zu der Zeit spärlichen Verkehr zu achten, traf ihn zuerst an den Beinen, überfuhr ihn dann, bevor er zum Stehen kam. Der Fahrer benachrichtigte sofort einen Krankenwagen und die Polizei. Der Notarzt konnte jedoch aufgrund schwerer innerer Verletzungen nur den Tod von J. K. feststellen. Wir suchten sorgfältig den Grünstreifen am Rand der Straße ab. Dort waren jedoch keine weiteren Spuren zu entdecken. Dem Opfer fehlte der rechte Schuh. Er ist wohl beim Aufprall weggeschleudert worden und war nicht auffindbar. Das rote Fahrzeug ist in der Mitte der Vorderfront stark eingebeult. Ansonsten konnten keine Schäden festgestellt werden. Auch bei der Überprüfung der Papiere des Fahrers ergaben sich keine Unregelmäßigkeiten. Nach Durchsuchung der Trainingsjacke des Toten fanden wir einen Ausweis mit seiner Adresse und einen Zettel, dass im Notfall ein Herr Neumann mit der gleichen Anschrift zu benachrichtigen sei. Um 6:49 Uhr gaben wir die Straßenhälfte wieder frei.«

Als Neumann sah, dass Buttmei aufhörte zu lesen, ergänzte er: »Meine Kollegen haben bestätigt, dass der Schmutz an der Kleidung einwandfrei vom Waldboden herrührt.«

»Es hat wirklich den Anschein, als wäre der protokollierte Unfallort nicht mit dem wirklichen Unfallort identisch. Aber was kann ein Unfallverursacher für Gründe haben, die Leiche zur Straße zu schleppen. Ob er nun auf einem Waldweg einen Unfall verursacht oder auf der Straße, macht keinen großen Unterschied.«

»Das sollen Sie herauskriegen.«

»Zuerst müsste ich herausbekommen, wo der eigentliche Unfallort ist. Beschreiben Sie mir genau, welchen Weg Ihr Freund lief.« Buttmei kannte die Fischteiche von Spaziergängen mit Theo. Einen Ausflug machen nannte er es, wenn sie beide dort um die Seen herumwanderten, also wusste er sofort, welchen Weg Josef zu laufen pflegte.

»Morgen früh werde ich mir das ansehen. Theo hat sowieso eine

Belohnung verdient und er liebt solche Spaziergänge. Und nun vernichten wir das Protokoll.« Er faltete das Papier zusammen wie zu einem Fidibus, zündete damit seine inzwischen ausgegangene Pfeife wieder an, legte die Reste in einen Aschenbecher, bevor er sich die Finger verbrennen konnte, beobachtete, wie sie ganz verkohlten und zerstampfte die Asche mit seinem Pfeifenstopfer.

Neumann legte eine Tüte auf den Tisch. »Ich habe den linken Schuh mitgebracht, vielleicht nützt das etwas.« Als Buttmei wortlos die Tüte an sich nahm, fragte er: »Sie übernehmen also den Fall?«

»Wenn es einer ist«, antwortete er.

»Was ist Ihr Honorar? Ich möchte nicht …« Er unterbrach ihn mit einer ablehnenden Handbewegung.

»Ein paar Flaschen Rotwein, meine Marken und nicht im Supermarkt, sondern bei meinem Weinhändler gekauft.« Neumann nickte, trank sein Bier aus, zahlte und ging, nachdem er seinem Gegenüber ungewohnt heftig die Hand geschüttelt hatte.

Buttmei bestellte sich ein Rippchen mit Sauerkraut und Kartoffelbrei und dazu einen zweiten Rotwein. Während er wartete, ließ er seine Pfeife ausgehen, klopfte die Asche zu den schwarzen Papierresten im Aschenbecher, steckte die Pfeife in die Tasche und hörte den Menschen zu, die allmählich das Lokal füllten.

Nun waren alle Tische besetzt und ein Stimmengewirr überlagerte die Raucherdüfte im Raum. Die meisten Gäste sprachen den einheimischen Dialekt, den auch Buttmei, wenn er wollte, beherrschte und der seiner Sprache eine Färbung gab. Auffällig waren die weichen Konsonanten und die Umfärbung der Vokale.

Er schnappte Wörter auf, erfreute sich an ihrem Klang und verglich sie mit seinem eigenen Dialektwortschatz. Erummache, sich en Deibel drumschern, Schwulitäte, do kennste die Kreng krieje, sei net so etepetete, der Olwel, der Giwitz, der Dreggwazz, der Haamdugser, mach der net ins Hemd und trink noch e Schöppsche und was sich noch so alles zu einem manchmal unverständlichen Gebabbel vermengte.

Dann kam das Rippchen. Das Fleisch war saftig, der Brei handgerührt, das Sauerkraut mild gewürzt. Er ließ Stücke Fleisch am Knochen. Theo hatte eine Belohnung verdient. Als die Bedienung den Teller abräumte, bat er sie, den Knochen einzupacken. Bis sie zurückkam, hatte er sein Glas ausgetrunken, nahm die Tüte, die Neumann ihm gegeben hatte, und verließ den Riwwelhannes mit einem »Gute Nacht beieinander«, das nur die Wirtin erwiderte. Alle anderen waren zu sehr in ihre inzwischen immer lauter werdenden Gespräche vertieft.

Als hätte Theo das Mitbringsel von fern gerochen, stand er bereits schwanzwedelnd hinter der Tür, sprang wegen seines Körpergewichtes bedächtig an ihm hoch, packte den Knochen und verschwand in seinem Nachtkorb. Dort krachte es und knackte, weil seine harten Zähne sich durch den Knochen bissen und ihn zermalmten, bis fast nichts übrig war. Er reagierte nicht einmal mehr auf den Zuruf: »Theo, wir haben wieder einen Fall.«

~ * ~

Am Morgen des nächsten Tages vollführten die beiden, nachdem jeder auf seine Weise gefrühstückt hatte, ein eigenartiges Zeremoniell. Buttmei hielt den Schuh des Toten in der rechten Hand und reizte Theo so lange damit, bis er sich in ihm festbiss und ihn aus seiner Hand zu reißen versuchte. Das wiederholte er noch einige Male mit aufmunternden Worten: »Theo, fass!« Zuletzt hing Theo so fest an der Schuhspitze, dass er ihn durch das ganze Zimmer schleifen konnte. Er musste ihn ablenken und beruhigen, indem er dessen Lieblingsfutter in den Fressnapf füllte.

Während Theo die Schüssel leerte, packte er den Schuh in die Tüte zurück, zog eine Jacke über, setzte eine Mütze auf, verstaute die Pfeife in der Brusttasche der Jacke, suchte in seinem Werkzeugkasten ein Metermaß, steckte es zu dem Schuh, holte die Stablampe aus der Flurtischschublade, prüfte, ob sie noch hell brannte, suchte ein Päckchen mit Tempotüchern und schob auch das in die Tüte. Als er zur Wohnungstür kam, stand Theo bereits dort und sah erwartungsvoll zu ihm auf.

Die Straßenbahnhaltestelle war nur wenige Hundert Meter von dem Haus, in dem sie wohnten, entfernt. Sie mussten ein paar Minuten auf und ab gehen, dann kam die Linie 5 und fuhr sie quer durch die Stadt bis fast zu den Fischteichen. Theo saß angeleint und ohne sich zu regen auf seinen Oberschenkeln. Bei jedem Halt der Bahn drehte er den Kopf und fragte mit den treuherzigen braunen Kulleraugen: »Steigen wir aus?« Buttmei schüttelte den Kopf. Theo entspannte sich. Erst an der Endstation nicke Buttmei.

Theo sprang von den Oberschenkeln und zog ihn an der Leine zur Tür und hinaus. Nach einem kurzen gekiesten Weg, vorbei an dem um diese Uhrzeit geschlossenen Ausflugslokal erreichten sie die Teichwiesen. Die wenigen Enten schwammen gemächlich in der Mitte des fast schwarzen Wassers und außer Reichweite von Theo. Nachdem Buttmei überprüft hatte, ob nicht doch eine am Ufer herumwatschelte, leinte er Theo los und ließ ihn über die Wiese toben.

Er war kein Wanderer, hatte demnach auch keine Lust, den gut fünf Kilometer langen Weg um die Teiche zu gehen, also überquerte er zwischen dem kleinen und dem großen Gewässer die gewölbte Holzbrücke, die kaum breiter war als der Bach, der unter ihr hindurchrauschte und vom einen Teich zum anderen floss.

Jenseits der Brücke fing der typische Stadtwald an. Der Grund war fast ebenerdig, sodass man weit in den Wald hineinsehen konnte, vor allem, wenn wie jetzt die Sonne schien und ihre schrägen Strahlen hinter jedem Baumstamm hervorkamen.

Der Bestand war alt, die Stämme dick und hoch gewachsen. Das Grau der Buchenrinde wechselte sich ab mit dem rissigen Schwarz der Eichen und dem Braun von Fichten, die immer zu mehreren zusammenstanden, als bildeten sie Inseln im Mischwald. An den Wegrändern kam das Weiß der Birken hinzu. Den Boden bedeckten

Schichten herabgefallener und sich allmählich wieder in Erde verwandelnder Blätter. An einigen Stellen gelang es niederem Buschwerk, genug Licht zu erhaschen, um wachsen und sich ineinander verhaken zu können.

Der Weg entblößte die dunkelbraune Erde, die unter dem Wald lag, sie war von den vielen Ausflüglern und Joggern festgetreten, zur Mitte hin gewölbt, an den Rändern mit hohem und dunkelgrünem Gras bewachsen. Manchmal zogen sich Baumwurzeln wie Adern über ihn hinweg und wurden, wenn man nicht achtsam war, zu Stolperfallen.

Diesen Weg ging Buttmei in Richtung der Straße, die am Rand der Teiche aus der Stadt führte.

Dort, wo der Weg zurückbog in Richtung Teich, befand sich ein kleiner asphaltierter Parkplatz. In dessen Nähe hatte sich laut Protokoll der Unfall ereignet. Er hielt den Kopf gesenkt und studierte aufmerksam die Muster, die die Erde und die in sie eingetretenen Steine zwischen dem herüberwachsenden Wurzelwerk bildeten. Es strengte die Augen an, immer das Gleiche zu erblicken, Erdbraun, Wurzelbraun und Steingrau.

Theo lief ungeduldig vor ihm her, vergrößerte den Abstand, kam wieder zurück, als wolle er fragen, was suchst du da, machte auch kleine Abstecher in den Wald. Es waren zu viele Stämme, um sie zu markieren, darum gab Theo es bald auf und schnüffelte hier und schnüffelte dort und rannte ein Stück und trottete wieder zu ihm, um ihn wieder fragend anzusehen und ihn aufzufordern, spiel mit mir.

Plötzlich blieb Buttmei wie angewurzelt stehen. Da lagen kleine, rote Lacksplitter auf dem Weg, nur wenige Meter von der Stelle, an der eine Wegabzweigung auf den Parkplatz deutete.

Er hob welche auf, befühlte sie, drehte sie. Es gab keine Zweifel, an dieser Stelle war roter Lack von einem Auto abgesplittert und hatte sich in einem kleinen Umkreis zerstreut. Niemand hatte sich die Mühe gemacht, die Spuren zu entfernen. Wenn diese Splitter von dem Unfallauto herrührten, dann war dies der Tatort. Er nahm das Bandmaß aus der Tüte, maß etwa zehn Meter bis zur Wegteilung, dann maß er die Abstände der Splitter zu zwei markanten Baumstämmen und notierte die Zahlen in seinen Block.

Nun sollte auch Theo seinen Spaß haben. Da werktags um diese Uhrzeit nur selten Leute an dieser Teichseite unterwegs waren, denn Mütter oder Großeltern mit Kindern blieben auf der andern Seite im Gras und fütterten die Enten, nahm er den Schuh aus der Tüte, hielt ihn Theo vor die Schnauze und trieb das gleiche Spiel wie in der Wohnung, festbeißen, schütteln, losreißen, mit einem Unterschied. Er warf anschließend den Schuh mehrmals auf der rechten Wegseite in den Wald. Theo holte ihn stets zurück und wartete darauf, dass er wieder warf.

»Nun, Theo, zeig, dass du eine gute Nase hast. Oder ich muss die Konkurrenz holen?« Mit diesen Worten warf er den Schuh nur scheinbar weg, hielt ihn aber hinter seinen Rücken und Theo stürmte in den Wald. So arbeiteten sie sich Meter für Meter in Richtung Parkplatz vor. Theo, unverdrossen und die Täuschung nicht durchschauend, die Nase auf der Erde und sein Herrchen ihn anfeuernd. »Such!«

Es dauerte eine Weile, bis Theo erhobenen Kopfes aus dem Wald kam und einen Schuh im Maul trug. Auf den ersten Blick sah Buttmei, dass es ein rechter Schuh war und von der gleichen Marke wie der linke hinter seinem Rücken. Während Theo noch über die Verdoppelung des Spielobjektes staunte, stellte er eindeutig fest, dass es ein Paar war.

Zum Dank für seinen Fund durfte Theo noch einige Male nach einem abgebrochenen Ast auf die Jagd gehen. Buttmei warf ihn so weit er nur konnte in den Wald, damit Theo beschäftigt war. Dann zog er die Stablampe aus der Tüte und studierte an der Stelle, an der Theo den Schuh gefunden hatte, Waldrand und Waldboden genau. Im grellen Schein des Lichtes leuchteten kleine Wassertropfen auf, dann ein Metallstück.

Als er das Laub wegschob, war es ein Dosendeckel, er fand auch zwei Kronkorken, doch dann leuchtete es silbern und er fand die Stoppuhr. Mit der Stoppuhr zusammen erkannte er eine Schleifspur im Waldboden, sodass er nur noch auf Zehenspitzen ging, um sie nicht zu verwischen. Sie führte hinüber zur Straße. Es waren nur einige Meter zum Asphaltband, das schon durch die Stämme auszumachen war. Die Spur brach ein Stück vor der Straße ab. Hier musste man den geschleiften Gegenstand aufgehoben und zur Straße getragen haben.

Buttmei und Theo hatten den Tatort gefunden. Bevor die Spur abbrach, schimmerte etwas Weißes zwischen den braunen Blättern, eine weggeworfene Spritze. Für alle Fälle nahm er ein Tempotuch aus der Packung, wickelte die Spritze ein und verstaute sie in dem von Theo angenagten Schuh. Noch wusste er nichts damit anzufangen.

Wahrscheinlich trafen sich in Sommernächten Drogensüchtige an den Teichen oder auf dem Parkplatz. Aber es war doch seltsam, dass die Spritze dort lag, wo die Schleifspur abbrach. Auch wirkte sie neu, war also keinesfalls der Witterung länger ausgesetzt gewesen.

Er nahm das Metermaß, legte es an die auf der Straße noch zu erkennenden Kreidemarkierungen der den Unfall aufnehmenden Polizisten, notierte die Entfernung von dort zur Fundstelle, maß vom Leuchtpfahl am Straßenrand, den er mit einem dicken Kreuz seines Stiftes kennzeichnete, ebenfalls zur Fundstelle und trug die Zentimeter in seinen Block ein. Darüber hinaus stieß er einen abgebrochenen Ast in die Erde und verhinderte, dass Theo ihn herausriss und Stöckchenwerfen spielen wollte. Nun war er zufrieden.

Da Buttmei kein Handy besaß, auch keins haben wollte, weil er nicht Gefahr laufen wollte, überall erreichbar und damit störbar zu sein, mussten sie den Weg zur Straßenbahnhaltestelle zurücklaufen. Dort stand eine Telefonzelle. Er rief das Kommissariat an und meldete seinen Tatort mit den Worten: »Hier ist ein Mord begangen worden.« Dann setzte er sich auf eine Bank am Uferrand und wartete. Theo sprang um ihn her und suchte die Wiese nach Mauselöchern ab. Es war vergebens, denn sie befanden sich nicht mehr in Hinterhimmelsbach, wo Mäuse sich ungestört in der Natur einnisten konnten.

~ * ~

Als die beiden Autos kamen, der Nachfolgekommissar im ersten, die Spurensucher im zweiten, fuhr er mit ihnen zum Tatort, Theo wiederum auf seinem Schoß.

»Wo ist die Leiche?«

»Hier werden Sie keine Leiche finden.«

»Sie haben uns hierhergeholt, reden von einem Mord, und nun gibt es keine Leiche. Sie wollen uns verarschen.«

»Trauen Sie mir das zu?«

»Ihnen traue ich alles zu!«

»Danke«, erwiderte Buttmei und schmunzelte, »aber nun zur Sache. Ich serviere euch einen unentdeckten und als Autounfall getarnten Mord. Auch wenn die Leiche schon im Beerdigungsinstitut liegt, das ist doch was. Damit könnt ihr doch Aufsehen machen. Sobald ihr ermittelt, bin ich raus aus der Geschichte, na ja, vielleicht nicht ganz, aber es ist dann euer Fall.«

»Aber wieso schnüffeln Sie hier rum? Was haben Sie mit dem Fall zu tun?«

»Ein Klient hat mich beauftragt.« Buttmei zog seinen Detektivausweis aus der Jackentasche.

Der Kommissar winkte ab: »Es hat sich rumgesprochen, dass Sie den Detektiv spielen. Und Ihr Klient kann doch nur der Neumann sein, denn der ist uns den ganzen Tag auf den Wecker gegangen mit seinen Behauptungen. Wehe, wenn nichts dran ist!«

»Dann wären Sie der Blamierte, oder? Nein, Sie brauchen nicht blass zu werden, es ist was dran.«

»Dann erklären Sie uns bitte, was los ist!«

»Das will ich doch schon die ganze Zeit. Also …« Mit diesem Wort begann er seinen Bericht.

Von Satz zu Satz hörten die umstehenden Beamten genauer zu. Er beschrieb, wie Neumann zu ihm kam, wie er stutzig wurde und zu dem Tatort fuhr, auf welche Weise er den Schuh und die Stoppuhr gefunden hatte. Die Spritze verschwieg er. Er zeigte den Beamten die Gegenstände und führte sie zu den Lacksplittern und der Schleifspur. Bald merkte er, dass sie nicht nur genau hinhörten, sondern dass auch das Interesse in ihnen erwachte. Und zuletzt hatte er sie überzeugt. Sie sperrten den Tatort mit den üblichen rot-weißen Bändern ab, stellten ihre Ziffern an die Fundstellen, fotografierten und untersuchten Weg und Waldboden.

Er überreichte ihnen die beiden Schuhe und die Stoppuhr. Die Spritze behielt er in Neumanns Tüte. Er machte sie auch darauf aufmerksam, dass Neumann den Jogginganzug untersuchen ließ, ob es sich bei den Schmutzspuren um Straßendreck oder Walderde handelte. Dann setzte er sich am Rand der Absperrung auf eine starke Wurzel, lehnte sich an den Stamm, kraulte Theo und fühlte sich ganz wie früher.

Es sah nicht nur nach einem Bilderbuchtatort aus, es roch auch so. Der typische Duft der Gummihandschuhe, der weißen Anzüge der Spurensucher, sogar die Bänder rochen. Das waren Erinnerungen, die er durchaus mochte und sie tief einatmete. Zugleich genoss er es, dass er von außen zusehen konnte. Theo dagegen genoss die ungewohnte Zärtlichkeit seines Herrn und drückte sich wohlig gegen die Hände.

Als die Spurensicherung durch und alles fotografiert war, rollten sie die Bänder wieder ein, sammelten ihre nummerierten Täfelchen und ließen ihn ein Protokoll unterschreiben. Dann boten sie ihm an, ihn mit in die Stadt zurückzunehmen. Er lehnte freundlich dankend ab, weil er zur Entspannung mit Theo noch eine kleine Waldrunde drehen wollte, was er auch tat, sobald die beiden Autos nicht mehr zu sehen und zu hören waren.

Angenehm müde nahmen sie die Straßenbahn zurück zur Haltestelle in ihrem Viertel. Kaum hatten sie die Wohnung betreten, schellte das Telefon. Buttmei nahm an, dass Neumann schon von der Aktion erfahren hatte, und hob ab. Es war Anne Weber und sie fragte erstaunt: »Wieso bist du so schnell am Apparat?«

»Ich habe geahnt, dass du es bist«, antwortete er. Solche kleinen Schwindeleien mochte er und hielt sie für lebensfreundlich. Er ließ sie erzählen, ihre kleinen Wege und Verrichtungen zu Hause und im Dorf, die immer noch feindseligen Blicke, ihre Streitbarkeit, damit die zugesagte Gedenktafel Wirklichkeit wurde. Er erfuhr, dass die Gerichtsverhandlungen bevorstanden. Neu war auch, dass einer der beiden Alten mit Verdacht auf Asbestose in der Klinik lag. Er gestand ihr, dass ihn das nicht besonders rührte.

Dann lud sie ihn wie immer ein, zu ihr zu kommen, sie hätte immer noch ein paar Flaschen besonders guten Rotwein im Keller und sie freue sich darauf, Theo verwöhnen zu können. Seine Ausreden mussten anders geklungen haben als sonst. Sie spürte, dass ihn etwas umtrieb und ließ nicht eher locker, bis sie erfahren hatte, dass er sich mit einem neuen Fall beschäftigte.

»Ich wusste, dass du es nicht lassen kannst«, war ihre Reaktion, dann fragte sie ihn aus und erzählte in groben Umrissen, was er erlebt und unternommen hatte. Bei dem Namen Josef Korn stutzte sie, schwieg einen Augenblick, meinte dann, dass sie etwas mit dem Namen verbände, auch wenn es ihr jetzt am Telefon nicht einfiele. »Wenn ich dich wieder anrufe, weiß ich, was sich mit den Namen verbindet. Entweder eine Geschichte aus Vaters und meiner Stadtzeit oder eine aus einem der Nachbardörfer. Es wird mir bestimmt wieder einfallen«, und sie wiederholte den Namen, Josef Korn. Dann wünschte sie ihm guten Erfolg und wiederholte ihre Einladung für die Zeit nach der Aufklärung des Falles.

Kaum hatten sie das Gespräch beendet, als das Telefon erneut klingelte. Dieses Mal war es Neumann. Er hatte wohl mehrfach versucht, ihn zu erreichen, und wie es seine Art war, nicht aufgegeben, bis das Freizeichen kam.

»Hier Neumann. Buttmei, es tut sich etwas. Ich bin ganz aufgeregt. Unser Chef hat zwar geschimpft über Sie und dabei trotzdem Ihre Spürnase gelobt, und zu mir war er auch nicht sehr freundlich, aber es tut sich was.«

Buttmei unterbrach ihn und berichtete ihm von der Spritze und dass sie untersucht werden müsste.

»Ist unser alter Leichendoktor noch im Amt?«

»Nicht mehr lange, er bereitet sich schon auf seine Pensionierung vor.«

»Bringen Sie ihm die Spritze und verabreden Sie sich mit ihm bei dem Bestatter. Der hat immer die kleinen Verschwörungen geliebt. Ich werde dazukommen.«

»Das tu, Herr Buttmei, das tue ich. Kann ich in der Mittagspause die Spritze bei Ihnen abholen?«

»Ich bin da. Bringen Sie für jeden eine Pizza mit, Rotwein habe ich hier, dann berichte ich Ihnen, was sich heute Morgen abgespielt hat.«

»Ich muss ja wieder in den Dienst, da trinke ich keinen Alkohol.«

»Ein stilles Wasser habe ich auch da.«

»Ich komme um 12:30 Uhr.«

»Ich erwarte Sie.« Damit beendete Buttmei den Dialog, der in seiner Kürze Neumanns Wesen entsprach, doch wenn er ehrlich war, liebte auch er die kurzen und direkten Gespräche. Nur die Telefonate mit Anne waren anders; aber sie hätte diese trockenen Knappheiten auch nicht zugelassen.

Kurz vor halb eins deckte er zwei Teller und die zugehörigen Bestecke, stellte ein Rotweinglas und ein Wasserglas dazu und auch die angebrochene Rotweinflasche vom vergangenen Tag und eine Wasserflasche, die er im Kühlschrank liegen hatte. Neumann schellte wie erwartet pünktlich. Buttmei kippte die Pizzen aus den Kartons auf die Teller.

Während sie aßen, berichtete er die morgendliche Tatortsuche und Spurensicherung in allen Einzelheiten, vermied jedoch Ausschmückungen. Danach drückte er dem sich verabschiedenden und in den Dienst zurückeilenden Neumann die in das Taschentuch eingewickelte Spritze in die Hand. Der hatte eine vorschriftsmäßige Plastikhülle mitgebracht und packte sie mit dem Tuch dort hinein. Im Gehen teilte er Buttmei mit, dass der Gerichtsmediziner bereit war, die Spritze zu untersuchen und dass er am Vormittag des nächsten Tages zum Leichenbestatter und zu der Leiche Josef Korn kommen werde.

Buttmei rief ihm noch nach: »Ich werde da sein.«

~ * ~

Vormittags, noch vor dem verabredeten Treffen, telefonierte sich Buttmei zu dem Notarzt durch, der den Toten am Unfallort untersucht hatte. Nach den gezielten Fragen räumte er ein, dass es eigentlich etwas verwunderlich war, dass das Opfer bereits tot war, als sie an den Unfallort kamen, denn sie waren sehr schnell zur Stelle und der Körper war noch warm gewesen.

Die Verletzungen, vor allem durch das Überrollen, waren zwar eindeutig tödlich, aber trotzdem lebten die Opfer dank der Zähigkeit der menschlichen Organe meist noch einige Zeit. Es habe ihn jedoch nicht weiter beunruhigt, da, wie er bereits gesagt habe, die Verletzung auf jeden Fall tödlich waren.

Dies teilte er als Erstes dem Gerichtsarzt und Neumann mit, als sie sich vor dem Bestattungsinstitut trafen, in dem Josef Korn aufgebahrt war. Im Gegenzug erfuhr er, dass in der Spritze eine tödliche Drogendosierung enthalten war und dass man schon bei genauem Augenschein der Leiche an bestimmten Merkmalen erkennen könne, ob der Tod mit dieser Droge herbeigeführt worden sein könnte.

Sie trafen sich vor dem Schaufenster des Bestattungsinstituts. Dort sah man hinter auf die Scheibe gemalten weißen Palmenwedeln zwei Särge stehen, einer aus hellem und einer aus dunklem

Holz. Unter ihnen war glänzende schwarze Seide in Faltenwürfen drapiert, neben den Särgen standen mehrarmige silberne Kerzenleuchter und auf kleinen Podesten mehrere Urnen in verschiedenen metallischen Ausführungen und mit unterschiedlichen Mustern.

Dr. Gerlach, mit dem er einige Fälle bearbeitet und gelöst hatte, begrüßte ihn herzlich und hatte sichtlich Lust, bei der kleinen Verschwörung im Rücken der offiziellen Zuständigkeiten mitzumachen. Er klopfte ihm auf die Schultern. »Wie haben Sie das denn wieder rausgekriegt?«, so als wäre Buttmei noch im Dienst. Neumann hatte sich einen halben Tag Urlaub genommen und wollte je nach Ergebnis der Untersuchung ins Kommissariat eilen, um eine Obduktion einzufordern.

In den Aufbahrungsraum ging Buttmei nicht mit. Seine Ausrede war Theo, den er mit Absicht auf diesen Weg mitgenommen hatte. Er hatte in seinem Leben genug Leichen gesehen und keine Lust auf eine weitere. Während die beiden voller Tatendrang in das Institut eilten, spazierte er zuerst auf und ab.

In der Nachbarschaft befand der sich der alte Stadtfriedhof. Da er keine Schwierigkeiten mit Friedhofslandschaften hatte, sie sogar, wenn er nicht gerade an einer Beerdigung teilnehmen musste, als sehr stille und beruhigende Orte empfand, betrat er mit dem angeleinten Theo das Gräberfeld. Er las Namen auf schwarzen, grauen oder roten Granitsteinen, versuchte, Inschriften in alten, bereits abblätternden Sandsteinstelen zu entziffern, studierte Geburts- und Sterbedaten und rechnete aus, wie alt die Begrabenen geworden waren.

Insgeheim vergliche er ihr Alter mit seinem. Es gab jünger Gestorbene und älter Gewordene. Den einen oder anderen Namen kannte er, weil er in der Stadt früher eine Rolle gespielt hatte oder weil seine Nachfahren jetzt eine Rolle spielten. Danach ging sein Blick über die Anlage zu den hohen Bäumen. Exotische Trauerbäume mit ewigem Grün über rotbraunen Stämmen, hohe Fichten, auch Kiefern, die den Sandboden unter der Stadt liebten, niedere

Wacholder- und Taxusgewächse, sogar Zypressen, die neben den Grabsteinen fackelten. Erst als der angeleinte Theo ein Eichhörnchen zu jagen versuchte, ließen seine Augen die Landschaft los und er kehrte zum Ausgang zurück.

Er musste nicht mehr lange warten, bis Gerlach und Neumann, angekündigt vom Bimmeln der Türglocke, aus dem Institut kamen und mit beschwingten Schritten auf ihn zueilten.

»Eindeutig«, sagte Dr. Gerlach, »die Augen, die Hautverfärbungen, die Zunge, er hat die Spritze gekriegt und ist auch daran gestorben. Wahrscheinlich hat man ihn erst dann auf die Straße gelegt und ist über ihn hinweggefahren. Aber das ist nur eine Vermutung. Wir werden eine offizielle Obduktion beantragen und ich werde sie durchführen. Gehen wir ans Werk, Neumann.«

Er packte den Angesprochenen am Arm und zog ihn mit sich fort. Seine Gedanken waren schon bei der Leiche auf seinem Seziertisch. Nach ein paar Schritten drehte er sich um und winkte Buttmei zu.

Das erklärte, warum der Tote so schnell gestorben war und so nahe hinter dem Auto lag. Er war wahrscheinlich dort getötet worden, wo Buttmei die Spritze gefunden hatte. Gut, dass er die Stelle genau markiert hatte. Nun wollte er erst einmal überdenken, was das alles bedeutete und was er als nächsten Schritt zur Aufklärung des Falles tun würde, denn dass er sich weiter einmischen würde, stand für ihn außer Frage. Dazu zog er seinen Block aus der Tasche und studierte seine Notizen. Theo war solch plötzlich Innehalten gewöhnt, er setzte sich auf sein Hinterteil und wartete ab. Da ihm nichts einfiel, fuhren sie erst einmal nach Hause.

~ * ~

Kaum waren sie dort eingetroffen, er hatte gerade Theos Fütterung beendet und wollte in seine Kochnische, um sich irgendetwas aus seinen Vorräten herauszusuchen und zuzubereiten, da schellte das Telefon.

»Schon wieder«, dachte er und ließ es bimmeln. Als es drei Minuten später wieder schellte, nahm er an, es wäre Neumann und hob ab. Der Anrufer nannte keinen Namen und blaffte ihn sofort an: »Warum haben Sie uns die Spritze nicht ausgehändigt! Das ist Unterschlagung von Beweismitteln. Ich überlege mir, was ich gegen Sie unternehmen werde. So lasse ich Ihnen das nicht durchgehen.« Buttmei hielt den Hörer weiter vom Ohr weg und wartete. Als die Stimme verstummte, weil sein Schweigen ihn irritierte, fing er an zu sprechen.

Selbstverständlich hatte er sie erkannt. Der Chef des Kommissariats war es. Wer sonst sollte auf diese Weise reagieren?

»Ich wusste nicht, dass die Spritze etwas mit dem Fall zu tun hat.«

»Das ist eine Ausrede. Warum hätten Sie sie sonst aufgehoben.«

»Ich hebe alle Gegenstände auf, die an einem Tatort herumliegen, ohne dort hinzugehören.«

»Und warum haben Sie mich nicht später, als Sie einen Verdacht hatten, informiert?«

»Das habe ich vergessen.«

Sein Gegenüber holte hörbar Luft. »Das nehme ich Ihnen nicht ab.«

»Wissen sie, mein Alter und die Aufregung; mein Gedächtnis spielt mir in letzter Zeit hin wieder einen solchen Streich.«

»Ich habe Sie noch nie aufgeregt an einem Tatort erlebt. Damit kommen Sie bei mir nicht durch!«

»Was heißt nicht durchkommen? Das ist gar nicht meine Absicht. Sie wissen genau, dass Sie mir nichts anhaben können. Die Angelegenheit haben wir doch schon bei dem Fall in Hinterhimmelsbach geklärt. Erinnern Sie sich?«

»Und ob ich mich erinnere – Sie und Ihre sogenannte Detektei. Kommen Sie mir doch nicht damit.«

»Nun haben Sie doch alles, was Sie für den Fall brauchen, oder? Und Sie haben Zeit gewonnen, statt welche zu verlieren.«

»Ich verbiete Ihnen, sich weiter einzumischen. Ein für alle Mal und auch in Zukunft.«

»Lassen wir die Zukunft aus dem Spiel. So lange sind Sie auch nicht mehr im Amt. Ich habe die Stelle genau markiert. Und nun nehmen Sie ein Stück Papier und einen Stift. Ich diktiere Ihnen die Daten, die Sie exakt zum Fundort der Spritze führen werden.«

Buttmei war doch überrascht, dass sein Gegenüber offensichtlich Papier und Stift holte, und gab die von ihm genommenen Maße durch.

Der andere fragte noch: »Warum gehen Sie nicht gleich ans Telefon, wenn ich Sie anrufe?«

»Ich wusste ja nicht, dass Sie es sind. Ach, und dann, wissen Sie, mein Knie, ich bin nicht mehr der Schnellste.«

Der Chefkommissar gab auf, beendete das Gespräch und Buttmei konnte in die Küche zurückkehren und eine Entscheidung treffen, was dort Essbares vorhanden war und was er sich zubereiten wollte. Er fand ein Nudelfertiggericht, in fünf Minuten zu kochen. Für zwei Personen stand auf der Tüte. »Immer für zwei«, knurrte er, »dann bleibt die Hälfte übrig.« Dass ihm die Hälfte dieser knapp bemessenen Portionen nicht ausreichen würde, wusste er, aber Theo würde den Rest schnell und mit Vergnügen vertilgen.

Nach einem kurzen Verdauungs-Dösen im Sessel breitete er seine Notizen vor sich aus, indem er die Blätter aus dem Block löste und auf dem kleinen Tisch neben dem Sessel ausbreitete. Er stopfte wie gewohnt seine Pfeife, zündete sie an, paffte ein paar Züge und nahm dann jeden Zettel in die Hand, las, sortierte, überlegte. Er wollte sich selbstverständlich weiter einmischen, aber wie?

Er hatte zwar den Tatort gefunden und damit war der Unfall zum Fall geworden. Aber warum hatte man Josef Korn getötet? Zufall und also doch ein Unfall, das schloss er aus, die Spritze sprach eindeutig gegen diese Hypothese. Also Vorsatz.

War der Fahrer des roten Wagens, der im Polizeiprotokoll notiert war, der Täter oder ein anderer, oder waren sie zu zweit? Ob der Fahrer auch der Täter war, würden eventuelle Fingerabdrücke auf der Spitze beweisen können. Und warum hatte man Josef Korn ermordet? Es musste ein Motiv geben, dahinter konnte nichts Unbedeutendes verborgen sein. Aber was hatte Korn so Gravierendes getan oder beobachtet, damit man einen solchen Mord inszenierte?

Buttmei suchte einen Ansatz für einen nächsten Schritt. Schließlich hatte er eine etwas hilflose wirkende Idee, die ihm jedenfalls besser vorkam, als sitzen zu bleiben und abzuwarten. Er rief Neumann an.

»Ist der Chef in der Nähe?«

»Nein, meine Rüge habe ich bereits vor der Mittagspause bekommen.«

»Sie also auch.«

»Er hat mir den Umgang mit Ihnen verboten.«

»Kann er nicht. Aber wir können ja so tun, als ob.«

»Sie wissen, dass es mir schwerfällt, mich zu verstellen, aber ich werde es versuchen.«

»Ich habe eine vielleicht nutzlose und verrückte Idee. Aber ich kann mir nicht vorstellen, dass in der Zeit der Vorbereitung und Ausführung der Tat keine anderen Autos auf der Straße fuhren. Wahrscheinlich waren es so früh am Tag nur wenige, aber vielleicht haben die Fahrer deshalb auch umso genauer gesehen, wer da noch unterwegs war.«

»Und wie wollen Sie die Fahrer ausfindig machen?«

»Ich bin ja kein Kriminaler mehr, ich kann also auch ausgefallene Wege gehen. Ich werde eine Anzeige aufgeben und Zeugen suchen. Dazu braucht es eine Belohnung. Die muss ja nicht sehr hoch sein. Nur so ein bescheidener Anreiz.«

»Ich werde mich selbstverständlich beteiligen.«

»Gut. Noch heute gehe ich zur Anzeigenannahme unseres Provinzblättchens. Sobald sich etwas tut, hören Sie von mir. Und grüßen Sie den Chef.«

»Das tue ich besser nicht.«

»Da haben Sie auch wieder recht. Also denn.«

~ * ~

Die Anzeigenannahmestelle lag im Zentrum der Stadt. Buttmei und Theo liefen circa fünfzehn Minuten bis dorthin. Es gab ein paar Bäume unterwegs, zu denen Theo selten kam.

Er würde vollauf mit Markierungsdrang beschäftigt sein und den Weg durchaus genießen. Buttmei kannte den Weg so gut, dass er kaum mehr hinsah, allenfalls der Springbrunnen mit den kleinen Sandsteinlöwen schaffte es mit dem Geplätscher der wasserspeienden Tiere, einen Blick von ihm zu erhaschen.

Aufmerksamer wurde er, wenn er auf dem zentralen Platz über das Kopfsteinpflaster ging und auf die Straßenbahnen und Busse achten musste, die von allen Seiten kamen. Da hätte er, selbst wenn er gewollt hätte, den Blick nicht zu der Denkmalssäule aufheben können, die als Wahrzeichen der Stadt galt.

Seine Suche nach einem Zeugen, der am angegebenen Tag um die ebenfalls angegebene Uhrzeit die Strecke entlang der Fischteiche gefahren war und dort ein rotes Auto beobachtet hatte, dazu der Hinweis auf eine Belohnung, wurden in ein Formular aufgenommen und mit einer Chiffrenummer bedacht, die auch unter dem Inserat stehen würde. Die Anzeige würde am nächsten Tag im Lokalteil erscheinen.

Er bat darum zu vermerken, dass eventuell eingehende Briefe nur an ihn und unter Vorzeigen des Ausweises ausgegeben würden, das wurde zusammen mit der Ausweisnummer notiert. Zuletzt fragte er noch, wann mit Antwort zu rechnen sei und erfuhr, dass, da ein Wochenende zwischen dem Erscheinen dieser und der nächsten Ausgabe läge, frühestens am Montag, erfahrungsgemäß spätestens am Dienstag eine Reaktion erfolgen müsste. Es wäre selten, dass nach einem Wochenende Antwortbriefe später als nach zwei Tagen eingingen.

Sie gingen auf dem gleichen Weg zurück. Theo blieb an den gleichen Stämmen stehen, um zu schnüffeln. Buttmei dachte über seinen Fall nach, ohne zu irgendwelchen sinnvollen Ergebnissen zu kommen. Er hatte Lust, einen Kaffee zu machen, so stark, wie er ihn noch vertrug. Inzwischen goss er ein wenig Milch dazu, weil er bemerkt hatte, dass dann sein Magen das Koffein besser vertrug. Theo bekam einen Teil der Milch ab. Und als sie so saßen und tranken, läutete das Telefon.

Zunächst dachte er: »Nicht schon wieder«, und wollte gar nicht erst abheben. Vielleicht betraf es aber seinen Fall, also nahm er den Hörer auf mit der festen Absicht, *Falsch verbunden* zu sagen und wieder einzuhängen, wenn er den Anruf nicht haben wollte. Es war Anne Weber. Sie hatte erfahren, wer Josef Korn gewesen war.

Als sie anfangen wollte zu erzählen, unterbrach er sie. »Anne, heute ist Freitag, wir haben das Wochenende vor uns, ich nehme den Bus und komme mit Theo nach Hinterhimmelsbach und am Montag fahren wir zurück. Vorher kannst du mir alles ausführlich berichten.« Sie freute sich und war einverstanden, dass er den Hörer auflegte und seinen Kaffee trank.

~ * ~

So fuhren sie, Buttmei und Theo, am Samstagnachmittag mit dem Bus nach Hinterhimmelsbach. Das flache Land, auf dem die Stadt sich ausgedehnt hatte, wurde hügeliger. Der Stadtwald blieb zurück. Über die Hügel wuchsen die Bäume hinter dichten Buschreihen. In die Wiesen mischten sich braun gepflügte Äcker. Nach dem letzten Busstopp vor Hinterhimmelsbach saß er fast nur noch mit Fahrgästen zusammen, die das gleiche Ziel mit ihm hatten.

Er erkannte auch das eine und andere Gesicht, ohne Namen zuordnen zu können. So wie einige ihn ansahen, würde das Dorf schon am Abend wissen, dass er wieder da war. Die Gerüchte, warum er gekommen war und was er dieses Mal anstellen würde, würden ins Kraut schießen. Dagegen hatte er nichts einzuwenden. Er könnte ja, überlegte er, einen kleinen Umweg durch die Dorfgasse machen, damit möglichst viele ihn sähen und etwas zu reden hätten, wenn sie abends in die Dorfkneipe gingen.

Der Wirt würde bestimmt einen guten Umsatz machen. Der Gedanke vermehrte seine gute Laune noch und genauso machte er es auch. Theo ließ er allerdings erst von der Leine, als sie die aus dem ersten Fall wohlvertraute Ampel überquert hatten. »Dein Schwanz soll ja nicht wieder vom Trecker überrollt werden«, sagte er zu ihm.

Anne hatte wohl Ausschau nach ihnen gehalten und stand bereits vor der Tür. Zuerst umarmte sie Philipp, dann bückte sie sich zu Theo und versuchte, den heftig mit dem ganzen Körper wackelnden Hund zu streicheln.

Ihren ersten Satz nach der Begrüßung, dass die Weinflasche bereits geöffnet sei, um gut mit Sauerstoff durchlüftet zu sein, kommentierte er mit dem Satz: »Na, na, ich bin doch keine Säufer.« Ihre Antwort »Aber ein Weintrinker« nahm er hin.

Aus der Dorfgeschichte brauchte sie nicht zu berichten, er kannte die neuesten Entwicklungen von den Telefonaten. Als erzählte er ihr von seinem neuen Fall, eben das, was er schon wusste. Die Spekulationen behielt er für sich. Danach war sie an der Reihe mit ihren Erkundungen über Josef Korn.

Korn stammte tatsächlich aus einem etwa zehn Kilometer von Hinterhimmelsbach entfernten Dorf. Sein Bruder Fritz hatte bis vor drei Jahren den Hof der Eltern bewirtschaftet, dann war er unverheiratet und ohne Nachkommen gestorben und entfernte Verwandte hatten den Hof verkauft. Obwohl der Hof nicht klein war und auch stattliches Ackerland und Wald dazugehörte, konnte nur ein Sohn ihn übernehmen. Das war in der ganzen Region so üblich. Da Josef der Jüngere war, durfte er am Stadtgymnasium Abitur machen und studieren.

Anne wurde eifriger in ihrer Erzählung. »Ich bin extra nach Hohenstein gefahren und habe mich umgehört – ich kenne dort zwei Frauen, die mit mir eine Zeit lang in die Mittelpunktschule gegangen sind. Es gab eine dramatische Geschichte. In den Semesterferien verliebte er sich in eine junge Bäuerin, die man an einen alten Hoferben verheiratet hatte. Die beiden wurden ausspioniert, das ist in einem solchen Dorf nicht allzu schwer. Es gab eine handfeste Auseinandersetzung, an deren Folgen der Alte starb. Es war zwar eindeutig, dass Josef sich nur gewehrt und dass der Alte ein schwaches Herz hatte – im Dorf meinten sie, daran wäre die Heirat mit einer jungen Frau schuld. Du weißt ja, wie sie hier reden – aber Ehebruch und ein Toter, das war nicht nur für das Dorf, sondern auch für seine Eltern zu viel. Er wurde enterbt, musste sein Studium abbrechen und verschwand. Nach ein paar Jahren tauchte er wieder auf und versöhnte sich mit der Familie. Wo er gewesen war, konnte ich nicht in Erfahrung bringen. Aber ich kann noch einmal nach Hohenstein fahren und versuchen, mehr herauszukriegen.«

»Das ist wahrscheinlich nicht nötig. Mich interessieren nur die letzten Jahre von Josef Korn.«

»Da weiß ich auch einiges.«

»Dann hole jetzt erst mal den Wein und dann erzähle weiter, ich werde dir gerne und aufmerksam zuhören.« Zuerst versorgte sie Theo und versprach ihm, nach dem Gespräch noch einen Spaziergang mit ihm zu machen. Auf Buttmeis Einwurf, es würde bald dunkel, erwiderte sie: »Inzwischen ist es wieder ungefährlich, in der Nähe des Hauses spazieren zu gehen. Bis zur Ampel gehe ich sowieso nicht. Und in den Wald hinauf ebenfalls nicht.«

Dann stand der Rotwein in den großen bauchigen Gläsern vor ihnen, duftete in die Nase und machte den Mund wässerig. Er nahm die Flasche in die Hand. Es war ein alter Bordeaux mit Prädikat: Balestard La Tonnelle, Cru classé. Das Rot schien etwas nachgedunkelt, doch er schmeckte hinreißend. Beide schwiegen einige Minuten und genossen den Wein.

Dann fuhr sie fort: »Er verließ jedoch Hohenstein wieder und lebte in der Stadt. Seine Eltern setzten ihm wohl eine kleine, den Hof nicht belastende Rente aus, so heißt es, und verpflichteten den Ältesten und Hoferben, sie nach ihrem Tod weiter zu zahlen. Ob er nach dem Tod seines Bruders geerbt hat, konnte ich auch noch nicht in Erfahrung bringen. Über sein Leben in der Stadt habe ich wiederum einiges erfahren. Er soll historische Stadtführungen gemacht haben und vor allem kleine Leute, so sagten sie es zu mir, juristisch beraten haben, mal gegen Honorar, mal ohne, und er habe Prozessberichte für die Zeitung geschrieben.« Das Letztere könnte eine Spur sein, meinte Buttmei und machte sich Notizen.

Annes Bericht war zu Ende. Während er sich ein zweites Glas einschenkte, leinte sie Theo an und verließ das Haus. Man hörte ihn fröhlich bellen. Die vielen Mauselöcher würden ihn eine Weile beschäftigen.

Als das Bellen verstummte und stattdessen ein helles Lachen Annes erklang, wusste Buttmei, dass Theo das erste Mauseloch gefunden hatte. Da er mit Anne nach ihrer Rückkehr noch ein drittes Glas trank, dachte er nicht mehr an seinen Fall und schlief auch traumlos bis zum Morgen. Als er zum Frühstück kam, hatten Anne und Theo bereits einen ersten Weg hinter sich.

Er versuchte auch am Sonntag, nicht an seinen Fall zu denken und spazierte mit den beiden durch die Felder und über die ersten Waldwege. Weiter kamen sie nicht, weil sie sehr langsam gingen, und das lag nicht nur an Theos Mäusejagd. Er ging nicht mehr gern bergauf und auch nicht auf holperigen Wegen.

Gegen Abend brachte Anne sie wieder zum Bus. Er wollte nicht in den Berufsverkehr am Montagmorgen geraten, auch wegen Theo nicht. Sie wünschte sich, dass sie wiederkämen, »wenn dein Fall abgeschlossen ist«, und winkte ihnen nach.

~ * ~

Sein erster Weg führte ihn von der Bushaltestelle zur Anzeigenannahme. Er fragte, ob ein Brief für ihn eingetroffen sei. Die Dame hinter dem Pult ließ sich seinen Ausweis zeigen und erzählte ihm, als sie ihm den Brief aushändigte, dass schon einer nach diesem Brief gefragt habe, aber da er den Ausweis nicht vorzeigen wollte, habe sie ihn nicht ausgehändigt.

Er lobte sie und fragte nach der Beschreibung des Mannes. Zu seiner Verblüffung, antwortete sie: »Ich muss Ihnen den Mann nicht beschreiben. Der lungert seitdem hier herum. Dort steht er.«

Buttmei fuhr herum und sah, wie in diesem Augenblick ein junger Mann loslief. Er drückte der verdutzten Frau über die Theke hinweg Theos Leine in die Hand und lief dem Mann nach. Der war schneller als er und tauchte in der Menge, die den Platz bevölkerte, unter. Buttmei starrte ihm heftig schnaufend hinterher.

Eine Stimme sprach ihn von der Seite an. Nach kurzem Stutzen erkannte er sie. Rudi. »Herr Kommissar, noch sportlich auf ihre alten Tage. Wenn Sie wissen wollen, wer der Mann ist, kommen Sie heute Abend an die Disco an der Ausfallstraße zur Autobahn, dort werde ich Ihnen den Mann zeigen. Aber nicht vor zehn Uhr.« Rudi verbeugte sich und verschwand ebenfalls in der Menge.

Nach ein paar tiefen Atemzügen kehrte Buttmei an die Zeitungstheke zurück, nahm seinen Brief und das Ende der Hundeleine, bedankte sich und ging nach Hause.

Als Erstes öffnete er den Brief. Ein Mann aus Oberau schrieb ihm, dass er zu der angegebenen Zeit zwei Autos, ein rotes und ein schwarzes, auf dem Parkplatz an den Fischteichen beobachtet habe und auch zwei Männer, die neben den Autos standen. Er gab seine Adresse an und Buttmei nahm sich vor, am nächsten Tag noch Oberau zu fahren.

Der Mann würde erst gegen Abend zu Hause sein, also konnte er vorher in die Redaktion der Provinzzeitung fahren und sich nach den Artikeln von Josef Korn zu erkundigen. Vielleicht enthielten sie ja einen Hinweis, wer Rachegefühle gegen Josef Korn haben konnte.

Theo musste an diesem Tag allein zu Hause bleiben, da half auch alles Betteln nicht. Er konnte ihn weder in der Redaktion noch bei dem Besuch in Oberau neben sich brauchen. Am späten Abend, wenn Buttmei zurückkehrte, würde er beleidigt sein, aber das war nicht zu vermeiden. »Ein anderes Mal wieder«, versuchte er ihn zu trösten.

Im Redaktionsteil der Zeitung empfing ihn der Gerichtsreporter Hanno, Buttmei kannte ihn nur unter diese Abkürzung. Er gab bereitwillig Auskunft. »Das wäre eine tolle Story, Gerichtsreporter des Tageblatts wird wegen seiner Reportagen ermordet. Aber Josef Korn hat Fälle, die brisant waren, nicht bekommen. Die haben wir selbst in der Hand behalten. Er berichtete über lokal interessante Prozesse, Alltagsgeschichten. Da hatte er wirklich eine gute Schreibe und wir haben ihn auch oft in den Gerichtssaal geschickt.«

»Werden Sie und Ihre Redakteure manchmal bedroht?«

»Eigentlich nicht. Eher beschimpft, weil die Leute ihre Aussagen als nicht richtig wiedergegeben ansahen. – Es war wirklich Mord?«

»Es sieht so aus. Aber wir sind erst in den Anfängen des Falles und es fehlt noch viel, um es beweisen zu können.«

»Wenn es so weit ist, müssen Sie mich informieren und bitte schnell. Wir wollen natürlich die Ersten sein.«

»Werde ich machen.«

»Wie war Ihr Name?«

»Philipp Buttmei.«

»Und Sie haben eine Detektei? Geben Sie mir Ihre Adresse?«

»Warum nicht.« Er gab dem Redakteur seine Daten.

»Ich habe schon nachgesehen, im Telefonbuch stehen Sie nicht verzeichnet. Wie kriegen Sie eigentlich Ihre Kunden?«

»Mal so, mal so. Ich mache nicht viel. Nur auf private Empfehlung.«

»Sie kannten Josef Korn?«

»Nein, ein gemeinsamer Freund hat mich beauftragt.«

Da Buttmei es nicht liebte, selbst verhört zu werden, fragte er den Redakteur, ob er und wo er die Artikel von Josef Korn einsehen könnte. Daraufhin brachte der ihn in das Archiv. Dort suchte man ihm die Artikel aus den letzten beiden Jahren heraus und zeigte ihm einen Platz, an dem er sie nachlesen konnte.

Er blätterte mehr, als er las. Die Themen waren unergiebig und enthielten keine Anhaltspunkte für seinen Fall. Kleine Unterschlagungen, größere Verkehrsunfälle, Mobbing, Familiengeschichten, auch mehrmals Schutzgelderpressungsprozesse, die jedoch mit Freisprüchen endeten, weil die Zeugen nicht aussagebereit waren.

Obwohl auch diese Berichte unergiebig waren, ließ er sie kopieren, denn wenn überhaupt kriminelle Energie zu entdecken war, dann allenfalls hier. Außerdem war in einem der Artikel ein Hinweis auf die Pizzeria, in der Buttmei hin und wieder seiner Lust auf italienische Küche frönte. Das machte ihm Lust, das Lokal wieder einmal aufzusuchen. »Nachdem ich in Oberau war«, dachte er.

Nach einem einfachen Abendessen, Brot, Wurst und Käse, und der Fütterung Theos machte er sich auf den Weg zur Disco. Auch wenn er nicht gewusst hätte, wo sie sich befand, hätte er den Laserstrahlen, die von dort aus als Reklame in den Himmel projiziert wurden, zuerst gebündelt und dann sich wie ein Karussell drehend, folgen können.

Er lief etwa zwanzig Minuten. Die Wohnhäuser blieben zurück, die Supermärkte und Verkaufslager für Teppiche und allerlei Krimskrams reihten sich hintereinander, dann dunkle Eingänge, hinter denen sich am Tag bevölkerte Firmen befanden, auch ein Lagerplatz für auszuschlachtende Autos, in dem auf hohen Metallgestellen eine Lage nur Türen, eine Lage Kühler, eine Lage Kotflügel, eine Lage Stoßstangen und andere kleine Metallteile futuristische Muster in den Nachthimmel zeichneten.

Es wirkte wie Tatorte aus Kriminalfilmen. Jedoch, das wusste er, passierte in diesen finsteren Ecken und Eingängen nichts Derartiges, vielleicht weil die Täter solche Orte, die scheinbar zu Untaten herausforderten, lieber mieden. Auch Täter kannten die Angst, Opfer werden zu können.

Trotz seines Wissens war er froh, als er in den besonderen Lichtkreis der Disco kam. Schon auf dem großen Parkplatz vor der unförmigen Blechbüchse, an die ihn das Gebäude erinnerte, umgab ihn ein reges Auf und Ab. Wie in einem Sog strömten die Aussteigenden auf den Eingang zu.

Die Szenerie wurde erleuchtet von bunten Lichtreklamen, blau, rot, grün, gelb flackerten sie Namen über die Köpfe und mischten sich zu einem gedämpften und unruhigen Schein. Besonders hell leuchtete der Name »Oasis«. Vor dem Eingang drängten sich die jungen Leute. Zwei Türsteher beäugten sie und ließen sie erst nach der Gesichtskontrolle in das Innere der Halle. Der eine oder andere junge Mann musste die Arme ausbreiten und sich abtasten lassen, bevor er passieren konnte, wieder andere wurden durchgewinkt.

Er kannte die Instinktpsychologie solcher Typen, sie hatten nicht nur ein gutes Gedächtnis für Gesichter, sondern auch einen siebten Sinn für Gewalttäter, auch schlossen sie von sich aus auf verwandte Verhaltensweisen, denn sie waren sehr oft gewaltbereit und hatten die entsprechenden Erfahrungen aus Auseinandersetzungen gespeichert.

Buttmei hatte sich diese Instinkte oft zunutze gemacht, auch gegen solche Schlägertypen. Ihre äußere Härte schmolz meistens bei Verhören, die lange genug dauerten und sie in Widersprüche lockten.

Seine Pfeife war inzwischen ausgegangen. Er behielt sie im Mundwinkel und suchte den Schatten der parkenden Wagen, näherte sich aber so weit dem Einlass, dass er die beiden Türsteher in Augenschein nehmen konnte. Vor der Halle, in der ersten Parkreihe, stand ein roter Wagen. Buttmei wagte sich vor, um zu sehen, ob er am Kühler beschädigt war. Tatsächlich hatte er eine Einbeulung, der Lack war an dieser Stelle abgesplittert. Es musste der Unfallwagen sein.

Als er in den Schatten zurückkehrte, hatte er das Gefühl, dass die Türsteher ihn gesehen hatten und ihm mit den Augen folgten. Wenn sie Witterung aufgenommen hatten, würde er das irgendwie zu spüren bekommen; auch das wusste er aus Erfahrung. Der eine war eindeutig der Mann aus der Anzeigenstelle. Während er ihn beobachtete, zupfte man ihn am Arm. Er erschrak, erkannte aber rasch, dass es Rudi war.

»Das ist er«, flüsterte Rudi. Buttmei nickte. »Er darf uns nicht zusammen sehen, sonst krieg ich was ab. Aber wenn Sie wollen, führe ich Sie durch einen Seiteneingang und Sie können einen Blick in die Halle werfen.«

»Mach ich, doch zuvor will ich dir noch ein Auto zeigen, ob du den Besitzer kennst.« Er machte zwei drei Schritte nach vorn und hatte wieder das Gefühl, als würden die Türsteher ihn bemerken. Rudi folgte ihm. »Der rote Sportwagen.«

Rudi brauchte nur einen Blick auf das Auto zu werfen und wusste: »Das ist einer der Wagen vom Chef von dem Ganzen. Vorsicht, Herr Kommissar, das ist ein ganz Gefährlicher. Dem gehört nicht nur die Disco, der steckte in vielen Geschäften drin, Prostitution, Schutzgelderpressung. Da lassen Sie besser die Finger von. Aber jetzt folgen Sie mir.«

Sie liefen seitlich an der Halle entlang. Der Weg lag außerhalb der Lichtreklamen und war daher nur spärlich beleuchtet. Rudi öffnete eine kleine Tür, die Buttmei nicht einmal hatte erkennen können, klopfte an einer zweiten. Sie wurde geöffnet von einem schmalen, magersüchtig wirkenden Mann.

»Bühneneingang«, sagte er, »Sie dürfen hier nicht rein.« Dann erkannte er Rudi, lächelte: »Na, Rudi, willst du auf die Bühne? Aber wer ist der da?« Buttmei staunte über Rudis Schlagfertigkeit.

»Ein Schreiberling, aber nicht von der Presse. Er ist so einer, der Bücher schreibt; der will einmal in eine Disco schnuppern, weil er sie für seinen Text als Kulisse braucht. Nur einen kurzen Blick.«

»Weil du's bist, Rudi. Aber nehmen Sie bitte die Pfeife aus dem Mund. Rauchen ist hier streng verboten.« Während Buttmei seine längst kalt gewordne Pfeife in die Tasche steckte, schob er einen Vorhang zur Seite, erklärte den beiden, sie sollten sich tief in den Schatten drücken, da könnten sie ein paar Minuten stehen, dann müsste er so tun, als würde er sie rausschmeißen.

In der Halle sah Buttmei nur Köpfe, ohne sie deutlich erkennen zu können; ein Meer, ein Wald von Köpfen. An eine Oase erinnerte ihn der Anblick nicht, eher an eine Stampede im Wilden Westen. Das Licht, das über sie hinwegkreiste, bewegte sich schnell. Er registrierte die Luft, sie war heiß, schweißfeucht und sie bebte. In seinen Ohren dröhnte die Musik aus kräftigen Lautsprechern. Er hatte das Gefühl, sein Brustkorb würde resonieren und seine Hosenbeine flattern.

Im hellen Lichtstrahl der Bühne stand der Discjockey hinter

einer Barriere aus Verstärkern, Schaltpulten und Plattenspielern. Seine auffällig langen, aber schönen und an einen Klavierspieler erinnernden Hände bewegten sich über die Platten, drehten sie vor, um die Musik schneller zu machen, oder zurück, um sie zu verlangsamen und ihr eigenartig schleifende Töne zu entlocken. Das Publikum feuerte ihn an.

Buttmei betrachtete das Gesicht. Im Rahmen einer langen, blonden und flatternden Mähne konnte er eine hohe Stirn erkennen, nicht aber die Farbe der rasch hin und her wandernden Augen. Die Wangenmuskel schienen angespannt, ebenso der leicht zusammengepresste Mund. Man sah ihnen an, mit welcher Konzentration sie über die zu bedienenden Geräte und Plattenteller glitten. Dann hörte er Rudis Stimme gegen den Lärm ankämpfend: »Herr Kommissar, wir müssen raus, sonst gibt es Schwierigkeiten.«

Draußen fragte Buttmei: »Wer hat uns reingelassen? Woher kennst du ihn?«

»Das ist ein guter Kumpel aus Pennerzeiten. Er hat sich hochgearbeitet, von der Parkbank zum Türwächter an der Seitentür. Für den Eingang ist er zu schmächtig. Mit seiner Figur könnte er die, die reinwollen und nicht sollen, nicht beeindrucken. Aber ich muss jetzt verschwinden, man darf mich nicht mit Ihnen zusammen sehen.«

Er drückte ihm einen Geldschein in die Hand, den er ohne hinzugucken aus seinem Portemonnaie klaubte, und Rudi verschwand in der Dunkelheit. Als Buttmei den Parkplatz überquerte, hatte ein anderer Türsteher den Platz des von ihm Erkannten eingenommen. Doch er war sich sicher, den Mann im Polizeicomputer finden zu können.

Die meisten Türsteher waren registriert. Ihr Job führte zwangsläufig zu Anzeigen wegen der Ausübung von körperlicher Gewalt oder der Beteiligung an Schlägereien. Er tauchte aus der Glitzerwelt in die Dunkelheit und begab sich auf den Heimweg. Theo würde schon auf ihn warten, denn der abendliche Ausgang, auf dem er seine Notdurft verrichten konnte, war überfällig.

Theo stand hinter der Tür, hatte sogar die Leine vom Haken gezerrt und wartete. Buttmei trank noch ein Glas Wasser und begab sich mit seinem Hund in den nahe gelegenen Park. Wenige Schritte von seinem Haus entfernt parkte ein schwarzes Auto. Es stand im Halteverbot und fuhr, kurz nachdem er an ihm vorübergegangen war, zu den Halteplätzen gegenüber dem Parkeingang.

»Seltsam«, dachte er, »ich habe gar keinen Menschen in dem Auto sitzen sehen.« Im Park ließ er Theo von der Leine. »Jetzt ist hier sowieso niemand mehr, der sich an dir stören könnte.« Mit diesen Worten forderte er ihn auf, sich auszutoben. Das brauchte er Theo nicht zweimal zu sagen, der sauste mit flatternden Ohren in die Dunkelheit und kam immer wieder aus ihr zurück, um wieder einzutauchen. Man hörte sein Schnaufen und manchmal einen Vogel flattern, der vor ihm davonstob.

Buttmei zündete sich mit dem üblichen Ritual des Leerklopfens und Neustopfens die Pfeife an, paffte zufrieden und sah in die Nacht, soweit es die immer schwächer werdenden Laternenscheine zuließen.

Ein Geräusch hinter ihm veranlasste ihn, sich umzudrehen. Vor ihm stand ein breitschultriger Mann mit einer Wollmaske über dem Kopf und einem Knüppel in der Hand.

Eine grobe Stimme sagte zu ihm: »Ich mag keine Schnüffler, und wenn du noch einmal einem von uns nachspionierst, kannst du anschließend deine Knochen einzeln sortieren. Verstanden?« Bevor er antworten konnte, hob der Kerl den Knüppel und schlug mit den Worten zu: »Und das zu deiner Erinnerung!« Buttmei gelang es den Körper so wegzudrehen, dass der Schlag nur seine Schulter streifte. Er spürte einen stechenden Schmerz, aber der kam von der schnellen und seine Rückenmuskeln zerrenden Drehung.

Der Mann holte ein zweites Mal aus, da kam aus der Dunkelheit Theo angerast, sprang den Attentäter von hinten an und verbiss sich in dessen Hinterteil. Der schrie auf, ließ den schon erhobenen Knüppel fallen und versuchte, den Hund zu packen. Theo hatte sich zentral von hinten eingebissen, sodass es ihm nicht gelang, ihn abzuschütteln.

Buttmei riss ihm die Mütze vom Kopf. Es war der Türsteher. Als der Mann trotz des Gewichts an seinem Hinterteil wegrannte, ließ Theo los und stolzierte auf seinen Herrn zu. Buttmei kam nicht umhin, ihn für seine Rettungstat zu loben, obwohl er trauerte, weil seine Pfeife zu Bruch gegangen war. Sie war auf einen Stein aufgeschlagen und er hielt die Teile in der Hand. Er hatte sich so an sie gewöhnt und sie so gut eingeraucht, dass es für ihn ein bedeutender Verlust war.

»Immer auf den Kopf«, dachte er und erinnerte sich an den nächtlichen Angriff in Hinterhimmelsbach. »Ich kann doch keinen Helm aufsetzen, nur weil Idioten mir auf den Kopf hauen wollen. Das ist mir doch früher nicht passiert. Die meinen wohl, sie können es mit mir machen, weil ich nicht mehr im Amt bin und sie keine Angst mehr vor mir zu haben brauchen. Denen werde ich es zeigen.«

~ * ~

Er schlief schlecht. Die Zerrung im Rücken schmerzte. Aber bevor er dagegen etwas unternehmen konnte, wollte er erst im Revier Anzeige gegen den Angreifer erstatten und die Wollmaske als Beweismittel vorlegen.

Als er sich auf den Weg zum Kommissariat begab, brauchte er sich weder zu orientieren noch nahm er die Kulisse wahr, die ihn begleitete. Sechsunddreißig Jahre hatte er diesen Weg fast täglich zurückgelegt, mal zu Fuß, mal mit öffentlichen Verkehrsmitteln. Es kam darauf an, wie sehr es pressierte, ob er in einem neuen Fall steckte oder auf einen neuen Fall wartete.

In den ersten Monaten nach seiner Pensionierung ertappte er sich mehrmals dabei, wie er diesen Weg lief, ohne in das Kommissariat zu wollen. Er schien in sein Unterbewusstsein eingebrannt zu sein, und es dauerte, bis sich diese Prägung verlor.

Warum hatte er ausgerechnet diesen Beruf ergriffen? Darüber hatte er sich bisher keine Gedanken gemacht. Tatorte, Leichen, Obduktionen, Beweisstücke und das Schnüffelpuzzle nach Tätern und Motiven. Das alles waren keine angenehmen Tätigkeiten.

Während der Schulzeit hatte er sich eine andere Zukunft vorgestellt. Vor der Pubertät wollte er Dorfschullehrer werden, womöglich in Hinterhimmelsbach, wo zu der Zeit noch alle Schüler und Schülerinnen in einer einzigen Klasse versammelt waren. Nach der Pubertät träumte er von einem kreativen Beruf, in dem seine Fantasie Erfolge versprach und ihn in alle Welt bringen sollte. Nach dem Abitur probierte er mehrere Studiengänge aus und merkte, wie unwohl er sich in den Hörsälen und bei der Diktion und den Verhaltungsweisen der Professoren und vieler Mitstudenten fühlte.

Da fiel ihm ein Werbeblatt der Polizeischule in die Hand und er ergriff es wie einen Strohhalm. Für ihn stand sofort fest, dass er Kriminalkommissar werden wollte. Das versprach Spannung und Kreativität. Die bescherte es ihm auch, wenn auch auf andere Weise, als er es sich erträumt hatte. Aber noch einmal konnte und wollte er nicht davonlaufen. Also kümmerte er sich um Tatorte, Leichen, Tatmotive, Täter und was sich noch alles dazugesellen konnte. Und nun war er dabei, diese Tätigkeit fortzusetzen, wenn auch nicht auf Amtswegen.

»Was würde ich machen, wenn ich heute noch einmal wählen könnte? Winzer werden, nein. Pfeifenschnitzer, nein. Doch wieder Kriminaler, auf keinen Fall und wegen keines Falles. Archäologe, das wäre es doch; Steine suchen und Leichen ohne Mordgeschichten, Schmuckbeigaben und dazu noch in der Welt herumkommen. Ich werde es notieren für meine Wiedergeburt. Aber zuerst werde ich verreisen, ein paar Wochen am Stück. Ich muss nur eine Gegend finden, in die ich Theo mitnehmen kann. Und langweilen wollen wir uns auch nicht.«

Das bedeutete nicht, dass er dort neue Aufregungen wie einen Mord erfahren wollte. »Das nächste Mal halte ich mich einfach raus!«, sagte er leise vor sich hin, als er am breiten Eingangstor des Kommissariats angekommen war.

Er ging schnurstracks in den zweiten Stock. Die breite Steintreppe lief sich immer noch gut, trotz seines inzwischen lädierten Knies. Nur als er sich am schwarz lackierten und verschnörkelten Eisengeländer festhielt, spürte er die Zerrung in seinem Rücken. Es roch, wie er es gewohnt war, nach Putzmitteln und Feuchtigkeit, die sich trotz der hohen Wände im Steinwerk hielt, selbst den Sommer über. Sie verursachte auch die Kühle, die zu jeder Jahreszeit die Gänge durchwehte wie mit einem andauernden leichten Luftzug.

An der Tür des dienstbereiten Kommissars klopfte er kurz und trat ein, noch bevor er dazu aufgefordert wurde. Der ihm entgegengeschleuderte Satz »Können Sie nicht warten, bis …« veränderte sich auch im Tonfall und wurde zu einem freundlichen »Ach, Sie sind es, Herr Buttmei. Kommen Sie, setzen Sie sich, was kann ich für Sie tun?«

»Ich möchte eine Anzeige aufgeben.«

»Was für eine Anzeige?«

»Ich bin überfallen worden.«

»Sie wissen, dass wir für solche Vorgänge nicht zuständig sind.«

»Oh doch, denn mich hat der mutmaßliche Mörder von Josef Korn überfallen, um mich mundtot zu machen. Das ist doch euer Fall.«

»Ja, das ist etwas anderes. Ich werde sofort den Chef holen.«

»Warum den Chef? Sie können das doch genauso gut machen.«

»Der Chef hat angeordnet, dass alles, was mit diesem Fall zu tun hat, und im Besonderen, wenn es von Ihrer Seite ausgeht, nur in seinem Beisein besprochen werden darf.«

»Ach so, ich kann mir denken, warum.«

»Das will ich gar nicht wissen.«

»Auch das kann ich mir denken. Also holen Sie schon den Chef und sagen Sie gleich, wer auf ihn wartet.«

Als der Chef kam, grüßte er Buttmei mit einem Lächeln und fragte, ob er eine neue Leiche habe. »Nein, aber eine Spur zum Täter.«

»Raus mit der Sprache. Wer ist es?«

»Den Namen müssen Sie herausfinden. Ich liefere Ihnen die Beschreibung und den Grund für die Inhaftnahme.«

»Sie haben den Mord geklärt?« Der Unterton zu dieser Frage hatte etwas Lauerndes.

»Nein, das nicht, aber Sie bekommen einen, der damit zu tun hat. Ich liefere Ihnen den Vorwand, um ihn verhaften und verhören zu können.«

»Und was ist das für ein Vorwand?«

»Er hat mich gestern Abend überfallen und wollte mich zum Schweigen bringen. Als Grund hat er meine Recherchen zum Fall Josef Korn erwähnt.«

Nun berichtete er den Vorfall präzise, Ortsangabe, Zeitangabe, den Tathergang. Die Attacke Theos schmückte er sogar aus. Als er geendet hatte, überreichte er die Wollmaske und den Knüppel. Er schloss mit dem Satz: »Da ich den Täter zwei Mal, einmal als Türsteher und das andere Mal, nachdem ich ihm die Mütze abgezogen hatte, gesehen habe, kann ich ihn zweifelsfrei identifizieren.«

Als der Chef den Disconamen hörte, reagierte er sofort. »Wenn Sie uns eine Handhabe gegen diese Typen bringen, bin ich Ihnen sogar dankbar. Da wird einiges Übles gekocht und bis jetzt sind uns die Drahtzieher und sogar ihre Handlanger immer durch die Lappen gegangen. Aber wir haben schöne Fotos von den Beteiligten. Ihr Attentäter müsste dabei sein.«

Als die telefonisch angeforderte Akte aus dem Dezernat, das einen Stock tiefer lag, gebracht wurde, brauchte Buttmei nicht lange zu suchen. Er tippte auf ein Foto. »Der war's.« Gleichzeitig lernte er den Namen und die Adresse auswendig, denn sie im Beisein des Chefs abzuschreiben, traute er sich nun doch nicht. »Und das war der andere Türsteher, aber der war an dem Überfall nicht beteiligt.« Auch dessen Daten prägte er sich ein.

Der leitende Kommissar schickte einen Streifenwagen los, um den bezeichneten Mann vorzuführen. Zu Buttmei sagte er: »Halten

Sie sich bereit. Am Vormittag liegen die Kerle noch in den Federn und holen die lange Nacht nach. Es wird also keine halbe Stunde dauern, und wir haben ihn hier. Ich möchte die Gegenüberstellung sofort vornehmen.«

»Mit Vergnügen«, antwortete Buttmei.

Er lief den Gang auf und ab, von dem her er in seinem Büro die hallenden Schritte jeder Person gehört hatte, die hier entlangging. Manche Kollegen erkannte er sogar am Klang der Schritte. Dann las er die Namensschilder, die neben den Türen zusammen mit der Zimmernummer an die Wand geschraubt waren.

Dort, wo er einen Namen wiedererkannte, klopfte er, öffnete die Tür und grüßte diejenigen, die anwesend waren. Mal empfing ihn ein besonders freundliches Hallo, er wurde hereingebeten, bekam Kaffee angeboten und wurde in der Regel gefragt, wie es ihm ginge und wie der Ruhestand denn so wäre; die älteren Kollegen rechneten ihm vor, wie lange sie noch Dienst machen müssten. Mal waren die Besuchten reservierter. Sie hatten wohl von dem Verbot des Chefs, mit ihm zu sprechen, gehört und es ernst genommen, so wie sie immer alles ernst nahmen, was von den Vorgesetzten kam.

Neumann freute sich besonders und wollte wissen, ob er weitergekommen wäre. »Ja, wenn auch auf schmerzliche Weise«, antwortete Buttmei und erzählte auch ihm von dem Überfall und dass der Verdächtige gerade geholt würde.

»Sie schaffen es: Ihnen entkommt keiner. Ich habe es gewusst, dass Sie es schaffen.«

Er bremste Neumanns überraschende Begeisterung mit der Bemerkung: »Ich bin noch lange nicht so weit. Ich weiß ja gar nicht, ob er der Täter war. Aber vielleicht führt er uns zu ihm.«

Wieder auf dem Gang begegnete er dem Assistenten des Chefs. »Wir haben den Verdächtigen. Würden Sie bitte wegen der Gegenüberstellung mit mir kommen.«

Buttmei kannte die Räume, das Ritual, die Männer mit den Ziffern hinter der Scheibe. Die scheinbar teilnahmslosen Gesichter der Präsentierten. Er meinte sich erinnern zu können, dass Verdächtige ganz besonders bemüht waren, unbeteiligt dreinzuschauen. Er brauchte die Männer nur einmal anzusehen, um das Gesicht, das ihm so nahe gekommen war, zu entdecken.

»Die Nummer fünf ist es, es gibt keinen Zweifel.« Die Nummer fünf wurde in das Verhörzimmer gebracht, der Chef übernahm selbst das Fragen und forderte Buttmei auf, dazubleiben und dem Verhör durch die Scheibe zu folgen, die wie die im Gegenüberstellungsraum nur von einer Seite her durchschaut werden konnte. Aus dem abgedunkelten Zimmer wurde ihm ein Stuhl zugeschoben. Er konnte, bequem sitzend, dem Verhör zuschauen und zuhören.

Zuerst blättert der Chef in der Akte, hielt sie so, dass der Beschuldigte sein Foto erkennen konnte, zog sie dann wieder ganz zu sich. »Alter Trick«, dachte Buttmei, »aber wohl immer noch erfolgreich.« Das Tonband für die Aussagenaufnahme wurde eingeschaltet. Die ersten Fragen wurden gestellt. Nach Daten wie Name, Geburtsdatum und -ort, Wohnsitz, Tätigkeit. Dann ging es los.

»Wo waren Sie gestern Abend um 23:15 Uhr?«

»Ich bin Türsteher im Oasis.«

»Wer kann bezeugen, dass sie exakt um die Uhrzeit an der Tür standen?«

»Viele.«

»Namen, Adressen?« Er nannte seine Kumpels. Der Chef erhob sich, zupfte ihm blitzschnell ein paar Haare aus, legte die Wollmaske auf den Tisch.

»Clever«, kommentierte Buttmei auf der anderen Seite der Scheibe.

»Die Mütze gehört doch Ihnen?«

»Ich weiß nicht.«

»Wir werden einen Haarvergleich machen, dann wissen wir es. Solange werden wir Sie hierbehalten.«

»Sie können mich nicht hierbehalten.«

»Ich sage Ihnen noch, wieso wir es können. Doch zuerst: Ist das Ihre Mütze?«

»Das muss sie wohl sein.«

»Ich frage Sie noch einmal, wo waren Sie gestern Abend um 23:15 Uhr?« Als der Verhörte schwieg, schob er nach: »Dann sage ich es Ihnen. Sie waren im Herrenpark und haben dort Herrn Buttmei, einen zu unserer Polizei gehörenden Ermittler, bedroht und versucht, ihn zusammenzuschlagen.«

Buttmei kommentierte es anerkennend mit den Worten: »Sieh mal da, schwindeln kann er auch, der neue Chef.«

»Ich schlage niemand zusammen.«

»Oh doch, in Ihrer Akte sind einige Schlägereien vermerkt. Soll ich Sie Ihnen vorlesen?«

»Ich war es nicht.«

»Herr Buttmei hat Sie zweifelsfrei identifiziert. Was glauben Sie, warum wir eine Gegenüberstellung gemacht haben.«

»Er muss sich irren.«

»Na, dann lassen Sie mal die Hose runter.«

»Ich will einen Anwalt sprechen.«

»Zuerst die Hose runter, dann der Anwalt.«

»Und wenn ich mich weigere?«

»Sorgen wir dafür, dass Sie die Hose runterlassen. Das gehört in diesem Fall zu den erkennungsdienstlichen Maßnahmen. Dabei können wir sogar Zwang ausüben. Also, Hose runter.« Der Beschuldigte erhob sich, ließ die Hose runter. Der Kommissar begutachtete die Wunde an seinem Hintern. »Gut sieht das nicht aus. Wenn Sie nicht aufpassen, kriegen Sie eine Blutvergiftung. Es handelt sich einwandfrei um einen Hundebiss. Das entspricht der Anzeige.«

»Welcher Anzeige?«

»Versuchter Totschlag an einem Beamten. Und nun packen Sie aus. Wir wissen sowieso Bescheid. Aber ein Geständnis würde uns zufriedener und freundlicher machen.«

»Ich sage nichts mehr ohne meinen Anwalt. Und ich verlange einen Arzt.«

Der Kommissar schob ihm das Telefon über den Tisch. »Bitte, Sie können anrufen. Aber den Mord an den Fischteichen werden wir Ihnen auch noch nachweisen.«

Das Telefonat war kurz. Der Name des Anwaltes im Büro bekannt. Er tauchte immer auf, wenn es im Umfeld der Disco Oasis Festnahmen gab.

»Wollen Sie den Anwalt abwarten?«, fragte der leitenden Kommissar Buttmei, als er aus dem Verhörzimmer kam.

»Wissen Sie schon, wann er kommt?«

»In einer halben Stunde wollte er da sein, es könnte auch ein paar Minuten länger dauern.«

»Ich warte.«

Kurz darauf begann die Mittagspause. Er begegnete Neumann auf dem Flur, der forderte ihn zu einem Spaziergang außerhalb des Hauses auf. »Ich habe Neuigkeiten.«

Sie waren kaum um die erste Ecke des aus Steinquadern getürmten Baus gegangen, als Neumann loslegte. »Also erstens: das Ergebnis der Obduktion. Josef ist an der Spritze und nicht an den Verletzungen durch den Unfall gestorben, obwohl auch die etwas später zu seinem Tod durch inneres Verbluten geführt hätten. Fingerabdrücke fanden sich an der Spritze keine. Die Täter haben Handschuhe getragen. Zweitens: Der Führerschein des Fahrers ist gefälscht. Selbst der Name trifft nicht zu. Wieso er aber im Polizeicomputer als vorhanden gemeldet wurde, muss noch überprüft werden. Hoffentlich ist kein Maulwurf im Haus. Aber die Beamten haben in der Discoakte das Foto des Fahrers gefunden. Wir wissen also, wer er ist. Er hatte einen Monat Fahrverbot wegen Überfahrens einer auf Rot geschalteten Ampel. Drittens: Der Besitzer des Wagens ist nicht identisch mit dem Fahrer. Die den Unfall aufnehmenden Polizisten haben das schon im Protokoll ergänzt. Der Alfa Romeo gehört dem Discobesitzer Giuseppe Molinari. Ich habe mir inzwischen die Akte angesehen, es geht in der Regel um Schutzgelderpressungen und um Bedrohungen und Schlägereien. Jetzt ist auch unser Chef, Jan Rotemeier, überzeugt, dass es ein Mord war. Er hat offiziell die Ermittlungen übernommen. Herr Buttmei, wir haben erreicht, was wir wollten.«

Buttmei erfuhr auf diese Weise nicht nur Neuigkeiten, die weitere Ansätze für Ermittlungen gaben, er wusste nun auch wieder den Namen des Chefs, den er zwar gehört, aber vergessen hatte. Seine Namensvergesslichkeit hatte sich in den letzten Monaten gesteigert und machte ihm Sorgen. Aber zum Arzt wollte er vorerst nicht gehen. Vergesslichkeit hatte, wenn man ohne Amt war, auch etwas Gutes. Wenn es jedoch schlimmer würde, müsste er etwas unternehmen.

Mit der letzten Bemerkung Neumanns war er nicht einverstanden. Für ihn war der Fall noch nicht abgeschlossen. Wenn er etwas anfing, wollte er es auch zu Ende bringen. Also würde er sich weiterhin einmischen. Es gab noch ein paar interessante Fragen, zum Beispiel nach dem Motiv und der Rolle Josef Korns und nach dem Drahtzieher hinter dem Fall.

Plötzlich blieb er stehen, schlug sich vor die Stirn und sagte zu Neumann: »Ich werde alt und vergesslich. Was ist mit dem Fahrer des roten Wagens? Den habe ich vor lauter Rachegefühlen, weil mir einer einen Schlag auf den Kopf versetzen wollte, nicht mehr im Sinn gehabt. Nach der Tatortaufnahme hätte man ihn doch arretieren müssen. Er ist unser Hauptverdächtiger.«

Neumann wusste auch in diesem Fall Bescheid. Als die Beamten an dessen Wohnsitz ankamen, war er ausgeflogen, angeblich für ein paar Tage in Geschäften für Molinari unterwegs. Das habe Molinari auch bestätigt. Nun warte man auf seine Rückkehr.

»Freiwillig kommt der nicht wieder«, kommentierte Buttmei.

Neumann erwiderte: »Der Haftbefehl ist ausgestellt und, soweit ich weiß, auch international zur Fahndung ausgeschrieben. Wenn er irgendwo auftaucht, wird er festgenommen und zu uns gebracht.«

»Wenigstens das. Wohin ist er denn verreist? Nach Jugoslawien?«

»Jugoslawien gibt es nicht mehr.«

»Dann auf den Balkan.«

»Nein, er ist in den Niederlanden. Wir vermuten, dass er den Drogenkurier spielt oder die Beziehungen nutzt, um unterzutauchen. Molinari steckt auch im Drogenhandel.«

»Und ihr habt ihn nie erwischt?«

»Nein, nur den einen oder anderen Handlanger.«

»Holland! Da müsste man ihn doch kriegen können. Mein alter Freund Meijerhus ist doch noch im Amt?«

»Soweit ich weiß, ja.«

»Den werde ich anrufen.«

»Molinari hat den Beamten erklärt, sein Mitarbeiter würde sich selbstverständlich stellen, wenn er zurückkäme. Schließlich wäre er ja unschuldig. Das wisse er.«

»Ein Unschuldslamm, wie immer in solchen Fällen. Aber ich werde versuchen, ihm noch ein wenig einzuheizen. Und Sie richten dem Rotemeier einen Gruß von mir aus, das können Sie in dem Fall riskieren, er solle dem, den wir haben, den Mord auf den Kopf zusagen. Dann wird er, wenn er es nicht war, seinen Kumpel verpfeifen. Und sagen Sie ihm außerdem, morgen wüsste ich, ob wir einen Zeugen hätten, der beide in der Nähe des Tatortes gesehen hat.«

»Ich werde es ausrichten. Er kann nicht mehr als sauer sein.« Mit diesen Worten verabschiedete sich Neumann und eilte zurück an seinen Arbeitsplatz.

Auf dem Heimweg kam Buttmei an einer Physiotherapie vorbei, die zwei junge Kerle, Brüder wohl, eröffnet hatten. Nachbarn hatten sie gelobt und ihm empfohlen, wenn er Beschwerden bekäme, dorthin zu gehen. Er dachte an seinen gezerrten Rücken und betrat die Praxis.

Leise Musik empfing ihn. Was für eine Sorte Musik es war, konnte er nicht erkennen. Aber sie war nicht störend, eher einschläfernd. Hinter einer Theke saß ein junger Mann im blauen Trainingsanzug.

Als er fragte, wo Buttmei der Schuh drücke und ob er ihm helfen könne, erklärte dieser ihm, was mit seinem Rücken passiert war.

Der Mann wollte eine Diagnose stellen und dann entscheiden, wie und wann er behandelt würde. Er ging mit ihm in einen kleinen Seitenraum. Der Weg dorthin bereitete kein Vergnügen. Sie kamen an mehreren Marterinstrumenten vorbei, Geräten mit Hebeln, Gewichten, schwarz ummantelten Metallzügen, Pedalen. Manche sahen futuristisch aus und ließen für ihn keinen Schluss zu, für was sie zu benutzen wären. An einem der Geräte keuchte eine ältere Frau, sie stemmte Gewichte und trat mit den Füßen irgendwo dagegen. Es roch nach Schweiß. Doch an dieser Stelle konnte er nicht umkehren und entkommen.

»Da musst du jetzt durch«, sagte er zu sich selbst.

In dem kleinen Raum forderte der Mann ihn auf, den Oberkörper frei zu machen. Er ging um ihn herum, begutachtete seine Haltung. »Ihre Wirbelsäule ist ganz schön zusammengerutscht, Ihre Haltung ist schlecht und fördert noch die Krümmung. Sie müssen Ihr Brustbein vordrücken und dürfen die Schultern nicht hängen lassen. Meine erste Diagnose: Sie brauchen Training, und nicht nur sechs Mal, die Muskeln müssen gestärkt werden, damit sie den Körper besser halten können. Wahrscheinlich brauchen Sie auch Einlagen. Sind Sie privat versichert?«

Buttmei nickte. »Dann ist alles kein Problem«, fuhr der Begutachter fort. »Ich werde Ihnen ein Trainingsprogramm zusammenstellen und die ersten Termine geben. Aber jetzt wollen wir noch nach Ihrem akuten Rückenproblem sehen.« Mit diesen Worten drückte er ihm seinen Daumen in den Rücken. Ein harter und treffsicherer Daumen.

Buttmei autschte. Das schien den Therapeuten zu freuen: »Da haben wir es schon. Morgen früh hätte ich einen Termin frei, um Sie zu behandeln, dann können wir auch alles Weitere verabreden.« Er brachte ihn, nachdem er sich wieder angezogen hatte, zur Theke zurück und bestellte ihn für 9 Uhr.

Buttmei spürte noch eine ganze Weile den harten Daumen im Kreuz. Dieser Therapie würde er sich nicht mehr aussetzen.

Kurz entschlossen lief er zu seiner Apotheke. Dort stand der ihm bekannte Apotheker hinter einer wesentlich harmloser wirkenden Theke und strahlte ihn an. »Herr Buttmei, Sie mal wieder. Was kann ich für Sie tun?«

»Ich habe eine Zerrung im Rücken. Früher gab es so etwas wie ein ABC-Pflaster. Das hat mir bei Hexenschüssen geholfen.«

»Welche Hexe hat Sie denn geschossen?«

»Hexen zielen nicht mehr nach mir. Ein Ganove ist schuld, dass ich mich gezerrt habe.« »Immer noch auf Verbrecherjagd, Herr Buttmei?« Die Frage ließ er unbeantwortet. »Inzwischen gibt es viel bessere Wärmepflaster. Ich habe da etwas sehr Gutes.« Er holte die Packung, zeigte sie ihm und fing an zu erklären.

Buttmei unterbrach ihn. »Ich komme schlecht an die Stelle im Rücken ran. Könnten Sie es mir nicht sofort auflegen?«

»Selbstverständlich. Kommen Sie bitte mit.«

In einem Hinterzimmer, das nach Alkohol und Spiritus und allerlei Kräutern und Salben roch, befestigte er das Pflaster auf Buttmeis Rücken, schärfte ihm ein, es nach acht Stunden wieder abzunehmen, damit es keine Brandstellen gäbe, und entließ ihn mit einem fröhlichen Winken. »Gute Besserung, Herr Buttmei, und kommen Sie mal wieder!«

»Nur wenn es sein muss«, brummte Buttmei vor sich hin. Das Pflaster fing an, die gezerrte Stelle zu wärmen und überdeckte damit den Schmerz.

Er war trotzdem schlecht gelaunt. Ihm und der Welt fehlte etwas. Die Pfeife. Dumm, dass er keine Ersatzpfeife besaß. Aber er brauchte eine besondere Pfeife, die konnte er sich von seinem Beamtengehalt nicht zwei Mal zu Hause hinlegen. Also fuhr er mit dem Bus zur Stadtmitte und suchte das alteingesessene Pfeifengeschäft. Er fand es an dem ihm bekannten Platz.

Im Laden stand auch der Besitzer wie vor Jahren in einem tadellosen grauen Anzug und mit betulichen, wohl abgestimmten Gesten mitten in den Pfeifenschaukästen und erwartete Kundschaft. Buttmei wusste noch, wie er schon bei seinem ersten Besuch von diesem feinen Herrn mit inzwischen gepflegt grauen Haaren gemustert wurde, weil er nicht nach der wohlhabenden Kundschaft aussah, die den Laden normalerweise aufsuchte. Trotzdem deutete der Ladeninhaber auch diesmal eine Verbeugung an und fragte nach seinem Begehr. Als er an den ersten Begriffen, die Buttmei benutzte, erkannte, dass er einen leidenschaftlichen Pfeifenraucher vor sich hatte, lockerte sich seine Haltung, wurde geschäftig und eifrig.

Seine Fragen bewiesen, wie gut er die Käufer einschätzen konnte. Buttmei musste fast immer nur bejahend nicken.

»Sie möchten eine klassische Form. – Mit einem geraden Kopf. – Liverpoolklassik. – Ein deutsches oder ein dänisches Fabrikat?«

»Ein dänisches.«

»Gut. Svendberg oder Larsson?«

»Empfehlen Sie eine von beiden.«

»Da hätte ich eine sehr schöne Svendberg, maschinell eingeraucht, mit sehr schöner, wenn auch nicht ganz senkrechter Holzmaserung. Die südfranzösische Bruyérewurzelknolle ist garantiert gut abgelagert. Wenn Sie ein Fischmaulmundstück bevorzugen, ist es die richtige für Sie.«

Buttmei wog sie in der Hand. Sie fasste sich gut an, fast so wie seine alte Pfeife. Er nahm den Pfeifenkopf zwischen die Finger, drehte das Mundstück. Dann bedachte er den Preis. Einhundert Euro würden nicht ausreichen. Das mussten ihm seine gute Laune und eine unverzichtbare Gewohnheit wert sein. Er kaufte sie, ohne nach dem Preis zu fragen. Zu dem Zweck musste er die Eurocard, die er nur für die wenigen Großeinkäufe benutzte, aus dem Geldbeutel ziehen und sich an die Geheimnummer erinnern.

»Sie wissen, wie Sie sie einrauchen?« Noch bevor er antworten konnte, wurde es ihm erklärt. »Zuerst den Pfeifenkopf bitte nur ein Drittel mit dem zerkrümelten Tabak füllen, dann nach einiger Zeit zur Hälfte. Trotz des maschinellen Einrauchens braucht das Holz im Innern der Pfeife noch etwas Patina, damit es nicht beschädigt wird.«

Als der Inhaber die Pfeife behutsam in einen Kasten verpackte, legte er ihm einen Beutel mit Pfeifenreinigern dazu und einen neuen Pfeifenstopfer. Danach bückte er sich, zog aus einer Thekenschublade eine Dose hervor und überreichte sie. »Ein Geschenk des Hauses. Sie kennen unseren Navycut?«

Buttmei kannte tatsächlich diesen ganz besonderen, in Röllchen in einer Dose verpackten Tabak, weil er sich zum eigenen Geburtstag und zu Weihnachten eine Dose davon gönnte. Er bedankte sich, wiederholte dabei die leichte Verbeugung seines Gegenübers. Zufrieden verließ er den Laden. Seine Laune besserte sich. Aber er wartete, bis er zu Hause war, bevor er das Zeremoniell des ersten Pfeifenstopfens und Anzündens und Einrauchens vollzog.

Theo sah ungeduldig der mit Bedacht vollzogenen Handlung zu. Dann schmauchte Buttmei sein erstes Pfeifchen. Es schmeckte schon ganz gut. Dem Mundstück fehlten noch Geruch und Geschmack einer viel gerauchten Pfeife. Doch er war sich sicher, dass er die richtige Wahl getroffen hatte und dass die neue Pfeife nach einigen Tagen eine würdige Nachfolgerin der alten werden würde.

Bevor er mit dem Überlandbus nach Oberau fuhr, führte er Theo eine Runde zu dem kleinen Platz vor dem Riwwelhannes und zurück. Dann versorgte er ihn, ließ auch das Flurlicht brennen und machte sich auf den Weg.

~ * ~

Oberau lag von der Stadt aus in der entgegengesetzten Richtung wie Hinterhimmelsbach. Nachdem sie an den Fischteichen vorüber waren, durchfuhren sie den Parkwald, zwischen Gattern, die ihn von der Straße trennten und verhindern sollten, dass das Wild über die Straße lief.

In den ersten Lichtungen wuchsen uralte knorrige Eichen. Die Grafiken, die sie gegen den Himmel schrieben, waren eindrucksvoll. Von Kindheits-Spaziergängen mit seinen Eltern wusste er, dass sie Namen trugen und dass sogar die Schneisen im Park nach ihnen benannt waren.

Er erkannte auch zwischen Wipfeln der Parkbäume das Schloss, zu dem ihn ebenfalls seine Eltern geführt hatten. Obenauf thronte ein goldener Vogel und unter dem Vogel prangte ein rot-weißer Löwe mit einem Schwert über der Schulter. Nicht sehen konnte er den Schlossteich, auf dem er damals die Enten füttern durfte. Er erinnerte sich an die Schwärze des Wassers. Es schien besonders tief zu sein und machte dem Kind Angst, sodass es sich nur an der Hand der Eltern bis zum Uferrand vor traute.

Nach dem Parkwald öffnete sich die Landschaft zu einer flachen Ebene aus Wiesen mit Obstbäumen, Feldern, auf denen er Rübenblätter und Spargelkraut ausmachen konnte, und Dörfern, die ihre zumeist weißen Häuser in die Ebene reihten wie in einem Sandkastenspiel.

In Oberau fragte er sich durch bis zu der angegebenen Adresse. Man erwartete ihn in einem kleinen Einfamilienhaus aus der Nachkriegszeit, schmucklos, bescheiden und in die Jahre gekommen. Der Garten um das Haus war ein Nutzgarten mit Gemüse, Obststräuchern und allerlei Blumen. Die Hausfrau hatte einen Käsekuchen gebacken, einen deftigen, süßen nach Großmutters Art, und dazu Kaffee gekocht. Er konnte nicht Nein sagen. Der Kuchen schmeckte ihm, der Kaffee auch.

Anschließend packte er die Fotos aus und fragte den Mann am Kaffeetisch nach Einzelheiten. Die Frau verschwand in der Küche und machte sich dort zu schaffen. Er erfuhr, dass dieser beim Forstamt am Stadtrand arbeitete und an diesem Tag um die genannte Uhrzeit auf der Straße an den Fischteichen vorbeigefahren war.

Er hatte schon aus der Entfernung ein Auto auf dem kleinen Parkplatz stehen sehen, das war zu der Zeit ungewöhnlich, und da er aus der Arbeit im Forstamt wusste, dass der Wald nicht sicher war vor Holzdiebstahl oder illegaler Müllabladung, verlangsamte er sein Tempo und sah aufmerksam, was sich dort abspielte.

Auf dem Parkplatz stand ein schwarzes Auto und fast schon im Wald auf dem Weg vom Parkplatz zu dem Rundlauf um die Fischteiche ein rotes Auto mit dem Kühler zum Wald. Zwischen den Autos erkannte er zwei Männer. Ihm fiel auf, dass sie trotz der nicht kalten Witterung Handschuhe trugen. Da er es nicht wagte, die Männer zu fragen, was sie dort machten – er saß allein im Auto –, fuhr er weiter und nahm sich vor, den Förster auf die beiden Autos aufmerksam zu machen. Er hatte sich auch die Zulassungsnummer des schwarzen Autos gemerkt. Der Zettel war für Buttmei schon auf dem Tisch zurechtgelegt, er warf einen Blick darauf und steckte ihn ein.

Nun zeigte er dem Mann die Fotos der beiden Türsteher und vermutlichen Täter. Der zögerte kurz, merkte an: »Wenn ich die Figuren dazu sähe, wäre ich mir sicherer.« Nachdem er eine Weile stumm nachgedacht hatte, erklärte er: »Sie sind es, doch, so sahen sie aus. Nicht gerade Typen, mit denen ich mich hätte anlegen wollen.« Buttmei wollte noch wissen, ob der Förster nachgesehen hätte. »Ja«, erfuhr er, »da war jedoch schon die Polizei da und nahm einen Unfall mit dem roten Auto auf und das schwarze war weggefahren. Wir kehrten um.« Er informierte den Zeugen, dass er zur Gegenüberstellung in das Kommissariat bestellt würde.

Die Frau rief aus der Küche: »Eine Gegenüberstellung, wie im Fernsehkrimi. Das ist spannend.«

Er rief zurück: »Ihr Mann wird etwas zu erzählen haben. Ich muss aber nun nach Hause fahren. Herzlichen Dank für den köstlichen Kuchen.« Dann verabschiedete er sich und fuhr wieder mit dem Überlandbus durch die Dämmerung zurück. Die Ebene wurde grau, ließ dem Blick aber noch Raum. Im Park standen die Bäume bereits wie schwarze Riesen am Straßenrand. Vom Gatter her blinkten Lichtstreifen in den Scheinwerfern der Autos auf. Auch sie sollten das Wild von der Straße weghalten.

Zu Hause stopfte er sich die neue Pfeife. »Nur ein Drittel«, sagte er vor sich hin, während er den kostbaren Tabak aus einem Röllchen krümelte. Als sie gezogen hatte und wohlschmeckenden Rauch in die Stube paffte, holte er sich noch ein Glas Rotwein dazu und ließ den ereignisreichen Tag mit Wohlbehagen ausklingen.

Trotzdem stand ihm noch ein kleines Abenteuer bevor. Er musste vor dem Zubettgehen das Pflaster im Rücken ablösen. Nur noch mit der Schlafanzughose bekleidet stellte er sich im Bad vor den Spiegel, drehte und wendete sich und versuchte, an das Pflaster heranzukommen, ohne sich eine neue Zerrung zu holen. Das Vorhaben hatte einen Tanz zur Folge, der Theo weckte; er trottete ins Bad, und als er seinen Herren im Kreis hüpfen sah, wollte er mittanzen und sprang an ihm hoch und runter. Mit der einen Hand scheuchte er ihn zur Seite und erwischte endlich mit der anderen den Anfang des Pflasters und begann zu ziehen. Es spannte, er zog, es schmerzte und löste sich Zentimeter weit. Als Theo das schmerzverzerrte Gesicht sah, versuchte er nicht mehr zu tanzen. Er setzte sich auf sein Hinterteil und sah mitleidig zu.

Endlich hatte es Buttmei geschafft. Er knüllte das Pflaster zusammen, schmiss es in den Mülleimer und streckte sich vorsichtig. Die Zerrung hatte spürbar nachgegeben. Der Rücken hatte sich dunkelrot gefärbt. Er sah im Spiegel mit vorsichtigem Halsverdrehen die genau Abgrenzung, die das Pflaster hinterlassen hatte. Sollte er zur Beruhigung noch eine Pfeife rauchen? Er verneinte es und ging zu Bett.

~ * ~

Am nächsten Tag informierte er Jan Rotemeier über seinen Besuch in Oberau. Der war nicht gerade erfreut. »Hoffentlich überlassen Sie uns wenigstens die Gegenüberstellung.« Aber er bestellte den Zeugen für den nächsten Tag und bat zögernd Buttmei, dazuzukommen.

Bevor er das Haus verließ, telefonierte er mit seinem Kollegen und Freund Meijerhus. Nach einem herzlichen Hallo und »Was treibst du so?« und »Besuch mich mal wieder« kamen sie zur Sache. Er gab die Daten des Gesuchten durch und erklärte den Fall. Meijerhus fragte, ob es ein offizieller Auftrag wäre oder ein Freundschaftsdienst.

»Beides«, erwiderte er. Meijerhus versprach, sich darum zu kümmern. Da es nach Buttmeis Aussage eine Suchmeldung gab, würde er im Zweifelsfall den Apparat in Bewegung setzen, aber zuerst wollte er sich ohne Aufsehen umhören. Das Gespräch endete mit dem Versprechen: »Den kriegen wir, das bin ich einem alten Freund schuldig«, und mit Buttmeis Dank.

Er machte sich auf den Weg und kam pünktlich im Kommissariat an. Der Beschuldigte wurde aus der Untersuchungshaft vorgeführt. Es war seinem Anwalt nicht gelungen, ihn freizubekommen. Die Beweise für den Überfall waren zu eindeutig. Vor allem der Hundebiss war nicht wegzuleugnen. Zum Verhör nach der Gegenüberstellung wurde jedoch der Anwalt ebenfalls einbestellt, da Rotemeier es nicht riskieren wollte, dem Mordverdächtigen durch einen Verfahrensfehler Vorteile zu verschaffen.

Der Zeuge aus Oberau stand schon vor der Scheibe. Er wirkte angespannt und beobachtete aufmerksam den Einzug der Männer mit den Nummernschildern in der Hand. Im Raum wurde es still. Buttmei beobachtete, wie sein Zeuge den Kopf näher zur Scheibe streckte. Er nahm seine Aufgabe sehr genau.

Schließlich trat er einen Schritt zurück und deutete auf die Nummer vier. »Der ist es.« Er bejahte auch die Nachfrage, ob er sich sicher wäre. Buttmei hatte Rotemeier verschwiegen, dass er dem Zeugen Fotos der beiden möglichen Täter gezeigt hatte, und hoffte, dass es bei dem Zeugenprotokoll nicht zutage kam.

Die Gegenüberstellung war vorüber, der Zeuge wurde zum Protokoll geführt und informiert, dass es für mögliche Auslagen ein Zeugengeld gab. Der Identifizierte kam ins Verhörzimmer.

Buttmei nahm wieder hinter der Scheibe Platz, die Einsicht in dieses Zimmer gewährte. Rotemeier und er erwarteten den Anwalt. Dieser durfte jedoch auf keinen Fall merken, dass auch Buttmei zusah und zuhörte.

Als der Anwalt jenseits der Scheibe mit Rotemeier zusammen das Zimmer betrat, erkannte ihn Buttmei sofort. Er hatte ihn in einigen Fällen als Verteidiger zwielichtiger Figuren aus dem Milieu der Prostitution und der Erpressungen verschiedener Art erlebt und sich über ihn geärgert, wenn er einen Mandanten rauspaukte, oder sich gefreut, wenn es nicht gelang. In den von ihm aufgedeckten Mordfällen hatte er in der Regel keine Chance gehabt; er konnte lediglich Strafrabatt für die Täter herausholen, weil wegen irgendwelcher Formfehler Beschuldigungen oder Beweisstücke vom Gericht nicht akzeptiert werden konnten.

Das Verhör begann. Rotemeier konfrontierte den Delinquenten mit der neuen Zeugenaussage. »Wir haben einen Zeugen, der Sie und Ihren Kumpan am Morgen genau zur Tatzeit auf dem Parkplatz an den Fischteichen beobachtet hat.«

Bevor der Anwalt es verhindern konnte, antworte der Gefragte: »Was ist dabei, wenn ich mich an den Fischteichen aufhalte? Das ist nicht verboten.«

»Sie geben also zu, auf dem Parkplatz gewesen zu sein.«

Jetzt stutzte der Befragte und begriff, dass er einen Fehler gemacht hatte. »Wann soll ich da gewesen sein?«

»Das habe ich klar und deutlich gesagt. Sie brauchen nun nicht zu versuchen, Ihre Aussage zu korrigieren, denn der Zeuge hat auch Ihr Autokennzeichen notiert.«

Nun schaltete sich der Anwalt ein. »Was sollte ein Zeuge, der zufällig an einem Parkplatz vorbeifährt, für einen Grund haben, eine Autonummer zu notieren?«

»Er ist beim Forstamt angestellt und hat schon oft Waldfrevel erleben müssen, also notierte er vorsorglich die Autokennzeichen Ihres Mandanten.«

»Wir werden eine Ortsbesichtigung beantragen, um zu prüfen, ob ein auf der Straße Vorüberfahrender ein Kennzeichen erkennen kann.«

Rotemeier setzte das Verhör fort. »Wieso haben Sie Handschuhe getragen?«

»Wieso Handschuhe?«

»Dem Zeugen ist aufgefallen, dass Sie und Ihr Kumpel trotz des warmen Wetters Handschuhe übergezogen hatte. Das brachte ihn ja auf die Idee, Sie wollten Waldfrevel begehen. Darum ist er – dies zu Ihrer Kenntnis, Herr Anwalt – langsam gefahren und hat genau hingesehen.«

»Und warum hat er nicht angehalten, um festzustellen, was die beiden Männer vorhatten?«

»Weil er alleine war und keine Lust hatte, sich mit zwei nicht gerade zierlichen Männern auseinanderzusetzen.«

»Was meinen Sie damit?«

»Türsteher sind schon körperlich beeindruckende Erscheinungen. Oder würden Sie das bestreiten wollen? Schließlich sollen sie abschrecken und renitente Besucher am Eintritt hindern oder aus der Halle rauswerfen. Man sieht ihnen das Bodybuilding von Weitem an. Oder?«

»Kommen Sie zur Sache.«

»Ich bin dabei und möchte nun von Ihrem Mandanten eine klare Antwort, ob er auf dem Parkplatz war oder nicht. Und wenn er behauptet, er wäre es nicht gewesen, was auch Sie, Herr Anwalt, aufgrund der Zeugenaussage nicht wegdiskutieren können, dann soll er uns den Zwillingsbruder benennen, der statt seiner dort mit Handschuhen zu Werke ging. Es handelt sich schließlich um Mord oder Mordbeteiligung.«

»Das müssen Sie beweisen.«

»Der Tatort ist gefunden. Es steht fest, dass der Unfall nur vorgetäuscht war. Wir wissen sogar, dass die Täter Josef Korn mit einer Spritze ermordet und erst dann auf die Straße gelegt haben, um einen Unfall vorzutäuschen. Das ist alles hieb- und stichfest beweisbar.«

Der in die Enge getriebene Beschuldigte sah seinen Anwalt an und erklärte kategorisch: »Ich sage nichts mehr.«

»Auch nicht zu Ihrem Überfall auf Herrn Buttmei?«

»Nein.«

Der Anwalt bestand darauf, das Verhör zu beenden und verlangte, mit seinem Mandanten unter vier Augen ungestört sprechen zu können. Rotemeier konnte sich eine Schlussbemerkung nicht verkneifen: »Der Hundebiss im Hintern Ihres Mandanten ist eine überzeugende Bestätigung des Vorfalls.«

»Ihr Verhalten im ersten Verhör meines Mandanten bezüglich des Hundebisses wird ein Nachspiel haben. Und Herr Buttmei kann sich auf eine Klage meinerseits wegen Schmerzensgeld für den Gebissenen gefasst machen.«

Danach verließen sie das Verhörzimmer. Rotemeier brachte beide in einen als ausbruchsicher geltenden Raum, weigerte sich trotzdem, dem Täter die Handschellen abzunehmen und kam zu Buttmei zurück. Der bekundete ihm Beifall für das Verhör: »Er wird mürbe werden, das spüre ich. Und der Anwalt wird ihm raten, alles auf seinen Kumpan zu schieben, in der Hoffnung, dass wir ihn nicht zu fassen bekommen. Aber mein Freund Meijerhus wird ihn schon auftreiben, das weiß ich aus Erfahrung.«

»Sie haben sich also schon wieder eingemischt!«

»Nur ganz nebenbei. Meijerhus wird sich, wenn er mehr weiß, selbstverständlich an Sie wenden.«

»Sie haben mitbekommen, dass der Anwalt gegen Sie klagen will wegen Schmerzensgeld?«

»Darüber freue ich mich besonders.«

»Wieso das?«

»Ein eindeutigeres Geständnis seines Mandanten für den Überfall kann er gar nicht liefern.«

»Das leuchtet ein. Sie sind immer noch ein durchtriebener Fuchs.«

»Danke für das Kompliment.«

Nachdem Buttmei ausgespäht hatte, dass der Anwalt nicht auf dem Flur zugange war, verließ er das Haus, ohne nach seinen ehemaligen Kollegen zu schauen. Der Gefahr, gesehen zu werden und sofort Verdächtigungen auszulösen, wollte er sich dem Fall zuliebe nicht aussetzen.

Nach einer Mittagsruhe nahm er die Leine und rief Theo zu: »Wir machen Schnüffelpause. Jedenfalls ich, du wahrscheinlich nicht.« Sie begaben sich auf einen ausführlichen Spaziergang durch den Herrenpark und um ihn herum. Am Teich setzte er sich auf eine Bank, füllte die neue Pfeife zu einem Drittel mit Tabak und sah dem Springbrunnen zu, wie das Wasser silbern in den Himmel sprang, abwechselnd etwas höher und etwas niedriger, um neuen Anlauf für den nächsten Sprung zu holen.

Während Theo um die Bank herumlief und die Baumstämme und Büsche in Reichweite beroch und bespritzte, beobachtete Buttmei einen Reiher, hochbeinig im Wasser stakend, dabei geduldig die Wasseroberfläche beäugend, bis er Beute erspäht hatte. Dann schoss der lange Schnabel blitzschnell in das Wasser und zog einen Goldfisch heraus. Der rot leuchtende und zappelnde Fisch wurde geschüttelt, bis er parallel zum Schnabel lag, und dann verschluckt. Danach stakte der Reiher im Zeitlupentempo weiter in den Teich zum nächsten Goldfisch.

Am Löwendenkmal vorbei kamen sie zur Schlossfassade. Ein mächtiger Barockbau, der vor allem durch seine Größe und Symmetrien bestach. Über Jahrhunderte hatten dort die Landesfürsten ihr Wesen und Unwesen getrieben. Es wäre Zeit, sich auch einmal mit der Geschichte der Stadt zu beschäftigen, dachte er, eine Stadtführung oder ein Buch zur Vergangenheit, schließlich lebte er hier mit kleinen Unterbrechungen seit seiner Geburt und es sah wahrlich nicht danach aus, als würde er die Stadt irgendwann verlassen.

Vor dem breiten und grau gepflasterten Eingang standen noch die Schildwachhäuschen, die einst die Wachen beherbergten, die das

Schloss schützen mussten. Wenn sie als Kinder in der Stadt unterwegs waren und dringend pinkeln mussten, hatten sie sich in die Sandsteinkühle geschlichen und ihre Notdurft verrichtet, bis eines Tages Arbeiter kamen und schräge Böden einzogen, sodass sie nicht mehr im Gehäuse stehen konnten.

Als hätte Theo seine Erinnerungen mitgehört, hob er am Steinsechseck das linke Hinterbein und pisste dagegen. Buttmei genierte sich, ausgerechnet am Schlosseingang, und sah sich um. Niemand war stehen geblieben, keiner hatte es bemerkt.

Man hatte ihn schon einmal heftig beschimpft, als Theo ausgerechnet am Wahrzeichen der Stadt, einer roten Sandsteinsäule mit einem Bronzefürsten obenauf, das Hinterbein hob; würdelos war das sanfteste Wort, das er hörte, es wurde gesteigert bis zur Schande und Sauerei und dem Ruf nach Polizei und allerlei, was er vergessen hatte. Er wusste allerdings noch, dass er gedacht hatte: »Leckt mich, der Fürst steht weit genug oben, den trifft es doch gar nicht.« Er zog an der Leine, um Abstand zwischen die Mauern und den Hund zu bringen.

In dem Augenblick hörte er leise seinen Namen rufen. Er zögerte, weil er nicht wusste, ob er es sich eingebildet hatte, aber er hörte wiederum ein leises »Herr Buttmei.« Es kam aus den Schatten des Schlosseingangs hinter der mit dem Löwenwappen gemusterten Eisentür hervor, deren einer Flügel offen stand.

Er lief auf die Stimme zu und fand Rudi dort auf einem Mauervorsprung im Schatten sitzend. Beinahe hätte er ihn nicht wiedererkannt. Die Augen waren blau umrandet, das Kinn und die Nase geschwollen.

»Wer hat dich so zugerichtet?«

»Sie sind schuld daran, Herr Kommissar.«

»Wieso denn das?«

»Vor der Disco haben sie uns zusammengesehen und mir verboten, mich jemals wieder mit Ihnen zu treffen. Und damit ich es nicht vergesse, haben sie mich verprügelt.«

»Sage mir, wer es war, und ich kaufe sie mir, das verspreche ich.«

»Nein, ich will es nicht noch schlimmer machen.«

»Den einen haben wir ja schon. Und den anderen kriegen wir noch. Dann kannst du Schmerzensgeld einklagen. Das wäre doch was, Rudi?«

»Nein, das kann mir nicht leisten. Es würde sich rumsprechen und ich müsste schnellstens die Stadt verlassen. Aber ich habe trotzdem Rache geschworen. Aber auf meine Weise. Sie werden sehen, Herr Buttmei, irgendwann passiert etwas.«

»Wenn ich dir dabei helfen kann, sage es. Ich bin dir was schuldig.«

»An was denken Sie?«

»Wir haben Probleme, an den Boss heranzukommen.«

»Das wundert mich nicht.«

»Wie wäre es, wenn wir beide ihn in die Zange nehmen? Ich verunsichere ihn und du beobachtest ihn und gibst mir rechtzeitig einen Tipp, wenn er krumme Sachen macht. Meine Kollegen schlagen dann zu. Die warten nur darauf.«

»Warum sollte ich mitmachen?«

»Weil Molinari hinter allen Aktionen steckt, auch hinter den Prügeln, die du bezogen hast.«

»Sie und ich gemeinsam, der Penner Rudi und Buttmei, der Kommissar. Das gefällt mir. Sie hören von mir. Und jetzt verschwinde ich. Ich will nicht schon wieder mit Ihnen erwischt werden.«

Buttmei drückte ihm einen Geldschein in die Hand. »Schmerzensgeld!« Rudi lief schweigend in den ersten Schlosshof und tauchte dort unter. »Bis bald«, flüsterte Buttmei hinter ihm her, denn er meinte bei seinem Vorschlag, den er eigentlich nur gemacht hatte, um Rudis Selbstwertgefühl aufzupäppeln, ein Lächeln in Rudis Gesicht gesehen zu haben. Theo und er setzten ihren Spaziergang fort. Zwar waren nun seine Gedanken zu dem Fall zurückgekehrt, aber je weiter sie gingen, um so mehr verloren sie sich wieder.

Am Abend saßen sie wie gewohnt zusammen. Theo im Körbchen, er mit der Pfeife in der Hand und einem gefüllten Rotweinglas neben sich auf dem Tisch. Musik hörte er dieses Mal keine. Er konzentrierte seine Gedanken, um zu überblicken, was bisher Bedeutsames passiert war, was herausgekommen war und wie er weiter verfahren sollte.

Der Tathergang war geklärt. Der eine Täter saß in Haft, der andere würde irgendwann verhaftet werden. Trotzdem war er unzufrieden. Warum hatte man Josef Korn ermordet? Es müsste handfeste Gründe dafür geben. Was und wer steckten dahinter? Wo musste er den Hebel ansetzen, um das herauszubekommen? An die beiden Türsteher kam er nicht mehr ohne Weiteres heran. Die eine war bereits, der andere würde sich bald in den Fängen Jan Rotemeiers befinden.

Er musste noch einmal ausführlich mit Neumann reden, sich Korns Zimmer ansehen, sich mit Giuseppe Molinari beschäftigen. Dann würden sich, so hoffte er, Spuren ergeben, die zu einem befriedigenden Ergebnis führten. Er stopfte noch eine zweite Pfeife, sinnierte, ohne konkret zu werden, in das Zimmer hinein, bis er müde genug war, um schlafen zu gehen.

Wenn er sich gerade hielt, spürte er die Zerrung nicht mehr, aber im Liegen machte sie sich bemerkbar. Um dem vorzubeugen, wickelte er ein Taschentuch um ein kunstvoll holzgeschnitztes Kratzhändchen, das eigentlich nur zur Zierde an der Wand hing, drückte Rheumasalbe in das Tuch und rieb die Stelle am Rücken mit der Salbe ein. Ihre wärmende und heilende Wirkung würde ihm einen guten Schlaf bescheren.

~ * ~

Der nächste Tag wurde ein Tag, den er fast ganz mit Neumann verbrachte. Da dieser sich spontan Urlaub nehmen konnte, saßen sie schon am Morgen zusammen. Zuerst erzählte er ihm vom Pfeifenkauf. Neumann meinte, ob er die Kosten nicht der Haftpflicht des Täters aufbürden könnte, schließlich wäre es eine stattliche Summe und eindeutig eine Folge des Überfalls. Buttmei wollte sich jedoch nicht mit einer Versicherung auseinandersetzen, die erfahrungsgemäß aus Unfall- und Überfallopfern am liebsten Mittäter machte, um nicht zahlen zu müssen. »Außerdem will ich mit einem Gangster nichts gemein haben, nicht einmal mit seiner Haftpflicht.«

Und er leitete über zu seinem Anliegen. »Ich muss wissen, in welcher Beziehung Sie zu Josef Korn standen und was Sie mir über ihn sagen können. Jede Kleinigkeit kann wichtig sein.«

Neumann erzählte zuerst stockend. Er war es nicht gewöhnt, so viel zu reden. Satz für Satz erfuhr Buttmei, dass Korn für Neumann ein Freund geworden war, wie er zuvor nie einen hatte. Er war nach dem frühen Tod seiner Frau lange sehr einsam gewesen.

In Buttmeis Erinnerung kamen Bruchstücke zutage. Neumanns Frau war bald nach der Hochzeit an aggressivem Krebs gestorben, er hatte lange trauernd und in sich verschlossen seinen Job im Büro abgeleistet, hatte sich in die korrekt auszuführende Arbeit geflüchtet.

In diese Einsamkeit drang vor einigen Jahren Josef Korn ein. Er wollte nicht nur Untermieter bei Neumann sein. Er wollte Kontakt, wollte reden, suchte Freundschaft. Und Neumann öffnete sich ganz allmählich. Er fühlte sich von ihm ernst genommen, was die Kollegen nicht immer taten. Auch Buttmei konnte sich nicht frei davon sprechen, über Neumann gelächelt und ihn nahezu ignoriert zu haben. Korn war auf ihn zugegangen, hatte Neumann zum Sprechen gebracht, ihm zugehört und ihn an seinem eigenen Leben beteiligt. So entstand ein unausgesprochenes Zusammengehörigkeitsgefühl.

Nun verstand er Neumanns Bindung an Josef Korn und seinen Eifer, den Mord aufklären zu wollen, um Gerechtigkeit für den Freund einzufordern. Das war für ihn die Grundlage, weiterzufragen, worüber sie gesprochen, vor allem aber, was Korn über sein Leben erzählt hatte. Aufregendes war nicht dabei. Er erfuhr von den juristischen Liebhabereien, von den Beratungen und den Zeitungsartikeln.

Offensichtlich hatte Korn dem abgebrochenen Studium bis an sein Lebensende nachgetrauert. Neumann wusste überraschenderweise nichts von den Hohensteiner Geschichten und ihren Folgen. Sosehr auch Buttmei bohrte, es kam nichts zum Vorschein, was ihn weitergebracht hätte, außer der Vermutung, dass sich Korn in besonderer Weise mit Schutzgelderpressungen beschäftigt hatte, dass er aber über diese Recherchen Neumann nicht hatte informieren wollen. Neumann konnte ihm jedoch die Lokale, die er besucht hatte, nennen. Buttmei notierte sie. Danach wollte er Korns Zimmer sehen.

Im Gegensatz zu Neumann Räumen wirkte es unaufgeräumt. Er sah sich um, wühlte in Papieren, zog Schubladen auf, öffnete den Schrank. Neumann sah ihm stumm zu. Er sammelte alles, was ihn interessierte, auf der freien Schreibunterlage auf dem Arbeitstisch Korns: Kontoauszüge, Papiere mit Notizen, die Zeitungsauszüge mit den Gerichtsreportagen, auf denen Korn Randbemerkungen hinzugefügt hatte, ein Heft mit Eintragungen, einen Schuhkarton mit Fotos und einen Terminkalender.

Bevor er sie Blatt für Blatt in die Hand nahm, betrachtete er das Zimmer und versuchte, sich ein Bild von seinem Bewohner zu machen. Die Kleidung, die an Wandhaken hing, hatte durchweg gedeckte Farben, grau, dunkelblau, dunkelgrün. »Nicht auffallen«, kommentierte Buttmei, ohne es auszusprechen. Das Mobiliar wirkte spartanisch, schnörkellos, Kaufhausware, vorwiegend nussbaumbraun. »Bescheiden«, notierte er im Kopf. Die Bilder an der Wand bestanden aus alten Stichen von Städten, die er offensichtlich besucht hatte. »Nicht ganz zufrieden mit sich und auf der Wanderschaft. Aber keine Spur von Abenteuern«, spekulierte er.

Die Unordnung im Zimmer beschränkte sich auf Bücher, die zum Teil auf der Erde gestapelt waren, und Zeitschriften und allerlei Papiere. Er las die Buchrücken, schloss von den Titeln auf die Inhalte; Juristisches von Gesetzen bis zu Kommentaren, Philosophie, wenige Kunstbände. »Ästhetische Anwandlungen«, ordnete er es in sein Charakterbild ein und wunderte sich, dass er keine Musikträger vorfand, nicht einmal alte Schallplatten.

Seine Suche hatte das Chaos eher noch vergrößert. Die Schuhe standen hingegen korrekt paarweise und parallel in einer Ecke neben der Tür. »Korrekt und ordentlich, doch wohl nur in Maßen«, schloss er und rundete damit sein Bild ab, denn die Familiengeschichte war ihm ja bereits bekannt und ebenso seine Neigungen, Beistand leisten zu wollen.

Nun studierte er die zusammengetragenen Unterlagen. Zuerst die Kontoauszüge. Es fanden sich nur kleine Beträge. Korn hatte bescheiden gelebt und garantiert keine nennenswerten Belohnungen für seine juristischen Hilfen und erst recht keine Bestechungsgelder angenommen. Unter den Fotos entdeckte er nichts Aufregendes.

Das Bild einer jungen Frau ließ ihn innehalten, es war wohl die Liebschaft, die Korns Leben so nachhaltig verändert hatte. Eine junge Bäuerin im Sonntagsstaat, wie damals üblich gekleidet, weiter Rock mit aufgenähten Bordüren, weiße Bluse, Trachtenweste, die blonden Haare mit Bändern zu Zöpfen gebunden. Sie lachte aus dem Foto heraus und er fand sie sehr weiblich mit ihren nicht zu stark betonten, aber wohlgeformten Körpermerkmalen.

Mehr Erfolg für seinen Fall versprachen die Randbemerkungen an den Zeitungsausschnitten. Sie nannten zu den jeweiligen Berichten die Namen der Zeugen oder Bedrohten, die diese in ihren Texten nicht nennen durften. Da standen einige Pizzerien mit den Namen der Inhaber, darüber hinaus ein paar Geschäfte, die er aus der Stadt ebenfalls kannte, und wenn es nur vom Vorübergehen war. Er kannte auch die Namen der Inhaber, durchweg Italiener, oder Geschäfte, in denen schwerpunktmäßig Ware aus Italien angeboten wurde.

Alle Fälle waren Erpressungsfälle, in allen Fällen gab es Freisprüche mangels Beweisen, weil die Zeugen in der Regel die Aussage verweigert hatten. Die Namen der Angeklagten hatte Korn nicht auf die Ränder notiert. Auch im Terminkalender fand er nur die Gaststättennamen und vermutete, dass Korn sie an diesen Tagen aufgesucht hatte. Täterhinweise fand Buttmei in dem mit Korns Handschriften gefüllten Heft. Namen waren nicht immer notiert, aber es gab kleine Porträts der Männer, die der Schutzgelderpressung verdächtig waren.

Er schmunzelte, mit welcher Genauigkeit der des Wortes mächtige Korn sie beschrieben hatte. So konnte er mühelos seine beiden Täter wiedererkennen. Mehrfach genannt wurde Giuseppe Molinari. Alle Fäden schienen letztlich zu ihm zu führen.

Er steckte das Heft ein und nahm sich vor, einen Besuch in der Höhle des Löwen zu wagen. Dann fand er eine akribisch geführte Liste mit Gaststättennamen. Die Linien hatte Korn mit einem Lineal gezogen und Rubriken eingerichtet. In der ersten stand der Name des jeweiligen Restaurants, in den folgenden Spalten fanden sich Daten und Haken an den Daten und in der letzten Spalte Bemerkungen wie: vergeblich, Besuch wiederholen, Eintreiber kommen einmal im Monat am ersten Dienstag oder je nach Lokal an einem anderen Wochentag.

Offensichtlich hatte Korn sogar Summen mitbekommen und sie ebenfalls in der letzten Spalte notiert. Buttmei staunte, denn sie waren beträchtlich, jedenfalls für seine Vorstellungen. Auch diese Liste steckte er ein und nahm sich vor, sie zu nutzen, auch wenn er nicht genau wusste, wie, er wusste nur zu diesem Zeitpunkt schon, dass er nicht alle würde aufsuchen können. Das hätte seine Figur und damit auch wohl seine Gesundheit nicht überlebt.

Er lehnte sich zurück. Als Neumann ins Zimmer kam, um zu sehen, wie weit er gekommen war, saß er entspannt auf einem Stuhl, die Hände im Nacken verschränkt.

»Fertig?«, fragte Neumann. Er nickte.

»Etwas gefunden?« Er nickte wieder. »Spuren.«

»Vielversprechende?«

»Könnte sein«, antwortete er und Neumann erkannte an seinem zufriedenen Gesichtsausdruck, dass er Witterung aufgenommen hatte. Auf Buttmeis Wunsch kochte er einen starken Kaffee. Nach dem Getränk und nachdem sich Buttmei eine Pfeife zu Gemüte geführt hatte – immer noch ein Drittel Tabak, das hielt nicht lange vor –, sagte er in einem überraschend bestimmten Ton: »Und nun müssen wir die Bleibe des Geflohenen in Augenschein nehmen.« Es entspann sich ein kurzer Dialog.

Neumann eröffnete ihm: »Der Eingang ist versiegelt.«

»Wir werden das Siegel öffnen!«

»Und dann? Bedenken Sie die Folgen.«

»Werden wir wieder schließen.«

»Aber das Siegel?«

»Sie werden ein neues besorgen.«

»Muss das sein?«

»Ja, es muss! Und bringen Sie mir Handschuhe mit. Fingerabdrücke möchte ich nicht hinterlassen.«

Eine Pause trat ein, Neumann dachte nach, Buttmei wartete. Schließlich erklärte Neumann, er werde ein Siegel und Handschuhe besorgen.

Ohne es auszusprechen, staunte er doch, wie sehr Neumann sich in den letzten Tagen verändert hatte und nicht nur lernfähig geworden war, sondern auch bereit, nicht ganz legale Wege zu gehen. Laut fragte er: »Wann können wir die Aktion durchführen?«

»Ich habe mir heute Urlaub genommen, also werde ich in der Mittagspause ins Kommissariat gehen und das Siegel holen.«

»Dann um 16 Uhr vor dem Haus?«

»Ich werde da sein.«

Buttmei spazierte zu seiner Wohnung, versorgte Theo, ruhte sich aus und machte sich rechtzeitig auf den Weg, um Neumann um 16 Uhr zu treffen. Der erwartete ihn schon.

Sie schnitten das Siegel durch und betraten die kleine Wohnung von Gregor S. Der Name stand an der Außenschelle.

Auf den ersten Blick erkannten sie, wie überstürzt der Bewohner sie verlassen hatte. Am Telefon stand noch eine Kaffeetasse mit

Kaffeeresten, Wäschestücke lagen verstreut, die Tür eines kleinen Wandtresors stand offen, im Tresor lagen einzelne Pistolenpatronen, die wahrscheinlich aus einer aufgerissenen Packung gefallen waren.

Er zog die Handschuhe über und suchte gründlich nach Verwertbarem. Die Kollegen, die vor ihm das Zimmer durchsucht hatten, hatten gründliche Arbeit geleistet. Er fand nur einen Zettel mit Telefonnummern direkt neben dem Telefon und erkannte an den Vorwahlen, dass es niederländische Nummern waren. Diesen Zettel steckte er in seine Jackentasche.

Als sie die Wohnung verließen, klebte er das von Neumann mitgebrachte Siegel einfach über das alte und erklärte ihm, als er Bedenken äußerte: »Wenn ich die beiden exakt übereinander klebe, wird beim Durchschneiden keiner bemerken, dass das untere Siegelband bereits vorher durchtrennt war. Sie werden annehmen, dass der versiegelnde Beamte zwei Siegel gegriffen hat und dem keine weitere Bedeutung zumessen. Aller Wahrscheinlichkeit nach wird ihnen nicht einmal auffallen, dass es zwei Siegel sind.«

Von zu Hause aus rief er Meijerhus in Amsterdam unter seiner Privatnummer an und teilte ihm die gefundenen Telefonnummern mit, warnte ihn auch, dass Gregor S. dem Patronenfund nach wahrscheinlich bewaffnet sei. Meijerhus hielt die Nummern für wichtig und deutete an, dass es schon erste Spuren gäbe und dass er sicher sei, den Gesuchten in absehbarer Zeit dingfest zu machen.

»Die Auslieferung ist die Angelegenheit deiner ehemaligen Dienststelle. Das kann länger dauern als meine Suche. Aber sie können den Delinquenten schon mal hier verhören. Wer geht nicht gern auf eine Dienstreise. Schade, dass du nicht mehr mitkommen kannst.«

Buttmei war zwar nicht oft in Amsterdam gewesen, aber er konnte sich den Freund gut in seinem Büro und hinter dem Schreibtisch vorstellen mit aufgestützten Armen und auch im Winter hochgekrempelten Ärmeln. Meijerhus war breiter als er, kräftiger, fast bullig, aber auch sportlicher in Haltung und Bewegungen.

Freunde wurden sie durch die Gemeinsamkeiten: die Pfeife, den Hund. Allerdings war der Hund von Meijerhus ein reinrassiger Deutscher Schäferhund, schwarz und langhaariger als die braunen und mit Stammbaum. Die Ehelosigkeit. Und die unorthodoxe Art des Ermittelns und des Umgangs mit dem Dienstweg und den Dienstvorschriften.

Den Abend und den nächsten Tag verbrachten Buttmei und Theo so, als gäbe es keinen Fall. Bevor der Ex-Kommissar sich auf Spurensuche in die Höhle des Löwen Giuseppe Molinari traute, brauchte er einen Anlauf. Er wusste, dass es ein sehr heikles Unternehmen werden könnte und gönnte sich den Tag seelischer Stärkung und Vorbereitung.

Sie gingen spazieren, Buttmei räumte die Wohnung auf, schnippelte sich vorm Badezimmerspiegel die Haare ab, wusch die im Bad auf den Boden geworfenen Wäschestücke in der Maschine. Er wechselte die in den Knien zu sehr durchgebeulte Hose, brachte die alte zusammen mit schmutzigen Pullovern in die Reinigung.

Theo war immer dabei und wenn er hätte reden können, hätte er sicher erklärt, dass er einen solchen Tag liebe und es gut fände, wenn es wieder mehr davon gäbe. So zeigte er seine Freude durch übermütiges Hin- und Herspringen und unvermitteltes Bellen. Musik hören, Pfeife rauchen, Rotwein trinken, alle Rituale wurden durchgespielt und ohne Hast genossen. Theo bekam sein Lieblingsfutter und wurde gekrault. Harmonie allüberall und kein Notizblock in Reichweite.

~ * ~

Am nächsten Tag verließ Buttmei sichtlich gestärkt und auf das gefasst, was ihm widerfahren könnte, die Wohnung. Zu seinem Bedauern musste Theo allein zurückbleiben. Zielstrebig steuerte er die Villa an, in der Molinari residierte. Auf dem Weg spielte er das ABC-Spiel, das er oft spielte, wenn er zu Zielen unterwegs war, an denen es Ärger geben konnte.

Er suchte sich aus Straßenschilden, Geschäftsnamen und Plakatsäulen das ABC zusammen und wenn er alle Buchstaben fand, bedeutete ihm sein Aberglaube, es würde gut gehen. Schwierigkeiten gab es immer mit dem Buchstaben Q. So auch dieses Mal. Er wollte nirgends auftauchen. Doch Buttmei, der dieses Problem kannte, hatte eine eingeübte Lösung: Er schaute auf seine Uhr, dort stand über der Sechs das Wort »Quartz«. Zufrieden stapfte er weiter.

Zuerst umkreiste er die Villa. Ein gut renovierter Prachtbau aus der Gründerzeit, mit Zinnen, einem Burschenschaftswappen über der Tür, breiten Fenstern und einer breiten Eingangstür, zu der eine noch breitere Treppe hinaufführte. Der Rasen war gepflegt, die Büsche von Gärtnerhand fachkundig zurückgeschnitten.

Die beiden Garagentore standen offen. In Ihrem Halbdunkel erkannte er das rote Auto und einen Mercedes. Die Absicherung des Eisenzaunes mit Pfosten und den Gittern, die davon weg und zum nächsten Pfosten aufschwangen, passte nicht in die Gründerzeit. Moderner Stacheldraht mit kleinen, scharfen Plättchen statt der Dornen spannte sich über die obere Kante. An den Ecken des Zaunes waren Bewegungsmelder angebracht, an den Ecken der Villa Kameras.

Er setzte seine Umrundung fort. Die Nachbarvillen stammten aus der gleichen Zeit, aber bei keiner anderen fand er solche Absicherungen. Menschen sah er weder hinter den Fenstern noch in den Vorgärten. An einem kleinen Platz in der gleichen Straße traf er auf einen Nachkriegsbau. Wahrscheinlich hatten hier im Krieg die Bomben der Engländer eine Lücke gerissen. Während sie die Innenstadt weitgehend zerstört hatten, fielen in den Villenvierteln nur einzelne Bomben.

Er hatte an die Explosionen und Feuerstürme eingebrannte Erinnerungen, denen er sich nicht gerne hingab. Die Zerstörung des Hauses, in dem sie zur Miete wohnten und der sie nur knapp unter Verlust aller Habe entkamen, hatte sie damals nach Hinterhimmelsbach geführt. Daran wollte er jetzt nicht denken.

Wichtiger schien ihm, dass im Parterre dieses Hauses eine Kneipe eingerichtet war. Er betrat sie, nicht weil er Durst gehabt hätte, nicht einmal einen versteckten, sondern weil er hoffte, hier etwas über Molinari erfahren zu können. Auch Nachbarschaftstratsch und –beobachtungen konnten Hinweise geben.

Die Kneipe war so ganz anders als der Riwwelhannes, gesichtsloser und vornehmer zugleich. Holzvertäfelte Wände, romantisch schmachtende Bilder in wuchtigen, silberbronzierten Rahmen. Die Tische waren weiß gedeckt und mit Blumenschmuck versehen. Gardinen schmückten die Fenster. Die Stühle waren gepolstert.

Aber in einer Nische gab es einen Stammtisch, rund mit hölzerner Tischplatte und einem Schild »Reserviert«. Dort standen Barhocker vor einer Theke. »Das eine für die Villenbesitzer, das andere für die Einfamilienhäusler, die sich bereits in der Nachbarstraße auf dem Grund und Boden einer ehemaligen Gärtnerei ausgebreitet hatten.«

Er hockte sich an die Theke und bestellte, als der Wirt kam, ein kleines Bier. Das trank er sonst nie, aber der Wirt konnte dem stämmigen und handfesten Aussehen nach nur Biertrinker sein und wenn er ihm etwas entlocken wollte, musste er sich in seine Nähe begeben. »Trinken Sie eines mit?«

»Warum nicht«, lautete die Antwort und der Zapfhahn wurde erneut geöffnet, um ein zweites Bier brodelnd und Schaum bildend in das schräg gehaltene Glas einlaufen zu lassen.

Nach Umwegfragen, wie das Geschäft liefe und wie die Nachbarschaft hier so wäre, kam Buttmei auf die Villa Molinari und ihre Bewohner.

Der Wirt nahm kein Blatt vor den Mund. »Stinkreich muss der Besitzer sein. Alles, was in das Haus gebracht wird, ist vom Feinsten. Davon verstehe ich was. Und immer Wachhunde ums Haus, vierbeinige und zweibeinige. Der hat sicher etwas zu verbergen. Oder er hat Angst. Den Tag über verbringt er im Haus, abends verlässt er das Haus, mit Eskorte, einer vor ihm, einer hinter ihm. Das macht doch keiner, der nicht Dreck am Stecken hat. Sagen Sie selbst.«

Buttmei hatte nicht einmal die Zeit, zustimmend zu nicken, denn nach einem kurzen Atemholen setzte sich der Redeschwall fort.

»Und wenn er nachts zurückkommt, macht hier keiner mehr ein Auge zu. Weiber lachen laut und ordinär, und wenn man sieht, wie sie gekleidet sind, weiß man, was es für welche sind. Ich würde so eine nicht mal mit der Beißzange anfassen. Das können Sie mir glauben. Dann wird die Festbeleuchtung eingeschaltet und Musik dröhnt bis zu mir herüber. Orgien werden gefeiert, sage ich Ihnen.«

Sie tranken einen Schluck Bier und er stachelte ihn noch an. »Das ist ja allerhand. Da muss man doch etwas dagegen unternehmen.«

»Das habe ich auch gedacht und die Polizei geholt. Die haben zwar dafür gesorgt, dass die Musik leiser wurde, aber noch in der gleichen Nacht haben Sie mir an meinem Auto die Reifen platt gestochen. Er war das nicht. Der macht sich die Finger nicht selbst schmutzig. Seine Bulldoggen waren das. Und in der Woche darauf hatte ich das Ordnungsamt in der Küche zur Kontrolle, ob es bei mir auch hygienisch zugeht. Die haben so gründlich nachgesehen wie nie zuvor. Jeden Topfdeckel haben sie aufgehoben und in jede Schublade geschaut. Wenn einer Geld hat und nicht kleinlich ist, kann man nicht gegen ihn anstinken. Sie nicht und ich auch nicht.«

Sie tranken wieder an dem allmählich schal werdenden Bier, dann fuhr der Wirt fort, sichtlich zufrieden, dass er ein solches Gespräch führen und seinen aufgestauten Zorn loswerden konnte. »Sehen Sie aus dem Fenster. Sehen Sie die vielen Auto, nicht gewöhnliche, nur Oldies und Sammlerstücke? Die gehören alle dem Molinari. Er muss verrückt auf so was sein. Die stehen hier auf der Straße rum und nehmen mir und meinen Kunden die Parkplätze weg. Ich habe es gar nicht gewagt, das Ordnungsamt anzurufen, denn die sind, obwohl sie nie gefahren werden, alle angemeldet und haben alle vorgeschriebenen Plaketten. Ja, wenn man zu viel Geld hat.«

Nach einer erneuten Bierpause fragte der Wirt, plötzlich misstrauisch werdend: »Warum wollen Sie das eigentlich wissen? Wollen

Sie mich aushorchen und verpetzen, damit ich morgen den Anwalt von Molinari hier sitzen habe?«

»Ein wenig aushorchen will ich Sie schon, aber …« Er schob ihm die Visitenkarte über die Theke. »Ich bin Privatdetektiv und ermittele im Auftrag eines Mandanten gegen Giuseppe Molinari.«

»Da haben Sie sich was vorgenommen! An den kommt keiner ran. Aber wenn Sie gegen den was erreichen können, kriegen Sie hier bei mir einen Monat lang Freibier.«

»Kann es auch Rotwein sein?«

»Na klar, führen wir auch, wegen des Restaurants. Trotzdem noch ein Bier?«

»Nein, ich werde jetzt einen Besuch in der Villa abstatten.«

»Sie wollen da reingehen?«

»Ja, das will ich.«

Mit diesem Satz machte sich Buttmei Mut, den Rest Bier stehen zu lassen und ohne weitere Umwege auf das Eingangstor zuzugehen. Die Visitenkarte nahm er wieder an sich. Anne Weber hatte ihm welche drucken lassen, als sie zum ersten Mal davon hörte, dass er eine Detektei anmelden würde. Philipp Buttmei, Hauptkommissar a. D., Privatdetektiv und Adresse und Telefonnummer. Er hatte sie bisher nie gebraucht, auch nicht brauchen wollen, aber für den Besuch bei Molinari hatte er sich daran erinnert und sie eingesteckt.

Er verabschiedete sich und bedankte sich für das Bier, obwohl es ihm nicht geschmeckt hatte. Schon als Halbwüchsiger bekam er auf Biergenuss Kopfschmerzen. Da er auch keinen Baldrian vertrug, nahm er an, allergisch gegen Hopfen zu sein. Seitdem vermied er jeden Biergenuss.

Am Tor drückte er zweimal auf den in Messing eingelassenen Schellenknopf und wartete. Statt dass eine Stimme über die Sprechanlage ertönte, öffnete sich die Haustür. Der bulligen Figur nach kam einer von den zweibeinigen Wachhunden die Treppe herunter und auf den Eingang zu.

»Was wollen Sie?«

»Zu Herrn Molinari.«

»Hat er Sie eingeladen zu kommen?«

»Nein.«

»Dann verschwinden Sie, und zwar schnell, sonst mache ich Ihnen Beine.«

Buttmei reichte ihm die Visitenkarte durch das Türgitter. »Wenn Ihr Chef die sieht und hört, dass Sie mich weggeschickt haben, kriegen Sie Ärger.«

Er nahm die Karte und verschwand wieder im Haus. Es dauerte eine Weile, bis er zurückkam, eine kleinere in das große Tor eingelassene Tür öffnete und ihn einließ. Er untersuchte ihn nach Waffen und forderte ihn auf, vor ihm her zu gehen. Inzwischen hatte Buttmei in ihm einen der von Josef Korn in seinem Heft beschriebenen Bodyguards erkannt.

Als er in das Zimmer geführt wurde, in dem der Chef in einem herrschaftlichen Lehnstuhl saß, dröhnte ihm dessen Stimme entgegen. »Auf Sie war ich neugierig. Der Superschnüffler außer Dienst.« Buttmei schwieg und wurde von Kopf bis Fuß gemustert und begutachtet. »Ich habe Sie mir ganz anders vorgestellt, drahtig, sportlich und mit aufrechtem Gang.«

Mit einem Blick auf die beiden Dobermänner, die rechts und links neben dem Lehnstuhl saßen, erwiderte Buttmei: »Auch Dackel können beißen.« Molinari lachte.

»Kann ich Ihnen etwas anbieten?«

»Ein Glas Wasser.«

Wieder lachte Molinari und winkte seinem Bodyguard zu. Der gehorchte der Geste, holte ein Glas Wasser und schob nach einem erneuten Wink Buttmei einen Stuhl hin. Das Gespräch konnte beginnen.

Molinari machten den Anfang. »Mein Anwalt hält große Stücke auf Sie.« Es klang ironisch. »Aber was wollen Sie von mir?«

»Ich möchte Ihnen ein paar Fragen stellen, wenn ich darf.«

»Dürfen Sie.«

»Es geht um den roten Alfa und den Unfall mit Todesfolge.«

»Was habe ich damit zu tun?«

»Das Auto gehört Ihnen.«

»Ach so. Das stimmt. Aber ich bin nicht gefahren.«

»Mich interessiert zum Beispiel, wieso Ihr Angestellter Gregor S. am Steuer saß.«

»Ich habe ein weites Herz für meine Angestellten. Die können mit meinen Autos fahren, so oft sie wollen. Und Gregor war verrückt auf den roten Alfa Romeo.«

»Er hatte keinen gültigen Führerschein, nein, er hatte sogar einen gefälschten. Und hatte Fahrverbot.«

»Dafür habe ich mich nicht interessiert. Das war seine Sache. Aber ich habe mir ihn zur Brust genommen. Der Unfall und die Beule in meinem Wagen haben mich gestört. Und auch, wie dreckig das Auto war. Meine Leute haben es erst einmal abspritzen müssen.«

»Ist er deshalb verreist?«

»Er hat Aufträge, Treffen mit Geschäftspartnern von mir und so weiter und so fort. Mehr werde ich Ihnen nicht sagen.«

Eine Tür öffnete sich, eine Frau im Negligé betrat das Zimmer und zog sich sofort zurück, als sie sah, dass Molinari Besuch hatte. Molinari beobachtete Buttmeis Blick auf die eher ent- als verhüllten Reize und fragte: »Gefällt sie Ihnen?«

Buttmei meinte, einen lauernden Unterton zu hören und reagierte nicht auf die Frage. Stattdessen betrachtete er die Dobermänner. Sie saßen wie Statuen auf ihren Hinterteilen. Am liebsten hätte er sie angefasst, um zu prüfen, ob sie nicht aus Porzellan waren. Immerhin bewegten sich ihre Augen. Ob sie über ihn hergefallen wären, wenn ihr Herr es befohlen hätte?

Er riss seine Blicke los und kam er zur Sache. »Ich habe Beweise, dass es kein Unfall war, sondern Mord. Gregor ist bereits zur Fahndung ausgeschrieben.«

»Beweise? Hieb- und stichfeste?«

»Ja. Und Sie wissen auch, dass Ihr zweiter Mann in Untersuchungshaft sitzt.«

»Weil er Sie attackiert hat. Ich habe ihn dafür streng getadelt. Solche Ausfälle kann ich als Geschäftsmann nicht dulden.«

»Und weil er nachweislich an dem Mord beteiligt war.«

»Mein Anwalt meint, das wird sich noch herausstellen. Aber was habe ich damit zu tun?«

»Sie sind der Boss.«

»Ich kann nicht für alle die Hand ins Feuer legen. Ich verbrenne mir doch nicht mutwillig die Finger.«

»Das sehe ich anders. Ich vermute, dass Sie der Auftraggeber sind. Und wenn Ihrem Angestellten Tom V. eine Mordanklage und fünfzehn Jahre Knast drohen, wird er schon auspacken und den Auftraggeber nennen.«

Molinari wurde rot im Gesicht, er ärgerte sich, beherrschte sich aber und winkte seinem Bodyguard. »Das Gespräch ist beendet. Bring den Herrn raus.«

Buttmei versuchte gar nicht, weiterzureden. Er hatte erreicht, was er erreichen konnte. Molinari war verunsichert und aufgebracht und würde irgendetwas unternehmen, was vielleicht neue Ansatzpunkte zur Folge hatte, um ihm und den Tätern noch deutlicher auf die Pelle rücken zu können. Er verabschiedete sich auch nicht, obwohl er ein »Auf Wiedersehen« auf der Zunge hatte, und folgte dem Mann zur Tür und durchs Haus und nach draußen.

Unterwegs sah er sich um. Beim Eintreten war er zu nervös gewesen, um zu beachten, was auf seinem Weg durch das Haus Sehenswertes lag. Nun war er wieder die Ruhe selbst.

Alles, was er sah, schien echt und teuer. Die Gemälde in barocken Goldrahmen, die bis zum Boden hängenden Gardinen aus edlen Stoffen, das breite Treppenhaus, die vergoldeten Pinienzapfen auf dem Geländer. Wenn dieser Prunk ihm in einem anderen Haus begegnet wäre, wäre er vielleicht beeindruckt gewesen.

Vor dem Tor rieb er sich die Hände, blieb noch einen Augenblick stehen, um sich eine Pfeife zu stopfen und anzuzünden. Er nahm an, beobachtet zu werden, und ließ sich daher viel Zeit.

»Ob Molinari mir geglaubt hat, dass ich Beweise besitze?«, fragte er sich, zu Hause in seinem Sessel sitzend. »Dann würde er mich beobachten lassen.« Er ging immer wieder zum Fenster und sah auf die Straße. Endlich hatte er, wenn auch nur instinktiv, den Eindruck, dass da wer auf und ab ging, der nicht in die Straße gehörte. Zwei weitere Fensterwege, zwischen Kaffeetrinken und Zeitungslesen unternommen, bestätigten ihn.

»Theo, wir gehen spazieren«, rief er ins Zimmer und schon stand Theo neben ihm und tänzelte unruhig, soweit er bei seinem Übergewicht tänzeln konnte.

Für den Hund wurde es ein enttäuschender Spaziergang. Kaum waren sie aus der Sichtweite des Hauses entschwunden, kehrten sie auf einem anderen und längeren Umweg zum Haus zurück. Auf den letzten Metern vor dem Eingangstor leinte er Theo an. Das war dieser nicht gewohnt und er sträubte sich, denn sein Herr ging für seine Begriffe die Treppe zu schnell aufwärts, während er gerne trödelte und sich auch dazwischen ausruhte.

Doch Buttmei wurde sogar ungeduldig und zog ihn an der Leine hinterher. Treppauf klingelte in der Wohnung, der sie entgegenstiegen, ein Handy, obwohl er keins besaß. »Ein Komplize«, fuhr es ihm durch den Kopf. Seine Vermutung bestätigte sich schneller als gedacht. Die Tür flog auf, ein Mann rannte aus der Wohnung, an den beiden vorbei, sie zur Seite stoßend. Aber beinahe genauso schnell streckte Buttmei den Fuß aus und stellte dem Fliehenden ein Bein, sodass er krachend die Treppe hinunterfiel, sich aber wieder aufrappelte und davoneilte, ein Bein nachziehend.

»Den Hals hast du zwar nicht gebrochen, aber einen Beinbruch wünsche ich dir noch hinterher, ungehobelter Klotz«, brummte er und streichelte den Hund. »Und jetzt weißt du auch, warum ich dich angeleint habe. Du wärst glatt hinter ihm hergelaufen. Das wäre nicht gut ausgegangen, obwohl ich eine Schmerzensgeldklage gerne in Empfang genommen hätte. Aber ich hatte Angst um deine Gesundheit. Ich brauch dich noch, mein verratzter Dicker.«

Der Einbrecher hatte das alte Schloss einfach aufgehebelt. »Theo, morgen gehen wir zum Schlosser und bestellten ein Sicherheitsschloss, ein besonders sicheres«, sagte er beim Eintreten und sah sich im Zimmer um.

Viel Zeit hatte und wollte er dem Spion Molinaris nicht lassen. Das wäre ihm zu riskant gewesen, weil er möglicherweise allerlei zertrümmert und bestimmt eine solche Unordnung hinterlassen hätte, dass er tagelang hätte aufräumen müssen, bis alles wieder seinem alten Platz war. Der Schreibtisch war durchwühlt, Papiere auf den Boden geworfen und die beiden Schubladen ausgeleert worden. Er konnte jedoch nichts gefunden haben, weil das Heft Josef Korns auf seinem Nachttisch lag, um die beschriebenen Charaktere zu studieren.

Er räumte den Schreibtisch auf. Seine Stimmung während dieser Tätigkeit schwankte zwischen Fluchen und Triumphieren. Nun kam auch Molinari aus der Deckung und er war sich sicher, an ihn noch ranzukommen. Das Kommissariat informierte er nicht, denn er hatte noch im Vorbeistürzen gesehen, dass der Eindringling Handschuhe angezogen und also keine verwertbaren Spuren hinterlassen hatte.

Ereignisse wie dieses nannte er Kontaktaufnahme. Während seiner aktiven Zeit hatte er immer wieder versucht, zwischen sich und den Tätern Beziehungen herzustellen. Je deutlicher die Täter reagierten, umso enger wurde das emotionale Geflecht zwischen dem Gejagten und dem Verfolger, und je mehr Berührungen entstanden oder sogar gegenseitige Gefühle aufkamen, gleichgültig, ob es Angst, Hass war oder geheime Sympathie, Mordlust oder Täuschungsversuche, desto näher kam Buttmei der Lösung eines Falles.

Dazu noch das Wechselspiel von Provokation und Einschüchterung und scheinbares Mitgefühl und Attacke. Die Jagd wurde auf seiner Seite intensiver und das Wild wurde schneller in die Enge getrieben. Mit ihren Emotionen in einen Fall eingebundene Täter waren leichter zu überführen als emotionslos und kühl bleibende.

Der Abend wurde ungemütlich. Er hatte Kopfschmerzen. Das Bier musste schuld daran sein. Er hatte es zwar befürchtet, aber manchmal musste man Fehler begehen, um zu neuen Einsichten zu gelangen. Keine Pfeifenlust, keine Rotweinlust, keine Musik, selbst das Lampenlicht schien zu hell.

Er versorgte Theo, legte sich, bewaffnet mit einem feuchten Waschlappen, in sein Bett, tupfte japanisches Heilöl, das Wundermittel, das er immer zur Hand hatte, auf Stirn und Schläfen, legte den Waschlappen auf die bestrichenen Kopfteile und schloss die Augen, die bereits anfingen zu tränen. Feuchtigkeit und Minzöl reagierten mit einem Brennen an Stirn und Schläfen, das den Kopfschmerz für seine Gefühle wohltuend überdeckte. Irgendwann schlief er ein und erwachte am Morgen schmerzfrei und tatenlustig.

~ * ~

Zunächst bot sich ihm ein Anblick, der ihn rührte. Theo hatte die Nacht auf dem Bettvorleger vor dem Bett verbracht. Offensichtlich hatte er sich um ihn gesorgt und ihn im Schlaf beschützen wollte. Das Lob fiel ausführlich aus, es gab nicht nur Streicheleinheiten, sondern auch die Sonntagsleckerlis aus dem oberen Fach des Küchenschranks.

Dazu vernahm Theo einen Satz, der wie Musik in seinen Hängeohren klang. »Wir haben ein paar luxuriöse Tage vor uns, Theo, wir, du und ich, werden mehrere Pizzerien besuchen und uns verwöhnen lassen. Sozusagen mehrere Arbeitsessen. Heute Abend fangen wir an. Warum nicht heute Mittag! Ich bestelle die extragroße Pizza und du kriegst deinen Teil ab. Und Nachtisch gibt es auch.«

Bevor sie das Haus verließen, um schlemmen zu gehen, rief Neumann an und teilte mit, dass Josef Korns Leiche freigegeben wäre und er eine Einladung zur Totenfeier bekäme und dass Molinaris

Anwalt bei Tom V. gewesen war. Er hätte so heftig auf ihn eingeredet, dass man es sogar durch die Tür gehört habe. Es hätte nach Drohungen geklungen. Dazwischen habe sogar der Häftling geschrien und ebenfalls gedroht. Die Inhalte hätte man nicht verstanden, aber der Ton wäre eindeutig gewesen.

»Das gefällt mir«, kommentierte Buttmei und rieb sich die Hände. Sein Besuch in der Höhle des Löwen hatte sich also ausgewirkt. Jetzt musste Rotemeier nur geschickt verfahren und der Verdächtige würde auspacken.

Er hoffte nun, um seinen Etappenerfolg vollständig zu machen, dass sein Freund Meijerhus den flüchtigen Gregor S. eingefangen hatte, denn Molinari würde alles dransetzen, damit er nicht mehr auftauchte und in die Mangel der Verhöre genommen werden konnte. Ihm war klar, was es bedeuten würde, wenn Gregor verschwand.

Tom S. würde die Tat auf den Verschwundenen schieben, würde offen gestehen, dass der es gewesen wäre und dass er nur Handlangerdienste geleistet hätte. Die Strafe für Beihilfe zur Tat war deutlich geringer und der Anwalt Molinaris würde dafür sorgen, dass sie so mild wie möglich ausfiele. Zuckerbrot und Peitsche, damit verstand der Anwalt zu fechten wie mit einem geschliffenen Degen. *Dem Amte wohlbekannt*, dieses Zitat aus seiner Schulzeit fiel ihm ein und er hängte es an den Schluss seiner Überlegungen.

Pizzeria Victoria. Schon beim Eintreten in das Ristorante empfing ihn die in vielen italienischen Lokalen übliche Helligkeit. Weiße Wände mit alten Weinflaschen und Kupfergeschirren und nachgegipsten antiken Statuen davor. Nur der blaue Himmel kam nicht mit in den Raum.

Die Kellner eilten den Gästen freundlich entgegen und geleiteten sie zu einem Tisch. Auch Theo wurde begrüßt und bekam eine Schale mit Wasser neben den Tisch gestellt. Bald darauf begrüßte auch der Wirt die neuen Gäste. Nach dem Essen würde er wiederkommen und fragen, ob alles zur Zufriedenheit des Speisenden gewesen war.

Dann wollte er ihn zu sich an den Tisch bitten und das Gespräch führen, um zu erklären, worum es ihm ging. Zuerst also, ohne in die Speisekarte zu blicken, Pizza Salami und den obligatorischen Montepulciano. Das Rauchen musste er sich an diesem Ort verkneifen. Der Wein kam sofort, aber auch der Teller mit der bestellten extragroßen Pizza, weil Theo ein Stück abbekommen sollte, ließ nicht lange auf sich warten.

Es schmeckte gut wie immer. Nach dem Essen trödelte Buttmei, bis sich die Mittagstischler aus den benachbarten Büros und Geschäften verabschiedet hatten und wieder zurück an ihre Arbeitsplätze geeilt waren. Die Wartezeit überbrückte er mit einem köstlichen Tiramisu und einem Espresso. Die Biskuits wanderten in Theos Maul und wurden hastig verschlungen.

Nun war das Lokal frei von Gästen. Wie erwartet kam der Wirt, um zu fragen, ob es geschmeckt hätte. Er bejahte und bat ihn, sich an den Tisch zu setzen, weil er ein Anliegen an ihn habe. Behutsam brachte er das Gespräch auf Schutzgelderpressungen. Der Wirt hob abwehrend die Hände. Daraufhin nannte er Giuseppe Molinari und bemerkte, wie der Wirt erschrak. Als er Josef Korn erwähnte, wurde das Gesicht freundlicher, blieb aber nachdenklich.

»Tonio«, sagte Buttmei in väterlichem Ton, »Josef Korn ist ermordet worden, weil er euch helfen wollte.« Der Wirt wich zurück.

»Ermordet! Ich dachte, es wäre ein Unfall gewesen.«

»Nein, es war Mord. Und nun will ich seine Mörder haben und du musst mir helfen dabei.« Wieder hob sein Gegenüber die Hände wie zur Abwehr. Buttmei ließ nicht locker. »Ich brauche deine Aussage, nicht jetzt, nicht heute. Ich weiß, dass du Angst hast. Aber wenn ich Molinari dingfest habe und er euch nicht mehr schaden kann, erwarte ich, dass du und deine Kollegen bereit seid, als Zeugen aufzutreten. Danach wird er euch nie wieder schaden können. Und wir werden dafür sorgen, dass kein anderer an seine Stelle tritt.«

Es gab eine Pause zwischen beiden, dann erhob sich der Wirt

vom Tisch, beugte sich vor und erklärte in sehr bestimmtem Ton: »Frag mich wieder, wenn du ihn hast.«

»Ich werde nicht aufgeben, Tonio.«

»Das weiß ich.« Er seufzte und begab sich hinter seine Ausschanktheke an den Platz, den er innehatte, wenn er nicht mit Gästen sprach. Tonio stammte aus den Marken und liebte Ordnung und den aufrechten Gang. Irgendwann würde er reden; Buttmei war sich dessen sicher.

Trotzdem plante er für den nächsten Tag einen zweiten Ristorantebesuch. Er wollte den Italiener aufsuchen, bei dem den Unterlagen nach Korn Stammgast gewesen war.

Zu Hause fand er im Briefkasten die Traueranzeige samt Einladung zur Bestattungsfeier, die ihm Neumann angekündigt hatte. Er prägte sich den Ort, den Neuen Friedhof der Stadt, und die Zeit, 12 Uhr, ein, dann hatte er eine ausgefallene Idee.

Er schrieb auf die Trauernachricht Worte, die er aus seinem Gedächtnis kramte. »É mia la vendetta.« Er versuchte, so ungelenk wie möglich große Druckbuchstaben zu malen. Dann packte er sie wieder in ein Kuvert, setzte sich mit einem lausbübischen Lächeln und einem Packen Zeitungen an den Schreibtisch, schnitt Buchstaben aus und klebte sie zusammen, bis Molinaris Adresse auf dem Briefumschlag stand. Dazu klebte er eine Sondermarke und klemmte den Brief in den Klingelaufsatz neben der Ausgangstür. Wenn er später Theo spazieren führte, würde er ihn in einen Postkasten, der etwas weiter von seiner Wohnstraße entfernt lag, einwerfen.

Im Sessel dösend, wie er es zur Mittagszeit gewohnt war, sinnierte er, ob man ihm seine Pension aberkennen könnte, wenn er vorschriftswidrig handelte. »Dann streite ich alles ab. Und die ausgeschlachtete Zeitung entsorge ich noch heute im Container.« Über diesen Gedanken schlief er ein.

~ * ~

Der erste Weg am kommenden Morgen führte ihn in die Trauerhalle. Das Gebäude war pompös und zeigte alle Elemente vor, die man im 19. Jahrhundert benutzt hatte, um Eindruck zu machen: eine hohe Kuppel mit Goldbändern, einen Vorbau mit griechischen Säulen, eine Treppe, so breit wie die Fassade, hohe eiserne und mit Dekorationen beschlagene Portale.

Die Trauerversammlung, die sich bereits im Innenraum befand, war klein. Eine Handvoll Leute, die sich frierend in dem großen Rund, das ebenfalls von griechischen Säulen umstanden war, verloren. Er kannte nur Neumann.

Dann erspähte er Molinaris Spion. Er hatte gehofft, dass der anonyme Brief ihn nervös machen würde und dass er wissen wollte, wer an der Trauerfeier teilnahm. Den Mann erkannte er als einen der in Korns Heft beschriebenen. Er hatte es eingesteckt und zog es nun hervor, um die präzise Personenbeschreibung mit dem Objekt abzugleichen.

Der breitschultrige und muskeltrainierte Mann passte gerade so in den dunklen Anzug. Buttmei sah von Weitem, dass die Jacke spannte. Aber er passte nicht zu den Trauernden und musste sich schon deshalb im Schatten einer der mächtigen Säulen verbergen.

»Warum wählen Typen wie Molinari Bewacher aus, denen man schon am Körperbau ansieht, welche Aufgabe sie haben? Sind das gewollte Drohgebärden? Fühlen sie sich sicherer, wenn so ein Muskelprotz hinter ihnen hergeht? Jedenfalls machen sie es der Polizei damit leicht, schon auf den ersten Blick registrieren zu können, auf wen sie ein Augenmerk haben müssen.«

Während dieser Überlegungen hatte die Trauerfeier begonnen. Neumann hatte statt der Orgel einen Trompeter engagiert, der die obligaten Lieder spielte. Zwei, drei dünne Stimmen sangen den Text.

Buttmei drehte den Kopf nach allen Seiten, um zu prüfen, ob es noch einen versteckten Zuschauer gab. Die Säulen waren gelb gestrichen. Ein ruhiges und nicht aufdringliches Gelb. Die ionischen

Kapitelle thronten weiß und breit obenauf. Sie trugen eine Kuppel, geschmückt mit bizarr ornamentierten Blumenformen, dezent braun zur Spitze hindeutend. Die eingelassenen Luken störten durch ihre Helligkeit. Zwischen Säulen und Kuppel befand sich ein zweites Stockwerk. Es war durch kleinmaschige Eisengitter abgeschlossen und wirkte, als säßen dort im Dunkeln die Todesengel in Wartestellung.

Neumann hatte an nichts gespart: mehrarmige Leuchter mit brennenden Kerzen, Blumenschmuck, bunte Blüten zu einem fast heiteren Kugelmuster verknüpft. Der Sarg war geschlossen. Neumann hatte auch wegen der Obduktionsfolgen auf eine Aufbahrung verzichtet. Von der Predigt drangen nur Bruchstücke in Buttmeis Bewusstsein.

Er war zu sehr damit beschäftigt, sich umzusehen und alles zu registrieren, sich vor allem alle Anwesenden einzuprägen. Er hörte Wörter wie Heimat, Auferstehung, ewiges Leben. Auch diese Wörter lenkten ihn von der Predigt ab. Durch seinen Kopf wanderten die Assoziationen, die die Wörter auslösten. »Hauptkommissar Buttmei im Jenseits auf Täterjagd.« Diese Vorstellung ließ ihn abwehrend den Kopf schütteln. »Lieber nicht.« Der Sarg wurde versenkt, Josef Korn wollte und sollte verbrannt und in einer Urne bestattet werden.

Nach der Liturgie lief die Trauergemeinde schnell auseinander, als flöhe sie in alle Winde. Der Spion war bereits vorher davongeschlichen. Nur Neumann stand noch eine Weile zwischen den Blumen und sah zu, wie sich das offene Viereck im Boden hinter dem Sarg schloss. Buttmei ging auf ihn zu, schüttelte ihm die Hand und verließ die Trauerhalle. Er wollte das nächste Ristorante in Korns Liste aufsuchen und vorher noch Theo abholen, um ihn mitzunehmen.

»Roma« prangte in verschnörkelten Leuchtröhren über dem Eingang. Die ebenfalls weißen Wände hinter den weiß gedeckten Tischen waren mit Rombildern geschmückt. Flüchtige Farbskizzen der bekannten Sehenswürdigkeiten Kolosseum, Pantheon, Marc

Aurel hoch zu Pferd, wie er auf dem Kapitol stand, Petersdom. Buttmei fand wiederum einen Tisch in der Ecke.

Dieses Mal wurde er nicht an der Tür abgeholt und platziert. Der Mittagsbetrieb war zu groß. Alle Kellner waren beschäftigt und rannten mit und ohne Teller in der Hand durch das Lokal. Auch die Frage nach seinen Wünschen ließ auf sich warten. Aber es war ihm recht, wollte er doch als Letzter das Ristorante verlassen und vorher noch ein Gespräch mit dem Besitzer führen.

Schließlich konnte er eine Pizza Quattro Stagioni bestellen und wählte dazu einen roten Barbera. Zu Theo, der sich artig neben seinen Stuhl gesetzt hatte, sagte er: »Da ist auch ein Stück Schinken für dich drauf.« Vor allem die Artischocken schmeckten ihm, so wie Theo der Schinken schmeckte. Während die ersten Gäste zurück an ihre Bürostühle hasteten, bestellte er noch einen doppelten Espresso und ein Glas Wasser und trank bedächtig, bis das Lokal so gut wie leer war. Als der Kellner mit der Rechnung kam, bat er darum, den Besitzer zu rufen, beruhigte ihn aber gleichzeitig, es ginge nicht um eine Beschwerde.

Als der Besitzer kam, forderte ihn auf, sich zu ihm an den Tisch zu setzen, und kam sofort zur Sache. »Ich komme gerade von der Beerdigung Josef Korns und möchte mit Ihnen über seine Ermordung reden.«

»Ermordung. Wir dachten, es wäre ein Unfall gewesen?«, fragte sein Gegenüber erstaunt und die Augen weit öffnend.

»Es war eindeutig Mord. Und Spuren führen auch hierher zu Ihnen.«

»Wieso zu mir? Ich habe Josef nicht ermordet, ich doch nicht. Wir waren Freunde.«

»Es geht nicht darum, dass Sie der Täter wären. Aber er wurde ermordet, weil er sich in Schutzgelderpressungen eingemischt hatte, und Ihr Lokal steht mit auf der Liste der Erpressten.«

»Das kann nicht sein.«

»Oh doch, wir haben Beweise und wir wissen, dass Josef Korn Ihnen helfen wollte. Er wollte sogar als Zeuge auftreten. Das ist ihm zum Verhängnis geworden. Er soll sogar die Eintreiber mit Drohungen attackiert haben.«

»Das wird mich teuer zu stehen kommen.«

»Na also, nun haben Sie bereits zugegeben, dass es mit meiner Beschreibung des Falles seine Richtigkeit hat.«

»Ich habe ihm gesagt, er solle die Finger davon lassen, habe ihn beschworen, gebeten, gebettelt. Er hat nicht auf mich gehört. Er ist auf die Typen zugegangen, hat ihnen mit einer Anzeige gedroht, weil er alles mitbekommen habe und bereit sei, es vor Gericht zu beschwören. Man müsse ihnen das Handwerk legen. Ich habe eine Gänsehaut bekommen. Danach habe ich Josef nicht mehr gesehen. Eigentlich wollte ich ihn bitten, nicht mehr in unser Lokal zu kommen.«

»Unsere Beweise reichen aus, um Sie zu einem Verhör vorladen zu können, aber das wollen wir vermeiden.«

Inzwischen war die Frau des Besitzers aus der Küche gekommen, hatte sich die Hände an der Schürze abgewischt und wollte nachsehen, wo ihr Mann bliebe. Sie spürte, dass er in Bedrängnis war und kam näher. »Ist was, Marcello?« Der verneinte. »Marcello, ich kenne dich. Ich sehe dir an, du hast Angst.« Und zu Buttmei sagte sie: »Wer sind Sie? Warum ängstigen Sie meinen Mann?« Jetzt entspann sich ein Dialog zwischen ihr und Buttmei.

»Philipp Buttmei. Ich ermittle wegen des Todes von Josef Korn.«

»Josef, der arme Josef. Und Sie sind der berühmte Buttmei!« Er fühlte sich geschmeichelt, ein Gefühl, das er selten verspürte, und sah Theo an, als wollte er sagen: »Hast du das gehört?«

Sie setzte sich an den Tisch. »Ich will wissen, was los ist! Josef war schließlich unser Freund.« Marcello versuchte sie zu bremsen, aber schon nach seinem ersten Wort »Mamma« schob sie ihn mit einer energischen Geste aus dem Gespräch heraus und wandte sich ausschließlich Buttmei zu. »Und nun packen Sie aus. Danach werden wir die Sache in Ordnung bringen.« Noch einmal versuchte sich Marcello an sie zu wenden, er bekam keine Chance.

Buttmei berichtete nun, ebenfalls nur noch zu ihr gewandt, was mit Josef Korn wirklich geschehen war, erklärte ihr den Stand der Ermittlungen und am Ende seines Berichtes auch, warum er ins »Roma« gekommen war. Er erfuhr, dass sie durch Neumann, der ebenfalls ihr Stammgast war, mehr wussten, als Marcello hatte zugeben wollen, und auch, dass seit dem Tod Josefs kein Schutzgeld mehr einkassiert worden war.

»Mord«, wiederholte sie, »der liebe Josef ermordet, weil er uns helfen wollte.« Danach sah sie Marcello an, der immer blasser wurde. »Josef war ein guter Mann. Josef war ein tapferer Mann! Wir werden dem Commissario helfen! Basta! Und nun sagen Sie uns, was wir tun müssen.«

Er erklärte den beiden, dass er sie keinesfalls vorzeitig in eine gefährliche Lage bringen wolle. Erst wenn Molinari sich in den Händen der Polizei befände und die Chance bestünde, ihn in Untersuchungshaft zu nehmen, käme er auf sie zu, damit sie ihre Aussage schriftlich machten und damit verhinderten, dass er wieder entkäme und so weitermachte wie bisher. Die Eintreiber wären bereits verhaftet oder auf der Flucht. Und Molinari wäre er dicht auf den Fersen.

Als er anmerkte, es wäre besser, wenn sich auch andere Erpresste bereitfänden, Aussagen zu machen, sagte Mamma bestimmt: »Auch wir haben unsere Familia. Wir werden miteinander sprechen und wir werden nicht allein sein und sie auch nicht. Marcello, wir sind es Josef schuldig.«

Im Gegenzug bot Buttmei seine Visitenkarte, die er noch vom Besuch bei Molinari einstecken hatte, an und versprach, wenn sie Hilfe bräuchten, jederzeit für sie da zu sein. »Vor mir haben die Ganoven Respekt!«

»Das wissen wir von Signor Neumann. Jetzt werden wir auf den Schreck einen trinken«, erklärte Mamma und erhob sich. »Ich spendiere. Was darf ich Ihnen bringen, Commissario?«

»Einen Fernet Branca.«

»Sie haben einen guten Geschmack.« Mit dem dunkelbraunen Getränk in der einen, zwei helleren Grappas in der anderen Hand kam sie an den Tisch zurück und prostete.

Wie früher kippte Buttmei den Fernet, schüttelte sich und schmeckte genussvoll den bitteren Nachklang des Getränkes auf der Zunge. Als sie sich erhoben und sich die Hände schüttelten, war es, als hätten sie sich zu einem Pakt verschworen. »Einen Moment«, rief Mamma ihm nach, verschwand in der Küche und kam mit einem Paket zurück, dessen Inhalt Theo sofort am Geruch erkannte. Sie hatte ein paar Knochen für ihn eingewickelt. Buttmei meinte zu Theo, als sie vor der Tür standen: »So kommt jeder auf seine Kosten!«

Er sollte an diesem Tag noch einen Erfolg haben, der seine Laune und seine Zuversicht zusätzlich mehrte. Meijerhus rief aus Amsterdam an und berichtete ihm mit dem ihm eigenen Lachen: »Wir haben ihn! Wenn ich einhänge, geht das Fax an deine alte Dienststelle. Aber du, alter Freund, solltest es zuerst erfahren. Wir haben ihn nicht nur, er fängt auch schon an zu plaudern. Drogen, gefälschter Pass, illegaler Waffenbesitz, das reicht, um ihn hier einzubuchten, bis ihr so weit seid, um seine Auslieferung beantragen zu können. Nach dem nächsten Verhör weiß ich mehr und berichte dir alles, was du herausbekommen willst, das garantier ich dir.« Und wieder stimmte er ein breites Lachen an.

Meijerhus war sichtlich mit sich zufrieden und fuhr fort: »Er hat Angst davor, ausgeliefert zu werden. Dieser Molinari hat offensichtlich sogar im Knast Helfershelfer. Ich weiß auch, warum er Angst hat. Nebenbei hat er hier in Amsterdam seine eigenen und nicht nur kleinen Drogengeschäfte gemacht. Das wissen wir inzwischen. Und wenn wir ihn samt der Akten ausliefern, müsste das Molinari auch bald spitzkriegen. Was dann in den Kreisen passiert, brauche ich dir nicht zu sagen. Nebenbei fallen für euch auch ein paar belastende Hinweise auf Molinaris Drogengeschäfte ab. Hier vor Ort haben wir das Nest jedenfalls ausgehoben. Euer Rotemeier kriegt von uns eine Mitteilung, die ausreicht, um die Villa zu durchsuchen und ihn erst einmal in Untersuchungshaft zu nehmen. Aber ihr solltet mal eure Behörde durchleuchten. Irgendwo sitzt da ein Maulwurf, der Zugang zu den Akten und zu euren Aktivitäten hat. Nur von dem, was du unternommen hast, wissen sie nichts. Gangster, die vor einem Pensionär zittern.« Und wieder lachte er breit und fröhlich. »Und morgen, prophezeie ich, wird er uns Belastendes gegen seinen Boss mitteilen, damit ihr euch den Molinari schnappen könnt, bevor er vielleicht doch noch ausgeliefert wird. Na, was sagst du?«

»Perfekt! Aber das habe ich von dir so erwartet«, lobte ihn Buttmei und sie schwatzten noch eine Weile über dies und das, aber nicht mehr über den Fall. Als sie die Hörer eingehängt hatten, grübelte er über das weitere Vorgehen.

Molinaris Villa durchsuchen? Wenn sie nichts fänden, müssten sie ihn wieder laufen lassen. Er hatte einen festen Wohnsitz und einen raffinierten Anwalt. Wenn sie nur kleine Mengen fänden, würde er es als Eigenbedarf deklarieren und sich ebenfalls von seinem Anwalt herauspauken lassen.

Aber abwarten, bis noch mehr belastendes Material aus Amsterdam einträfe, wollte er auch nicht, denn wenn Molinari Wind davon bekäme, wäre er über alle Berge, bevor sie ihn festsetzen konnten. Ihn in Sicherheit wiegen, bis sie mehr belastendes Material beieinanderhatten?

Der Hinweis auf einen Maulwurf im Kommissariat sprach dagegen. Buttmei hatte sowieso diesen Verdacht mit sich herumgetragen, seitdem er mit dem Wirt Bier getrunken und erfahren hatte, dass im Amt Zuarbeiter von Molinari saßen. Wahrscheinlich im Ordnungsamt, darauf deutete alles hin, was der Wirt erzählt hatte, aber nach Meijerhusens Worten gab es auch welche im Umfeld des Kommissariats. Buttmei merkte, dass er sich den Kopf Rotemeiers zerbrach, denn dessen Problem waren die Maulwürfe, nicht seine. Aber wenn er Molinari fassen wollte, musste er sich auch darum kümmern. Er seufzte und beschloss, am nächsten Tag erneut aktiv zu werden.

Als Erstes suchte er, Theo an der Leine, im Umfeld des Herrenparks nach Rudi. Wenn der seine Rache noch im Kopf hatte, würde er jetzt darauf lauern, aktiv werden zu können.

Rudi kam auch plötzlich aus einem Randgebüsch des Parks hervor. »Herr Kommissar, ich habe auf Sie gewartet! Ich habe mich echt gefreut, als ich ihren Köter kommen sah, weil ich wusste, dass Sie hinterherkommen.«

Buttmei tat so, als begegnete er Rudi zufällig. »Warum hast du auf mich gewartet, Rudi?«

»Es tut sich was.«

»Was tut sich und wo?«

»Der Molinari will abhauen.«

»Aus welchem Grund?«

»Sie sind ihm wohl zu nahe auf die Pelle gerückt.«

»Woher weißt du das?«

»Die haben Kriegsrat gehalten. So groß ist ja seine Truppe nicht mehr. Zwei im Knast und der Dritte, der in Ihre Wohnung eingebrochen ist, ist auch abgehauen, hinkend und am Stock. Dem haben Sie ganz schon zugesetzt.«

»Ich habe ihm nur ein Bein gestellt. Das ist jetzt unwichtig. Erzähl weiter!«

»Irgendetwas muss der Molinari fürchten, doch das wissen Sie bestimmt besser als ich. Heute Abend geht er kassieren, zuerst in der Disco, dann im Puff. Alle Angestellten müssen anwesend sein und alles deponierte Geld auf dem Tisch liegen. Der braucht das Geld, um zu türmen. Wozu sonst?«

»Und du hast es erfahren? Wieso du?«

»Was viele erfahren, spricht sich schnell rum. Ich habe so meine Quellen. Außerdem liege ich auf der Lauer. Sie wissen, Sie von der einen Seite, ich von der anderen.«

»Was hast du noch erfahren?«

»Angeblich will er einen Stellvertreter mitbringen, der für ihn die Geschäfte übernehmen soll.«

»Wir brauchen einen Grund, um ihn festnehmen zu können, bis weitere Beweise bei uns eingetroffen sind. Wir müssen auf Zeit spielen.«

»Dann müsst ihr ihn im Puff kassieren.«

»Warum dort?«

»Ihr erwischt ihn mit vielen illegalen Schätzchen und mit fast frischer Ware, der seine Leute die Pässe abgenommen und sie zur Prostitution gezwungen haben. Er soll aktiv an den ersten Vergewaltigungen teilgenommen haben. Das reicht doch?«

»Allerdings. Aber bisher waren Razzien erfolglos, weil alle illegalen Frauen verschwunden waren, wenn die Polizei das Haus betreten hat.«

»Ich weiß es. Aber dieses Mal wird es anders sein. Sie müssen nur dafür sorgen, dass ihn keiner aus dem Revier warnen kann. Da gibt es einen Maulwurf.«

»Du kennst den Maulwurf?«

»Nein.«

»Wann wird Molinari im Eros-Center aufkreuzen?«

»Nicht vor Mitternacht.«

»Und wie willst du verhindern, dass er uns entkommt?«

»Das ist Rudis Rache, Herr Kommissar.« Mit diesem Ausspruch verschwand er wieder in den Büschen. Er bewegte sich schnell und nahezu lautlos. Buttmei sah nur noch am Zittern der Zweige, wo er eingetaucht war.

Zuerst telefonierte er von zu Hause aus, um mit Rotemeier und Neumann einen Gegenkriegsrat zu organisieren und die Razzia vorzubereiten. Dann rief er Meijerhus an und teilte ihm mit, dass in Amsterdam ebenfalls ein Maulwurf sitzen müsse. Woher sonst hatte Molinari erfahren können, wie brenzlig nahe ihm der Fall gerückt war?

Der niederländische Freund wirkte nicht allzu sehr überrascht. Er hatte wohl bereits einen solchen Verdacht gehegt. Nun erklärte er, er würde sich persönlich darum kümmern. Am Ende des Gesprächs lachte er wieder. »Wir müssen uns halt um alles selbst kümmern.«

~ * ~

Am frühen Nachmittag saßen Buttmei, Rotemeier und Neumann im Kommissariat, wie in einer Verschwörung die Köpfe zusammensteckend. Sie besprachen nicht nur die Razzia, die nach Mitternacht im Eros-Center in der Bahnhofstraße stattfinden sollten. Für die Durchführung solcher Aktionen hatten sie alle reichlich Erfahrung.

Der Maulwurf machte ihnen Kopfzerbrechen. Sie mussten herauskriegen, wer der Informant war, sonst drohte alles zu scheitern. Fest stand, dass sie auf keinen Fall das Ordnungsamt benachrichtigen würden, denn dort konnten sie nicht auch noch auf Maulwurfsuche gehen. Also sahen sie alle Dienstpläne vergangener Razzien im Rotlichtviertel der Stadt durch und konnten wenigstens die Kollegen ausklammern, die damals noch nicht in der Dienststelle beschäftigt waren. Aber es blieben immer noch einige übrig. Molinari durfte nichts erfahren. Sie mussten ihn in Haft nehmen können, bis die belastenden Dokumente aus Amsterdam vorlagen.

Überraschenderweise hatte Neumann eine originelle und Erfolg versprechende Idee. »Wir legen eine Pause ein und spazieren durch alle Zimmer, um zu erzählen, dass wir für morgen eine Aktion gegen Molinari und seine Villa planen.« Sie folgten dem Vorschlag und beobachteten anschließend, wer aus seinem Zimmer eilte, um zu telefonieren. Aber sie blieben ohne greifbaren Erfolg und kehrten etwas ratlos zu ihren internen Gesprächen in Rotemeiers Zimmer zurück.

Buttmei fühlte sich, als wäre er wieder im aktiven Dienst. Sein Körper straffte sich, reagierte, als wäre er noch jünger, ungeduldig und hektisch. Die Pfeife steckte in der Tasche. Er sah immer wieder auf die Uhr. Der alte Jagdeifer hatte ihn gepackt. Er wollte Erfolge herbeizwingen. Er bemerkte es auch und dachte einerseits: »Brems dich«, andererseits belebte der Eifer seinen Kreislauf und die Schnelligkeit seines Denkens.

Eigentlich war für ihn der Fall bereits gelöst und Verhaftungen, Verhöre und die Gerichtsverhandlung war Sache der anderen, Jan

Rotemeiers zum Beispiel. Vor Gericht hatte er sich auch früher nur begeben, wenn er als Zeuge auftreten musste und war nie ganz mit den Urteilen zufrieden. Dazu kam, das spürte er auch jetzt, dass ein Fall nach den abgeschlossenen Ermittlungen für ihn keiner mehr war und er aus diesem Grund kein Interesse mehr an dem Fall hatte.

Kollegen klopften an, entfernten sich aber sofort, nachdem ihnen Rotemeier bedeutet hatte, dass er sich in einem wichtigen Gespräch befände. Einer der Kollegen trat ein, legte eine Akte ab, hielt sich noch einen Moment auf und ging dann ebenfalls. Er gehört zu denen, die sie verdächtigten.

Plötzlich sprang Buttmei auf, griff nach der Akte, öffnete sie und fand ein handtellergroßes Aufzeichnungsgerät. Es lief. Er schaltete es aus. Erst jetzt entwickelten sie die Strategie für den vorgesehenen Zugriff.

Buttmei würde rechtzeitig um das Center herum spazieren gehen, möglichst ohne aufzufallen. Sobald Molinari und seine Gefolge eintrafen, würde er mit einem Rufgerät Alarm geben. Rotemeier würde mit der verstärkten Bereitschaft einen spontanen Einsatz anordnen und offenlassen, ob es sich um eine Übung oder einen geplanten Einsatz handelt. Neumann sollte den Maulwurf im Auge behalten.

Sie waren dabei, ihre fast schon an ein Indianerspiel erinnernde Verschwörung zu beenden, als der Kollege wieder anklopfte und das Zimmer betrat mit der Erklärung, er müsse der Akte noch ein Blatt hinzufügen. Tatsächlich hielt er Papier in der Hand und zeigte es auch. Als er den Ordner aufschlug, erstarrte er.

Rotemeier ging auf ihn zu, hielt ihm das Aufnahmegerät entgegen und fragte: »Suchen Sie das?« Er wurde festgenommen und von Neumann persönlich in eine Arrestzelle geführt. Vorher jedoch nahm ihm Rotemeier nicht nur die Waffe und den Dienstausweis, sondern auch das Handy ab. Er überprüfte die letzten Anrufe und fand, wie erwartet, Giuseppe Molinaris Nummer.

Als er abgeführt war, meinte Buttmei: »Es wird uns helfen, dass er angerufen und für morgen eine Hausdurchsuchung in der Villa angekündigt hat. Molinari wird hastiger und unaufmerksamer werden und erst recht noch heute Nacht seine Flucht vorbereiten.«

Rotemeier stimmte ihm zu und verabschiedete ihn mit einem »Wir sehen uns um Mitternacht!«

Der weitere Nachmittag und auch der Abend gingen rasch vorüber. Insgeheim fieberte Buttmei so sehr nach dem Ablauf und dem Ausgang der Aktion, dass er nicht einmal Theo beachtete. Erst ein Winseln belehrte ihn und hatte zur Folge, dass er ihn wenigstens einmal um das Viereck führte.

Er war einige Zeit vor Mitternacht in der Bahnhofstraße. An anderen Tagen machte er einen weiten Bogen um diese Straße. Sie roch förmlich nach Zwang und krummen Geschäften. Da es leicht zu regnen begann und abkühlte, schlug er den Mantelkragen hoch und stand frierend im Schatten. Sein Jagdfieber war endgültig erloschen. An Rudis Rache wollte er jedoch unbedingt live teilhaben.

Hin und wieder ging er ein paar Schritte, als wäre er ein Freier, der sich nicht so recht traute. Bemerkungen der auf dem Straßenstrich flanierenden Frauen, »Na, Alterchen, wie wär's mit uns!« trieben ihn in den Schatten zurück. Trotz der erleuchteten Schaufenster der Sexshops und der Lichtreklamen der Peepshoweingänge wirkte die Straße düster. Die hohen Häuserwände schienen sich nach oben hin in der Nacht aufzulösen. Die Passanten wirkten nervös und hastig, selbst wenn sie langsam gingen und Ausschau hielten.

Als Buttmei so dastand und fröstelte und sich unwohl fühlte, fiel ihm unerwartet sein erster und letzter und in der Erinnerung verschüttet geglaubter Bordellbesuch ein. Klassenkameraden hatten den ihrer Meinung nach zu Schüchternen mitgenommen und wollten ihm etwas Gutes antun. Es wurde ein Fiasko. Trotz aller Mühe, die sich die Prostituierte gab, er war nicht fähig, seine Männlichkeit zu beweisen, und hatte es danach nie wieder versucht.

Er war froh, von diesen Erinnerungen abgelenkt zu werden. Sein geschärfter Blick entdeckte Rudi und seine Pennerfreunde. Sie waren mit Stangen bewaffnet und verschwanden in Hauseingängen links und recht vom Eros-Center. Einige huschten sogar durch den nicht bewachten Eingang des Hauses, das der Schauplatz werden sollte.

Die Wächter und Zuhälter residierten in den oberen Stockwerken. Dort saßen auch die auf Kundschaft wartenden Frauen. Man erkannte es anhand der roten Beleuchtungen, die die Fenster färbten. Freier sollten nicht schon am Eingang verschreckt werden. Wenn sie trotz ihrer Unsicherheit und möglicher Hemmungen erst einmal die Treppe hinaufgestiegen waren, blieben sie in der Regel auch oben. Wenn es um Geldeintreiben ging, entwickelten diese Typen eine zwar einfache, aber wirkungsvolle Psychologie.

Am liebsten wäre Buttmei hinter Rudi hergelaufen, um ihm zuzurufen: »Keine Gewalt!«, aber das hätte die ganze Aktion gefährdet.

Der Mercedes Molinaris fuhr vor, seine übrig gebliebenen zwei Beschützer sprangen aus den Türen, beobachteten das Umfeld, ihre Hände unauffällig auf die Waffen gelegt. Als sie mit dem, was sie sehen konnten, zufrieden waren, eskortierten sie Molinari in den Eingang des Eros-Centers.

Erst als sie nicht mehr zu sehen waren, zog Buttmei das Funkgerät aus der Manteltasche und rief Rotemeier und seine Leute herbei. In dem Augenblick parkte der Anwalt seinen BMW hinter dem Auto Molinaris. Sofort informierte Buttmei den bereits aufgebrochenen Rotemeier, damit er die Ankunft verzögerte, bis auch der Anwalt nichts von dem nahenden Verhängnis ahnen konnte.

Wenige Minuten später trafen sie von beiden Seiten der Straße mit mehreren Polizeifahrzeugen ein und sperrten die Straße ab. Dann ereignete sich alles Weitere sehr schnell. Offensichtlich hatte Rotemeier seine Truppe gut instruiert. Sie verhafteten den Fahrer Molinaris, drangen in das Haus ein. Das Einzige, was Buttmei mitbekam, draußen im Dunkeln und in der Kühle der Nacht stehend, waren die Schreie der Frauen. Dann fiel ein Schuss.

Es war keine Polizeiwaffe, aus der er kam, das hörte Buttmei sofort an dem trockenen Knall. Es beunruhigte ihn jedoch nicht sehr, denn er hatte sofort erkannt, dass alle Beamten schusssichere Westen trugen. Er hoffte nur, dass Neumann nicht einen Fehler begangen hatte, weil er solche Einsätze nicht gewohnt war; aber er hatte darauf bestanden, dabei zu sein.

»Molinari«, überlegte er noch, »ob der in die Enge getrieben Selbstmord begangen hatte?« Doch er war nicht der Typ für eine solche Handlung. So wie er ihn einschätzte, würde er eher auf die Kunst seines Anwalts hoffen. Neumann ging ihm nicht aus dem Sinn.

Er verdrängte die Sorge um den Kollegen, als die Mannschaftswagen und die vergitterten Wagen für Verhaftete vorfuhren. Zuerst kamen die Frauen aus dem Haus, zusammengedrängt, erschreckt, verschüchtert. Dann kam das Zuhälter- und Wächtergefolge. Buttmei wagte sich einige Schritte vor, um genau hinsehen zu können. Schließlich überquerte er sogar die Straße und stand im roten Flackerschein des Bordells.

Zuletzt kamen mit Handschellen gefesselt und von mit Maschinenpistolen Bewaffneten flankiert, Molinari und sein Anwalt. Beide sahen ihn stehen, nun nicht mehr fröstelnd. Molinari starrte ihn hasserfüllt an, und auch der Anwalt schien nach Buttmeis Eindruck innerlich die Zähne gegen ihn zu fletschen. Hinter ihnen schritt mit einem zufriedenen Lächeln Jan Rotemeier. Er drückte Buttmei die Hand.

»Auf frischer Tat ertappt!« Die Antwort Buttmeis verblüffte ihn.

»Nun ist es nur noch Ihre Sache, Rotemeier. Ich steige aus. Für mich ist der Fall erledigt.« Aber auch Rotemeier überraschte ihn.

»Sie haben es so weit gebracht, dass ich es bedauere, wenn Sie aussteigen. Aber wahrscheinlich ist es gut so.«

Wenige Schritte nach den Gejagten und den Jägern erschien auch Neumann. Buttmei atmete auf. Er wurde zwar von einem Kollegen geführt und wirkte zum Umkippen blass. Als er den Wartenden erkannte, löste er sich von seinem Begleiter, ging langsam auf ihn zu und umarmte ihn. So erfuhr Buttmei, dass der Schuss tatsächlich Neumann gegolten und ihn getroffen hatte. Die Schutzweste hatte ihn gerettet. Er würde nur ein paar blaue Flecken zurückbehalten.

Als sich die Kolonne der Polizeiwagen in Bewegung gesetzt hatte, kamen auch Rudis Penner wieder zum Vorschein. Im Vorbeigehen sagte Rudi: »Na, hat es geklappt!?« Buttmei nickte und erfuhr, dass die Penner an allen Hinter- und Seiteneingängen und Kellerfluchtwegen die Türen mit ihren Stangen blockiert hatten. Nicht einmal eine Maus hätte aus dem Haus entkommen können.

~ * ~

Früh am Morgen, Buttmei schlief noch wegen des ungewohnt späten Zubettgehens, weckte ihn das Telefon. Es schellte so hartnäckig, dass er barfuß zum Hörer taumelte und ihn abhob.

Neumanns Stimme klang ihm fröhlich und munter ins Ohr. »Ich habe aufgrund des Nachteinsatzes dienstfrei und möchte mich mit Ihnen vor Ihrer Weinhandlung treffen. In einer Stunde? Ist das recht?«

Buttmei antwortete nur drei Wörter: »In zwei Stunden!«, und legte auf.

Er kroch noch einmal zurück in das warme Bett, aber einschlafen konnte er nicht mehr. Das sah auch Theo so, stand vierbeinig davor und wedelte mit dem Schwanz. Also streckte sich Buttmei, erhob sich, zog sich an, schüttete sich kaltes Wasser ins Gesicht. »Katzenwäsche«, war sein Kommentar dazu.

Er musste, so unausgeschlafen er war, lachen, als Theo auf das Wort Katze mit der Anspannung aller Glieder reagierte. Ein starker Kaffee, ein Butterbrot, ein Glas Wasser sollten ihn so munter machen, wie es Neumann offensichtlich bereits war. Nachdem auch Theo gefrühstückt hatte, packte Buttmei ein, was er brauchte, die Pfeife samt ihrem Zubehör, ein neues Notizbuch, auch das Heft von Josef Korn, weil er es Neumann zurückgeben wollte, zuletzt die Hundeleine. Dann stapfte er los und Theo zog ihn vorwärts. Er musste nur manchmal den Kurs, den der Hund nahm, dirigieren.

Sie trafen vor Neumann ein, und Buttmei hatte Zeit, den kleinen Platz vor der Weinhandlung in Augenschein zu nehmen. Er liebte ihn schon seit den ersten Versteck- und Fangspielen, während denen er mit Kindern aus dem Viertel um die dicken Stämme der Kastanien herum getobt hatte. »Ene meine Muh, und raus bist du.« Als junger Mann hatte er die Jahreszeiten in den Kronen der Bäume kommen und gehen sehen, von den weißen und roten Blütenkerzen zu den grünen Stachelhüllen und den dunkelbraun glänzenden Früchten. Danach das herabtanzende Laub und die kahlen Zweige.

Ihm fiel wieder ein, welche Tiere sie sich mit den Kastanien und hineingesteckten Streichhölzern gebastelt hatten, um damit im Kies zu spielen. Besonders beeindruckte hatte ihn als Kind das Rauschen unter dem Platz. Wenn er das Ohr auf die Erde legte, hörte er das Geräusch fließenden Wassers. Man hatte mit der Errichtung des Platzes einen alten Teich überbaut und den Bach darunter in Röhren gefasst. Er war versucht, das Ohr auf die Erde zu pressen, aber weil er wusste, wie schwer es ihm gefallen wäre, wieder auf die Beine zu kommen, ließ er es. Stattdessen beglückte Theo die schwarzrindigen und meterbreiten Stämme rundum mit seinen Markierungen.

Inzwischen hatte man den Platz zum Parken freigegeben und er wurde von Autos so zugestellt, dass man, zwischen ihnen gehend, den Blick nach oben in die immer noch die Jahreszeiten anzeigenden Kronen der Kastanienbäume vergaß.

Neumann fuhr mit dem Auto vor. Gemeinsam betraten sie den Verkaufsraum. Von dem grauhaarigen und im Gesicht weinroten Händler beraten, der, wie er sagte, nichts verkaufte, was er nicht probiert hatte, kauften sie zwei Kisten, gefüllt mit edlen Rotweingewächsen.

Buttmei freute sich schon auf die vielen genussvollen Abende und dankte Neumann. Der winkte ab: »Das ist nur ein bescheidenes Honorar. Sie ahnen nicht, wie glücklich ich bin, dass meinem Freund Josef Gerechtigkeit widerfahren ist.«

Er verstaute den Wein und den Ex-Kommissar und auch Theo in seinem Auto und brachte sie nach Hause. Für Theo war es ein besonderes Erlebnis, weil er selten die Gelegenheit hatte, in einem Auto mitgenommen zu werden. Er saß auf dem Rücksitz neben dem Wein, streckte den Kopf empor und versuchte, möglichst viel von den Straßen mitzubekommen, die sie entlangfuhren. In den Kurven kippte er aus dem Gleichgewicht, aber das schien ihm im Vergleich zu dem erlebten Abenteuer nichts auszumachen.

Nun kamen wieder Tage ohne Aufregung und Abwechslung, stattdessen mit dem Gleichmaß der alltäglichen Handlungen oder Unterlassungen. Das wussten beide.

Bevor Buttmei die erste Flasche öffnete, obwohl ihm der Weinhändler geraten hatte, sie nach der Autofahrt ein oder zwei Tage ruhen zu lassen, rief er Anne Weber an und erstattete ihr Bericht. Sie lud ihn und Theo erneut dringlich ein nach Hinterhimmelsbach. Er beendete das Gespräch mit der Zusage: »Wenn du schwören kannst, dass es weit und breit keinen Mordfall geben wird, komme ich in einer Woche zu dir.« Dann öffnete er die Flasche, holte den Dekanter aus der Vitrine, goss den Wein bedächtig und gut über die bauchigen Wände des Gefäßes verteilt hinein, stellte das nun rot schimmernde Glas zusammen mit einem Trinkpokal auf den kleinen Tisch neben seinem Sessel zu den Rauchutensilien und der Pfeife und setzte sich.

LEGIONARION

Fritz Deppert
Schlossgraben Geschichten

ISBN: 978-3-96937-200-5

Philipp Buttmeis zweiter Fall

Auch wenn Kriminalkommissar Buttmei im Ruhestand ist, gewisse Kontakte sind geblieben, auch in die Obdachlosenszene. Als er von dort kontaktiert wird, erfährt er, dass Rudi, einer seiner besten Informanten tot ist.
Die Obdachlosen sprechen von Mord, während die Polizei beschwichtigt, dass ein »Penner« im Rausch umgekommen sei, während es Streitigkeiten unter ihnen gab. Nur ein Unfall, kein Anlass zur Sorge für die Bürger, und ganz sicher auch nicht für weitere Ermittlungen.
Philipp Buttmei schaut sich die Sache an und findet das sprichwörtliche Haar in der Suppe …

Ein Darmstadt-Krimi mit sozialem Tiefgang und klassischem Ermittlerflair.

Fritz Deppert
Sankt Ludwigs Hinterhalt

ISBN: 978-3-96937-202-9

Philipp Buttmeis dritter Fall

Bei einem Spaziergang mit seinem Hund findet der pensionierte Kriminalkommissar Buttmei durch Zufall persönliche Habseligkeiten eines Staatsanwalts. Niemand weiß, was mit ihm geschehen ist, doch statt einer Klärung gibt es eine »von oben« verordnete Pause, Funkstille.
Ohne Dienstmarke, aber mit geschärftem Instinkt, taucht Buttmei in ein verborgenes Netz aus Lügen ein. Je näher er der Wahrheit kommt, desto gefährlicher wird das Pflaster. Seine unsichtbaren Gegner setzen alles daran, ihn zum Schweigen zu bringen und plötzlich steht Buttmei selbst im Fadenkreuz!

Packend, authentisch und herrlich hessisch – der neue Darmstadt-Krimi!